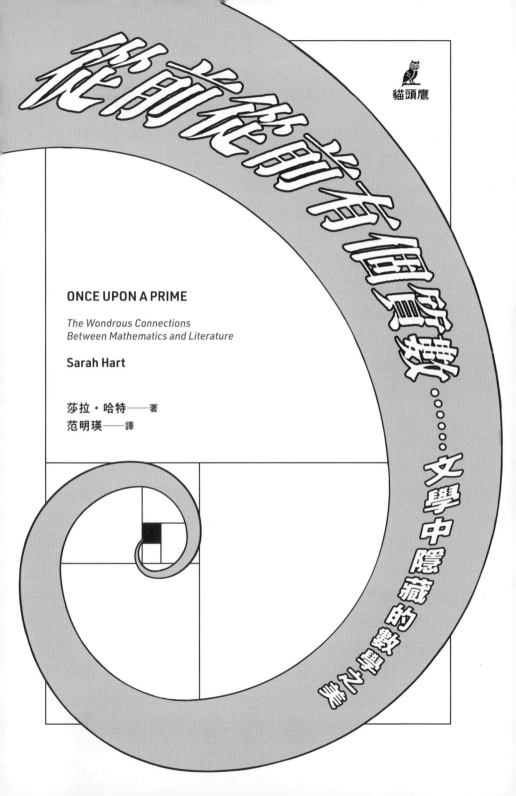

從前從前有個質數⋯⋯文學中隱藏的數之美

ONCE UPON A PRIME

The Wondrous Connections
Between Mathematics and Literature

Sarah Hart

莎拉・哈特——著

范明瑛——譯

給馬克、蜜莉與艾瑪

好評推薦

　　數學也可以很文學！本書就是一位傑出數學家的見證。身兼格雷沙姆幾何學講座教授的莎拉・哈特，在本書中，利用數學普及書寫的進路，分享她豐富的「數學 vs. 文學」之學習經驗，對她來說，數學學習或研究就像優異的寫作一樣，「本身必須具備對結構、節奏和模式的欣賞」。此外，作者對於數學小說與數學史的掌握，也充分說明這些基本閱讀素養的不可或缺。事實上，我們閱讀本書，的確可以充分體會作者的「斜槓」數學與文學，那是一種渾然天成的素養，值得我們大力推薦。

—— 洪萬生（臺灣師範大學數學系退休教授）

目次

好評推薦　　　　　　　　　　　　　　　　　　　　　　5

導論　　　　　　　　　　　　　　　　　　　　　　　　9

第一部分　數學結構、創意、限制

第一章　一、二、繫鞋帶兒：詩歌的模式　　　　　　　21

第二章　敘事的幾何：數學如何構建故事　　　　　　　53

第三章　潛在文學工坊：數學和烏力波　　　　　　　　81

第四章　數數有多少種讀法：敘事選擇的算術　　　　　105

第二部分　代數典故：數學的敘事用途

第五章　童話人物：小說中數字的象徵意義　　　　　　133

第六章　亞哈的算術：小說中的數學比喻　　　　　　　155

第七章　奇幻國度之旅：幻想故事中的數學　　　　　　189

第三部分　數學就是故事

第八章　奇思異想初登場：迷人的數學成了小說主角　219

第九章　少年Pi的真實人生：小說中的主題式數學　267

第十章　數學家莫里亞蒂：數學天才在文學中的角色　293

致謝　323

數學家的書櫃　327

索引　337

導論

　　叫我伊什梅爾。這一定是文學史上最著名的開場白之一。其實有很長一段時間，我都只讀完這個句子就把書放下，真尷尬──《白鯨記》名列在「你應該要讀過的書」這張能讓人產生罪惡感的清單上，顯然因此讓我十分抗拒，因為我害怕最糟糕的結果：這本書值得一讀。幸好，某天我決定要冒險一試──若說我的人生因為《白鯨記》而改變，不算是誇大其詞。它讓我開始思考數學與文學之間的關聯，最終讓本書得以問世。

　　這一切的起點，是我聽到一位數學家說，《白鯨記》中有提到擺線。擺線是一種美麗的數學曲線──數學家布萊茲·帕斯卡曾在牙痛時，藉由思考迷人到足以讓人分心的擺線來減輕痛苦。但擺線的履歷上很少列出在捕鯨領域的應用，讓我覺得非常有趣，決定來讀讀這部偉大的美國小說。讓我又驚又喜的是，《白鯨記》從一開場就通篇都是數學比喻；我讀愈多梅爾維爾的作品，就發現愈多數學。不只有梅爾維爾：托爾斯泰寫過微積分，詹姆斯·喬伊斯寫過幾何學；風格迥異的作家筆下都曾出現過數學家，例如亞瑟·柯南·道爾和奇瑪曼達·恩格茲·阿迪契；還有麥可·克萊頓《侏羅紀公園》中潛藏的分形

結構，以及掌管各種詩歌形式的代數原理。文學作品中引用數學的做法由來已久，至少可以追溯到亞里士多芬的《鳥》，一齣西元前四百一十四年首度搬演的戲劇。

特定文類或作者對數學的著墨，偶爾會有相關的學術研究加以剖析。但即使像梅爾維爾在作品中（對我而言）如此明顯地表現出對數學的喜愛之情，我也只能找到少少幾篇相關的學術文章。數學與文學間關係的全貌尚未得到應有的重視。透過本書，我希望能說服各位，數學與文學不僅在本質上密不可分，而且理解其中關係，可以讓各位更能享受兩者的樂趣。

數學經常被視為是與文學或其他創意藝術少有交集的領域。但認為這兩者間有涇渭分明的界線，是非常晚近才出現的概念。歷史上多數時期，對每個受過教育的人而言，數學都是文化素養的一部分。兩千多年前，柏拉圖在《理想國》提出理想中的課表，列出人應該研究的各門「藝」「術」；中世紀作家將之分為三藝（文法、修辭、邏輯）和四術（算術、音樂、幾何、天文）。整合起來，就是博雅教育的基礎。「數學」和「藝術」之間不存在人為的界線。

十一世紀的波斯學者奧瑪珈音，以往被公認是詩集《魯拜集》的作者（現代學者認為這本詩集是多位作者合著的成果），同時也是數學家，為數學問題想出美妙的幾何解法，這些問題的完整代數解法在四百年後才被人發現。十四世紀時，喬叟既寫了《坎特伯雷故事》，也寫了一篇關於星盤的論文。類似這樣的例子數之不盡，其中最著名的當屬路易斯·卡洛爾——當然，他先是數學家，然後才是作家。

　　但在文學的核心裡會找到數學，還有更深刻的原因。宇宙中充滿了潛藏的結構、模式和規律，而數學是理解宇宙的最佳工具——因此，數學常被稱為宇宙的語言，也因此對科學而言，數學非常重要。由於我們人類是宇宙的一部分，因此我們創意表達的各種形式——包括文學——必然也會展現對模式和結構的偏好。因此，要以全然不同的視角看待文學，數學就是關鍵。身為數學家，我可以協助各位，讓各位也能理解這種觀點。

　　我一向很喜歡模式——不論是文字、數字還是形狀的模式，在知道自己感興趣的玩意兒叫數學之前，我就很喜歡模式了。我慢慢意識到我會成為數學家，但這個決定有一些必然的後果。近十幾年來，英國教育體系完全把數學定位為科學科目，與人文科目分得一清二楚。如果有人十六歲後還想繼續研究數學，可能必須選擇「理科」類組。一九九一年，我上完人生中最後一堂英文課後，老師給了我一張漂亮的手寫便箋，列出長長一串她認為我會喜歡的書，並說：「你要離開去實驗室了，真遺憾。」去實驗室被認為是離開，我也很遺憾。但這不是離開——如果各位曾經不得不「選擇」一門科目、放棄另一門科目，你也不是離開。我喜歡語言，喜歡文字巧妙的排列組合，喜歡小說和數學一樣，可以創造、測試想像世界的極限，玩出各種花樣。我進入牛津大學攻讀數學，而且我住的地方，離我童年的文學大師Ｃ‧Ｓ‧路易斯和Ｊ‧Ｒ‧Ｒ‧托爾金每週會面、討論自己作品的酒吧，只隔了一條街，讓我大喜過望。

　　二○○四年，我在曼徹斯特完成碩士和博士學位後搬到

倫敦，在倫敦大學的伯貝克學院任職，並在二〇一三年成為學院的正式教授。在這段期間，儘管我「白天」的工作主要是教授、研究抽象代數中所謂群論的領域，但我對數學的歷史、數學在更廣泛的文化體驗中扮演什麼角色，變得愈來愈感興趣。我一直覺得身為數學家，我所做的事情與其他創意藝術，如文學或音樂，是同一國的。優異的數學，就像優異的作文一樣，本身必須具備對結構、節奏和模式的欣賞。當我們讀到偉大的小說或完美的十四行詩時，會意識到這是一樣美麗的東西，感覺到所有零件完美地組合成一個和諧的整體。這與數學家讀到某個美妙證明時的感覺完全相同。數學家哈代寫道：「數學家就像畫家或詩人一樣，是創造模式的人……數學家的模式，就像畫家或詩人的一樣，必定美麗；想法就像色彩或詞語一樣，必須以和諧的方式組合在一起。美麗是第一道測試──醜陋的數學在世上並沒有長久立足之地。」

我在二〇二〇年取得格雷沙姆幾何學教授教席，讓我有機會彙整數十年來對數學的想法，包括數學在歷史和文化中的地位。這個教席是少數從都鐸王朝流傳至今的職位之一，一五九七年由伊麗莎白時代的大臣暨金融家湯馬斯・格雷沙姆爵士在遺囑中創立，而我是第三十三位，也是第一位執掌這個教席的女性。我可以自己選擇任何數學主題發表公開講座。不過幸運的是，要求教授必須發表講座兩次，一次英文、一次拉丁文的規定，已經在一個多世紀前取消了。

那麼，身兼伯貝克學院的數學教授、格雷沙姆的幾何學教授，同時還要撫養兩個可愛的女兒──我知道各位在想什

麼：**莎拉，你這些空閒時間都在做些什麼呢？**答案是我一直在做的事情。我狼吞虎嚥地閱讀任何手搆得著的東西。電子書最大的好處就是沒有頁面要**翻**，意思就是即使手上抱著熟睡的嬰兒時，我還是可以閱讀。就是這樣，我才終於有時間讀完《戰爭與和平》這本充滿數學驚喜的巨著。

　　每年，我和好友瑞秋都會替自己設定一項挑戰：在布克獎得主揭曉前，讀完入圍名單上的書籍。我們會有大約六週的時間讀完六本書。二〇一三年的入圍名單中，有一本書（事實上是最終的獲獎作品），是伊蓮諾・卡頓的《發光體》。卡頓在這本小說中使用了好幾種結構限制，包括人稱等比級數的數學數列；了解箇中數學知識的讀者，才能找到書中隱密的線索與彩蛋。例如，被盜走的黃金正好價值四千零九十六英鎊，這可不是巧合。了解等比級數如何貫穿全書、逐漸開展，也會帶給讀者不同面向的樂趣。本書中除了這個例子，還會帶各位看許許多多使用數學結構的文學作品。

　　還有一件值得一提的事，就是數學與文學之間的關係並不是單向的。數學本身也傳承了豐富的語言創意。發源自古代印度的梵文數學，遵循的就是口說傳統：數學計算被編成詩歌，以利口耳相傳。我們認為數學概念離不開精確、固定的詞彙，像是正方形、圓形。但在梵文傳統中，詞彙必須符合詩歌韻律。例如，數字的詞彙可以用相關的物體來替換。一這個數字可以用任何唯一的東西來代表，例如月亮或地球；而「手」可以代表二，因為人有兩隻手，但「黑與白」也可以代表二，因為黑白可以成雙。「牙有三個洞」這樣的說法，意思

不是要去看牙醫,而是指牙齒的數目之後要接著三個零,以很詩意的方式表達 32,000。各式各樣的字詞、含義構成的龐大排列組合,讓數學得以具備引人入勝的豐富內涵。

數學語言一向極富比喻性——需要新詞彙時,我們就會去找比喻。一旦使用這些詞彙的時間夠長,我們往往會忘記它們還有其他層次的意義。但有些時候,環境會造成干擾,提醒我們這些詞彙的原意。讀碩士的時候,我在法國西南部的波爾多大學待了一個學期。以法文閱讀數學,讓數學有點超現實的感覺,因為我不知道這些詞彙和比喻在數學脈絡中的用法。那幾個月的研究讓我從此打開眼界,看到大部分數學是以多麼具創意的比喻性語言作為基礎。以法文學習代數幾何學這個主題,讓我從「gerbe」(代數幾何中大致翻譯為「束」)這個字中感受到鮮明的農業氣息;在這之前,我都只有在看到「gerbe de blé」(中文意為「成捆的稻草」)等表達方式時,才會意識到它有這層意思。翻譯有時會過頭——有一段時間,我一直以為有一項成果叫「海象定理」(法文原文為 Théorie de Morse),因為法文的「morse」翻譯成英文是「海象」,但它其實是以發現者、廣受尊敬的數學家(而非海象)馬斯頓·莫爾斯的名字命名。

就像數學會用文學來做比喻,文學中也滿是各種與數學相關的概念,讓對數學特別敏銳的讀者盡情發現、探索,也讓閱讀小說時又多一重樂趣。例如,梅爾維爾的擺線是一種奇特的曲線,有許多美妙的特性。但是,擺線不像拋物線或橢圓一樣為人熟知,除非是數學家,否則各位可能從未聽說過擺線這個

東西。這一點著實可惜，因為這種曲線的特性非常美好，讓它被暱稱為「幾何學的海倫」。要畫擺線很容易：先想像一個車輪沿著平坦的道路滾動，然後在車輪邊緣做個記號，例如：用一滴顏料畫一個點，當車輪滾動時，這個點會在空間中留下一道軌跡，就是人稱的擺線。這個概念相當直觀，但一直到十六世紀，才有證據顯示有人在研究擺線，而一直到十七、十八世紀，它才成為熱門話題，當時對數學感興趣的人似乎都有話想說。例如，「擺線」這個名字就是伽利略想出來的，他寫說他研究擺線已經五十年了。

　　所以呢，不是只有《白鯨記》提到擺線，十八世紀兩本文學巨著《格列佛遊記》和《項狄傳》也都提到了擺線，讓我們再次看到數學被擺在應有的位置上——不是「其他科目」，而是文化生活的一部分。當格列佛造訪飛島國時，發現當地居民對數學十分沉迷。他告訴讀者，在與國王共進晚餐的餐桌上，「僕人將麵包切成圓錐形、圓柱形、平行四邊形和其他幾種幾何圖形」，有一只羊肩「切成等邊三角形」，還有「一份布丁切成擺線的樣子」。與此同時，在項狄大宅，主人翁特里斯舛・項狄的叔叔托比在嘗試建構橋樑模型時，遭遇極大的困難。諮詢過學識豐富的各方（甚至還引用了一篇真實存在的數學論文，發表在聽起來很有學問的《學者報》〔*Acta Eruditorum*〕上）後，他毅然決定擺線形狀的橋才是正確做法。但建造過程並不順利：「托比叔叔對拋物線的性質瞭如指掌，不比英格蘭任何人差，對擺線卻不太熟悉。但他每天都會提起它——橋樑沒有進展。」

　　閱讀《項狄傳》等偉大作品的樂趣之一，就是其中引用的典故範圍奇廣，豐富得讓人目眩神迷，包括文學、文化和 ── 沒錯 ── 數學。如果各位有在閱讀經典文學，那麼稍稍了解一下莎士比亞的作品是有道理的，因為它們對文學和文化有深遠影響。數學世界中有沒有相當於莎士比亞的作品，被經典文學不斷引用？呼聲最高的候選書籍當屬歐幾里德的著作，統稱為《幾何原本》，或《歐幾里德幾何學》，這可能是歷史上影響最為深遠的數學書籍。

　　傳記作家約翰・奧布里在寫哲學家湯馬斯・霍布斯的傳記時，提到一則霍布斯如何迷上幾何學的軼事：

> 紳士的藏書室裡，歐幾里德的《幾何原本》已經打開，「正好是第一冊的第四十七項命題。他讀了這道命題，然後說：『天哪，這是不可能的！』於是他讀了證明，這條證明又讓他去看另一條證明，然後又讓他去看另一條證明，他也讀了⋯⋯最後，各種證明終於說服他相信命題為真，也讓他愛上了幾何學。

　　這個故事很不錯，十分清楚地說明人們看待數學的觀點。「歐幾里德的《幾何原本》已經打開」特別值得一提，因為霍布斯身處在「紳士的藏書室」，而不是「數學家的書房」；大家認為有教養的紳士所接受的完整教育，應該要包括歐幾里德。更重要的是，奧布里認為我們這些讀者都熟悉歐幾里德。他把第一冊第四十七項命題說得好像我們都知道一樣

──我們確實都知道，因為這項命題就是畢氏定理。

　　歐幾里德幾何中蘊含了如此美好的確定性──公理、定義必然導出定理和證明──對文學界人物而言，既是靈感也是撫慰。如第六章中會看到的艾略特和喬伊斯，兩人都愛好數學，只是方式各自不同。還有詩人華茲華斯和埃德娜・聖文森・米萊──在〈序曲〉中，華茲華斯談到幾何學帶來「安靜深刻的喜悅」，可以「消除〔你的〕悲傷」：

> 無邊魅力
> 是困擾已久的心對抽象概念的感受
> 心靈被圖像、被自身纏擾不休
> 特別予我欣慰的
> 是構築於高處清晰的幾何合成
> 如此優雅……
> ……自成世界
> 生自純粹的智慧

　　每個人都知道歐幾里德的完美，因此，十九世紀發現歐幾里德以外的幾何學，諸如所謂的「非歐幾何」，說明平行線有時會相交等概念，頓時掀起狂熱，人人對之想像無限。我會帶各位看看文學界如何詮釋這些概念，包括王爾德、馮內果等作家。如果把數學和文學視為相輔相成的面向，同屬於追求理解人類生活、人類在宇宙中位置的重要目標，就能讓兩個領域都更加豐富。

本書的第一部分將探索文學文本的基本結構，包括小說的情節和韻文的韻法，讓各位了解詩歌中潛藏的數學。我會帶各位細察像《發光體》這種刻意在寫作時施加限制的手法，背後的邏輯究竟是什麼──例如：法國文學社團烏力波的成員，包括培瑞克和卡爾維諾，他們的作品都受到數學的啟發。在文學這棟房子裡，這些東西就是地基、承重樑；只要懂得觀察，就可以看到隱藏其中的數學概念。

下一步是室內裝潢，貼壁紙、鋪地毯。許多作家都曾在作品中使用數學比喻，數字的象徵意義豐富且歷史悠久。詞彙、比喻、典故的轉折變化，會是本書第二部分的重點。

但是，住在這棟房子裡的是誰？寫作的內文跟什麼有關？本書第三部分會讓各位看到數學如何成為故事的一環──有些小說中的數學主題呼之欲出，有時甚至讓數學家成為書中角色。我們會看到曾使大家有各種想像的數學概念，例如：分形、第四維度，以及小說對這些概念的探索，也會看看小說如何使用對數學家、數學本身的刻板印象。

如果各位還沒有愛上數學，我希望本書能讓各位看到數學的美麗與神奇，是我們創意生活中自然而然的一部分，以及在藝術殿堂中應與文學並列的原因。我想要提供另一個不同的角度，讓各位重新了解已經知道的作品、作家，認識還不知道的作品、作家，以全新的方式體驗文字的世界。如果各位碰巧是數學家，那麼各位的靈魂中已有詩歌，而我們會探究靈魂中的詩歌如何在各位不曾察覺的地方展現，構成文學和數學間永恆對話的一節。先提醒各位：換個更大的書架。

第一部分

數學結構、創意、限制

第一章

一、二、繫鞋帶兒：
詩歌的模式

數學和詩歌之間的關聯十分深厚，但起點卻非常簡單：數數兒令人安心的節奏。數字 1、2、3、4、5 的模式，就像按照節奏把數字唱出來（猴子去跳舞）一樣，對幼兒具有同等程度的吸引力。以童謠的節奏為起點，我們會在形式更為複雜的詩歌蘊含的韻法與韻律中，滿足對結構的渴望，像是抑揚格五音步富節奏的脈動，或是如六節詩與十九行詩等複雜的詩體結構。上述這些韻文和其他形式的詩歌限制背後，是深刻而迷人的數學。讓我在本章中娓娓道來。

回想一下小時候的兒歌 —— 我敢打賭，各位都還想得起歌詞。這就是模式的力量 —— 我們大腦中掌管數學的區域遇到模式就喜不自勝。在潛意識中數著節奏和韻律，感覺極其自然，能幫助我們記住事情，所以才會有口述詩歌的傳統，代代歌頌英雄的豐功偉業。許多傳統韻律都是往上累加、愈數愈

多，每節韻文多加一行，然後每次都會回到一再數一次。有一首古老的英國民謠《噢，燈心草長得綠油油》，會一直數到十二，每節韻文的最後一句都是憂鬱的「一就是一，誰不是一，一直以來都是一」。另外，傳統上在逾越節演唱的希伯來歌謠《逾越節之歌》，使用節奏和數數教導兒童猶太信仰的重要面向，結尾是「四為母之族長，三為父之族長，二為立約之石板，一為吾神，天堂與世上皆然」。

我們在求學時，可能學了許多數學記憶口訣，用來記住諸如 π 的前幾位數這類。「How I wish I could calculate pi」（我多希望我能算出圓周率）這句話不是在表達計算 π 的意願，而是記憶口訣：每個英文單字的字母數量就是小數中下一位的數字，以 3.141592 開頭。如果你需要更多位數，還有一個更長的記憶口訣：「How I need a drink, alcoholic in nature, after the heavy lectures involving quantum mechanics!」（我多需要來一杯，基本上必須是酒，就在重量級的量子力學講座之後）一般認為這個已經流傳至少一世紀的口訣，要歸功於英國物理學家詹姆斯・金斯。事實上，用「π 體」創作韻文，就是以 π 的位數來定義所用英文字的字母數量[1]，現在已經是一種小眾嗜好。我最喜歡的例子是麥克・凱斯的〈近似烏鴉〉，是愛倫坡的詩作《烏鴉》的「π 體」版本。

1　有人可能想知道遇到零怎麼辦——零會由十個字母的單字代表。若各位想創作自己的 π 體詩，前四十位數是 3.1415926535897932 3846264338327950288 4197。

Poe, E.	愛倫坡*
Near a Raven	**近似烏鴉**
Midnights so dreary, tired and weary.	午夜如此淒涼、疲憊、厭倦
Silently pondering volumes extolling all by-now obsolete lore.	默默玩味卷冊，歌頌盡已陳舊的傳說
During my rather long nap - the weirdest tap!	在頗長的瞌睡中，有最怪異的敲擊！
An ominous vibrating sound disturbing my chamber's antedoor.	不祥的振動聲在房間前門騷動
"This", I whispered quietly, "I ignore".	「這個，」我悄悄低語，「我當沒聽見」

不過，沒有必要把這首詩從頭到尾讀完——據估計，只要π的前四十位數就足以計算出整個已知宇宙的周長，誤差不超過一個氫原子的大小。因此，要滿足任何實際用途，第一節韻文就綽綽有餘。

π體《烏鴉》的基礎是數學常數，但內容不是數學。然而，至少有一首名詩曾提出數學謎語。各位可能讀過這首詩：

在去聖艾夫斯的路上
我遇到一個男人有七個妻子

---

* 譯注：從本行開始是π的3.1，以下每個英文字的字母數量皆對應到圓周率的後續位數。

　　每位妻子有七個袋子

　　每個袋子有七隻大貓

　　每隻大貓有七隻小貓

　　小貓、大貓、袋子、妻子

　　要去聖艾夫斯的有多少？

　　我記得我小時候試著把這裡所有的七乘起來，結果只發現我被史上最古老的誤導把戲耍了。

　　然而，韻文已經用來表達比這更複雜的數學問題。正如導讀中所言，在梵文傳統中，數學的標準格式就是韻文。十二世紀的印度數學家兼詩人婆什迦羅所有的數學著作都是以韻文寫成。下面這首詩，出自他獻給女兒莉莉瓦蒂的書：

　　蜂群的五分之一停在團花上

　　三分之一停在絲鈴答花上

　　兩數之差的三倍飛到庫塔賈花上

　　只有一隻蜜蜂還停在空中，

　　被茉莉與花朵盛放的香氣吸引

　　美麗的女孩，告訴我，蜂群中有幾隻蜜蜂？

　　用這種方式描寫代數，多可愛啊！

　　今天，我們不大用韻文書寫數學。雖然很可惜，但數學與詩歌在美學上的關聯仍在：兩者的目標都是美，一種表達簡練之美。詩人和數學家都曾讚許過對方的專長。一九二二

年，美國詩人埃德娜・聖文森・米萊寫下詩句：「只有歐幾里德看到了美的原樣。」以十四行詩向歐幾里得的幾何學致敬。對於愛爾蘭數學家威廉・羅文・哈密頓而言，數學和詩歌都可以「讓心靈擺脫地球沉悶的煩擾」。據說愛因斯坦曾言，數學是邏輯思維的詩歌。例如，如果要說數學證明有任何用處的話，就是數學證明與詩歌有許多共通之處：兩者都是字字珠璣，刪一字則太少、增一字則太多，都試圖以一個自給自足、通常很短且相當工整的結構來表達一個完整想法。

容我讓各位看一個美麗、簡直就是詩歌的證明，即歐幾里得（儘管我們其實不知道是誰提出的）證明質數的數量無限。請記住，質數這種數字，像是 2、3、5、7 等，不能透過除法分解為更小的整數。所以 4 不是質數，因為各位可以將 4 分解為 2×2；同理，6 可以分解為 2×3。從 1 之後用以計算數量的每一個數字，要不是質數，要不可以分解為質數（數學術語是「因數分解」）。更神奇的是，只要各位同意 2×3 和 3×2 基本上是同一件事，那麼任何數字其實都只有一種分解方法。另外，因為 1 不能再分解，感覺應該是質數；但我們將 1 從質數清單中排除，否則我們就必須承認 6=1×2×3=1×1×2×3=1×1×1×2×3=……並且每個數字都會有無限種方法可以因數分解──嘔，我要吐了！為了避免這種情形，我們將質數定義為大於 1 的數字，且唯二的因數就是 1 和這個數字自己。

理解質數對數學而言，就和理解化學元素對自然科學而言一樣重要。就像每種化學物質都是由元素精確組合而成（例

如：每個水分子，或 H_2O，都正好有兩個氫原子和一個氧原子），每個整數都有一個特定的質數分解組合。早期數學最讓人興奮的發現之一，就是質數可以一直數下去——這點和化學元素不同。實際上，這種對比在當時甚至可能更加鮮明，因為古希臘人相信，構成萬物的元素只有四種：土、空氣、火、水。

以下證據可以證明，質數數量無限多：

想像我們有一張質數的清單，一張有限清單
開頭會是 2，然後是 3，接著是 5
我們把所有質數相乘，然後加 1 變成一個新數字
這個新數字會是 2 乘上某數後加 1，所以 2 除不盡
這個新數字會是 3 乘上某數後加 1，所以 3 除不盡
這個新數字會是 5 乘上某數後加 1，所以 5 除不盡
清單上不論哪個質數都除不盡這個新數字
我們的新數字要麼是質數，要麼是一個新質數，
不在我們拿來當除數的質數清單上
不論是哪種情形，這張清單都不完整，完整不了
質數的數量不可能有限
證明完畢

要我說呢，這就是一首詩！
美國詩人艾茲拉・龐德在《浪漫的精神》中恰如其分地表達了詩歌與數學之間的共鳴：「詩歌就像某種靈光乍現的數

學，讓我們獲得等式——不是抽象的數字、三角形、球體這類東西的等式，而是人類情感的等式。」對數學和詩歌的關係，龐德還有另一個比喻：兩者都允許多層次的詮釋[2]。我認為，數學家對於最偉大的數學要具備什麼，他們的理解與龐德非常相似——偉大的數學是可以容納多種詮釋的概念，是各種情境中都可以找到的結構，因此具有某種普世性。其中的關鍵在於，數學的表達方式優雅簡潔，就像詩一樣，可以包含多層意義；包含的層次和詮釋愈多，藝術性就愈高。數學就像華特·惠特曼一樣，字面上和寓意上都意涵深遠。唯一的區別是，希望數學不會自相矛盾！

* * *

要定義詩頗為困難：詩有時候押韻，幾乎一定會換行，通常有節奏、韻律等。廣泛而言，詩有某種限制，無論是韻律（例如：抑揚格五音步）還是韻法，或者每節有固定行數。即使是完全不循規則的韻文也可能會換行、分節、有節奏。大家可能偶然間曾聽說，了解某樣事物的構成原理，等於揭開神祕的面紗，它就一點也不稀奇了；我們不想知道魔術師變魔術的

2　龐德說「『意象』是某一瞬間呈現的智識和情感的綜合體。……這種瞬間呈現的『綜合體』會傳達一種突然解放的感覺、一種不受時空限制的自由感、一種突然成長的感覺。我們面對最偉大的藝術作品時，體驗到的就是這種感覺。」（"A Few Don'ts by an Imagist," *Poetry*, Chicago, March 1913）。他解釋說，數學就像詩一樣，同一個表達式通常可以在數個不同的層次加以詮釋。

手法是什麼──我們想要相信這就是魔法。但這其中的不同之處，在於詩不僅僅是手法。了解一樣事物只會讓你更欣賞它，對吧？我對結構、模式背後的數學就是這種感覺。

自願遵循某種特定限制會激發創意。有規則必須遵守，代表各位必須能夠變通、發揮創意，好好構思。俳句有十七個音節，一個音節都不能浪費；幽默的打油詩或許沒那麼高雅，但它同樣有固定格式，必須在短短五行中鋪哏又破哏。愛爾蘭詩人保羅・麥爾登對詩的格式做了精闢的評論：「詩的格式就像是約束衣，但某種意義上，這件約束衣是逃脫大師胡迪尼的約束衣。」他的評論可能創下在一句話中使用「約束衣」這個字眼最多次的紀錄，但其中感想完全正確──限制本身就是作品讓人拍案叫絕的原因之一。

詩中的限制五花八門。西方的傳統喜歡特定韻法，採用幾種特定節奏，如古典韻文中的抑揚格和揚抑格。這兩種限制背後都有計數、模式，因此就有數學。然而，其他傳統使用了不同的機制創建模式，數字的使用在其間更為明顯──我們就從這裡開始，從數學的觀點討論詩的限制。

我跟各位說一個故事：十一世紀的日本皇室宮廷中，有一位名叫紫式部的貴族仕女，是彰子皇后的宮廷女房；她寫下了據信是有史以來最早的小說《源氏物語》。《源氏物語》是一部描寫宮廷愛情與英雄主義的史詩級小說，被奉為日本的經典之作，問世千年至今仍受讀者喜愛。這部小說的一大特色，就是登場人物會在對話中使用詩句，引用或修改著名詩作，或者說出詩作一開頭的幾句詩。《源氏物語》中許多詩的形式都是

所謂的「短歌」——古典日本詩歌有一種更普遍的風格，叫做
「和歌」，短歌就是一種和歌。短歌類似更現代的俳句，特色
是 5 個或 7 個音節的詩句。不過，俳句另有 5-7-5 的模式，總
共 17 個音節，短歌則是 5-7-5-7-7，總共 31 個音節（事實上，
這裡計算的不是「音節」而是「聲音」，兩者間有細微但重要
的差異。拜託日本詩的專家高抬貴手，原諒我在這裡沒有更詳
細地說明 [3]）。

　　對數學家而言，他們絕不會漏看這其中與質數的關係。看
看俳句：3 行詩句，長度為 5 或 7 個音節，共 17 個音節；3、
5、7、17 都是質數。再看短歌：5 個音節的詩句 2 行，7 個音
節的詩句 3 行，2、3、5、7、31 又都是質數。這有什麼了不
起嗎？我在書上看過，5-7 的搭配來自某種更早的「自然」單
位，有 12 個音節；後來因為中間略作停頓而分成兩個部分。
在我看來，斷成 5-7 分肯定比平淡工整的 6-6 分或太不平衡的
4-8 分更有活力、更動態，所以也許後來就變成這樣了。因為
質數不能再被除，所以 5-7 分的斷句或許有助於將詩行分為獨
立、不可分割的單位，而 4、6、8 都有「斷層線」，難保不會
削弱結構。

3　完整的學術說明，請參考川本皓嗣的《日本詩歌の伝統：七と五
　　の詩学》。另外還推薦 *The Haiku Apprentice: Memoirs of Writing
　　Poetry in Japan*, Abigail Friedman (Stone Bridge Press, 2006)，描述
　　她在東京擔任美國外交官期間學習寫俳句的迷人經歷。若要找線
　　上資源，詩人和俳句專家麥克・迪倫・威爾許經營的網站 www.
　　graceguts.com 是個很好的起點。

在《源氏物語》問世後又過了幾個世紀，十六世紀的日本貴族流行在座敷中玩一種叫做「源氏香」的遊戲。女主人會從精選出來的各種香中悄悄挑選五支香，其中可能有幾支的氣味是相同的。然後她會一支接一支地焚香，來客會試著猜哪些香的氣味相同，哪些不同。所以，有人可能會認為所有的香氣味都不同，或是第一和第三支香的氣味是相同的，其他的香氣味都不同。各種可能結果可以用以下的小圖代表：

最左邊的圖形代表每支香的氣味都不同；下一個則是只有第一支和第三支香相同；再下一個是第一、第三和第五支香相同，第二和第四支香相同；最右邊的圖形則是第二、第三和第四支香相同，第一和第五支香相同。為了幫助人們描述他們的猜測，每種可能結果都以《源氏物語》中的各帖命名。最後，從「全都不同」到「全都相同」，加上介於兩者之間所有的變化，總共有五十二種可能的組合[4]；某些版本的《源氏物語》甚至將這些圖形放在相應的帖名旁邊。這些圖形自己也另有發展，被用來當作紋章的紋飾或用在和服花樣中。

同一時期，在千里之外、都鐸王朝統治的英格蘭，喬治・普騰罕在他一五八九年的著作《英文詩歌藝術》中納入如下的圖形：

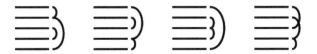

看起來就像把源氏香的圖形轉了九十度！尤其是比較以下兩圖：

這到底是怎麼回事？嗯，普騰罕在說明有五行詩句的詩節有哪些可能的韻法，並提供上面的圖形幫助讀者理解（或者如普騰罕所言，「吾列舉一目了然之例，或利汝之理解。」）。

一首詩的韻法，或一首詩的詩節，其實就是每行詩句最後一個字的韻腳模式。我們最早接觸到的詩，就是韻法簡單的歌

4　數學家暨計算機科學家高德納的論文〈組合學兩千年〉（Two Thousand Years of Combinatorics）中，提供了全部五十二種源氏香的完整集合，收錄在 Combinatorics: Ancient & Modern, edited by Robin Wilson and John J. Watkins (Oxford University Press, 2013)。他和我一樣，相信無論是數學還是其他事情，藉由故事溝通是人類交流的最佳方式。他的計算機程式編寫哲學中也可以看到這種信念──他說，如果把程式當成文學作品，可以大大改善程式編寫的成果。他還在一九七四年寫了一部小說《研究之美》，內容十分切合當時的數學發展。《研究之美》值得在本書中一提，是因為據我所知，這是唯一一部在某項數學研究──數學家約翰・康威如何發明新類型的數字──公開之前就先介紹這項研究的小說。

曲或童謠：

> 瑪莉有隻小羔羊
> 全身雪白真少見
> 不論瑪莉去哪裡
> 羊都跟在她後面

這是一首有四行的詩——韻法為 ABCB 的「四行詩」，意思是第二行和第四行押同一個韻，但其餘幾行的韻腳不同。比較一下下面約翰‧多恩的四行詩〈旭日東昇〉。

> 不羈的太陽，忙碌的老傻瓜
> 你為什麼這樣
> 呼喚我們，透過窗簾，透過窗？
> 戀人的季節要靠你的移動才會來臨嗎？

這一次，韻法是 ABBA。

如果讓一個孩子為您寫詩，您得到的很可能會是一首四行詩。寫這行字的當下，我做了一個實驗：要我的女兒艾瑪「替媽咪的書」寫一首詩。三分鐘後，她交出一首出色的數學詩[5]：

5　這首二〇二一年問世的重要詩作，版權歸作者艾瑪‧哈特所有，創作時她十歲。本書經作者親切地許可在此轉載。

數字沒有盡頭
讓你數到唉唉唉
比宇宙更長久
它就是 π

我猜想這兒的韻法是 ABAB 或 ABCB，取決於各位認為「盡頭」與「長久」是否有押韻。

四行詩有十五種可能的韻法。把韻腳從最多排到最少，會有 AAAA（無聊）、AAAB、AABA、AABB、ABAA、ABAB、ABBA、ABBB、AABC、ABAC、ABBC、ABCA、ABCB、ABCC、ABCD（完全不押韻）。普騰罕說這當中只有三種堪用，甚至對這三種，他也用聽不出來是讚美的讚美貶抑一頓。普騰罕形容 AABB「最為鄙俗」（意思是普遍），ABAB「既常見又普通」，最後一個是 ABBA，「不那麼普通，令人愉悅、差堪可用。」約翰・多恩肯定鬆了一口氣！

四行詩談得差不多了。有五行的詩句，就是普騰罕在他的圖形中描繪的，有更多種韻法。大家很快就可以看出來，五行詩的韻法，和源氏香的五支香組合，會遇到完全一樣的問題，因為都是要在套組（五支一組或五行一組）中看看誰要跟誰相同。不過，普騰罕遠遠落後日本人，因為他說，五行詩的詩節只有七種可能韻法，「其中若干與他者相較，刺耳並不悅之意更甚」，但每個玩源氏香的人都已經知道，實際上有五十二種可能。

由於源氏香，遠早於西方數學家，日本數學家就開始興致

盎然地研究把某一個集合中的物品（好幾支香或其他任何東西）拆解成不同組別，有多少種計算方法。今天，我們稱這些計算方法為這個集合的貝爾數。貝爾數增加得非常快，第四個貝爾數是 15（四行詩韻法的數量），第五個是 52，第六個是 203，而第十個已經是 115,975。其實我認為，我細細體會過第六個貝爾數的恐怖之處：我們的女兒米莉十一歲時，我貿然同意讓她招待朋友來家裡舉行夏季姊妹淘之夜 —— 六個即將進入青春期的小女生彷彿在一夜之內，將所有 203 種可能的拉幫結派、敵視非我族類的組合全都試了一遍。早在十八世紀中葉，日本數學家松永良弼就發現了一種巧妙的方法，可以計算任何大小集合的貝爾數，例如，第十一個貝爾數是 678,570。我不知道為什麼貝爾數是以二十世紀蘇格蘭數學家埃里克‧坦普爾‧貝爾的名字命名 —— 這位貝爾直到一九三四年，才為貝爾數寫了一篇論文，他本人在論文中明確表示，他不是第一個研究貝爾數的人，而且貝爾數也曾多次被重新發現過。這個例子再度驗證史蒂格勒的命名定律，也就是沒有哪項科學發現是以發現者的名字命名的（史蒂格勒命名定律的名稱也符合這條定律）。

• • •

韻法是定義詩歌形式的特徵之一，包括十四行詩、十九行詩、亞歷山大詩體。例如，十九行詩就是一首詩有十九行詩句，由五組三行、韻法為 ABA 的詩節，加上最後一組是韻法 ABAA 的四行詩。另外一項結構特徵，是第一個詩節的第一

行和第三行，會輪流被當作後續詩節的最後一行，也會是四行詩的最後兩行。最膾炙人口的十九行詩，當屬狄倫・湯瑪斯對人性精神的美好讚歌〈別輕柔地步入那良夜〉。而十四行詩，則由十四行詩句組成。不同的語言有不同的傳統韻法，但莎士比亞和其他大多數英文作家都用了三組韻法為 ABAB 的四行詩，最後以一組押韻的對偶收尾。

　　莎士比亞是一位多產的詩人。他在一六〇九年出版的詩集，收錄了一百五十四首十四行詩。但與法國作家雷蒙・格諾的《一百兆首詩》相比，簡直微不足道。雷蒙・格諾利用隨機的數學原理，在僅僅一本書中裝入一百兆首十四行詩。這怎麼可能？我解釋一下。大家都喜歡十四行詩，但如果我想在這本書中放入一百兆首十四行詩，我的編輯會殺了我；所以為了保住小命，我決定舉一個數量較小的例子來說明。本人揮灑生花妙筆，為各位讀者寫了幾首打油詩而非十四行詩，便於各位理解。

　　打油詩有五行詩句，韻法為 AABBA。因為維多利亞時代的作家愛德華・利爾，這種通常很幽默的短詩在十九世紀的英格蘭蔚為一時風潮。下面是愛德華・利爾一八六一年最暢銷的《荒誕書》中的典型例子：

　　有一位老婦頭腦愚昧

　　坐在冬青上沒有防備

　　哪想到有刺

　　扯破了裙子

她立即憂愁得要落淚

　　儘管利爾自己沒有使用「打油詩」一詞（這個字眼在一八九八年第一次出現）或甚至發明打油詩，然而，因為他的書籍深受喜愛，這種詩作確實因他而廣為流傳，他也一路寫下了兩百一十二首令人印象深刻的打油詩，因此，有時候被尊為打油詩之父。至於這種詩為什麼最後會以愛爾蘭某個郡為名，目前尚不清楚；其中一種解釋是，這個名字源於某首特別流行的打油詩（不是出自利爾之手），裡面的名句是「你會（或不會）來利默里克？」

　　有隨機的神奇力量在手，兩百一十二首打油詩算什麼——我還可以告訴各位一個辦法，能以最少的心力和文采，寫出更多首詩。為了向各位說明這個方法，我自創了兩首不太高明的打油詩（請見下文，一首在左，一首在右）。

從前有位女士叫珍	從前有人來自緬因
總是搭火車出遠門	雨天絕不出門至今
出國的時候	下雨她發愁
她預算不夠	只想一整週
嘗試坐飛機的興奮	享西班牙陽光如金

＊譯注：Limerick，是愛爾蘭的一個郡。文學領域中，limerick 專指打油詩這種特定的詩作形式。

　　以這兩首詩為出發點，各位可以寫出更多打油詩：每一行都隨機從兩首詩提供的選項中二擇一就行了。比如，各位可以丟硬幣來決定。如果是正面，就用左邊的詩句；如果是背面，就用右邊的詩句。就這麼剛好，有個網站 justflipacoin.com（翻滾吧，硬幣！）可以線上丟硬幣，我們就不用費心找真硬幣了。我剛才試了一下，結果是正面、反面、反面、正面、反面。所以我的新打油詩如下：

　　從前有位女士叫珍
　　雨天絕不出門至今
　　下雨她發愁
　　她預算不夠
　　享西班牙陽光如金

　　因為不論每一行選的是左邊還是右邊，這首詩都必須「通順」，所以各位如果想做類似嘗試，就必須了解詩的結構。我先前已經說明，打油詩的押韻結構為 AABBA。因此，每首打油詩要有三個「A」的韻腳；同理，兩首打油詩，就要有六個「A」的韻腳。在這個幼幼班等級的例子中，我選擇了「珍」、「門」、「奮」、「因」、「今」、「金」。如果各位想要加上第三首打油詩，您可以嘗試使用諸如「跟」、「文」、「晨」、「真」、「勤」等字。

　　這套兩首一組的打油詩，五行詩句各有兩個選擇。第一行有兩個可能選項，每個可能選項之後的第二行又有兩種可能

　　——意思就是，前兩行詩句有 2×2=4 種可能組合，每種可能組合在第三行又會有兩種可能，所以前三行的可能組合會是 2×2×2=8。每多加一行，可能形成的詩數量都會翻倍。因為現在有五行可以選擇，所以最後總共會有 2×2×2×2×2 首貨真價實的打油詩。但只要我們再多寫一首詩，每行詩句就有三個選擇，代表總共會有 3×3×3×3×3=243 首打油詩。敬獻第三首打油詩，博君一笑。

　　　　有個女孩來自巴林
　　　　討厭落雹雨雪天陰
　　　　冷天她心悲
　　　　歡呼只因為
　　　　贏得非洲行當獎品

　　恭喜，各位現在寫成的打油詩，比愛德華‧利爾的全套作品還要多出三十一首，很該為此自豪。如果有人還能在這組詩中追加第四首，那麼打油詩總數將躍升至 4×4×4×4×4，即一千零二十四首；由於我只寫了其中兩百四十三首，所以創作一千多首打油詩而必定可以享譽國際的名聲，從道德角度而言，各位有權享有百分之七十五以上的美名。

　　雷蒙‧格諾如何設法寫出一百兆首詩，大家現在都明白了——原理完全一樣，只是規模更大。雷蒙‧格諾的詩是十四行詩，顧名思義有十四行詩句。格諾選擇 ABAB ABAB CCD EED 的韻法（翻譯成英文時，比較常用的是莎士比亞的 ABAB

CDCD EFEF GG）。《一百兆首詩》共有十首十四行詩，連續印在十張紙上；每首詩的第一行韻腳都相同，第二行韻腳也相同，依此類推。其實，這十首十四行詩放在一起，會形成一種立體的詩。意思是，在全部一百四十行詩句中，會有四十行，也就是每首詩有四行，必須押 A 韻。這樣每一行都可以從十個可能選項中任意選一個，組成十四行詩。所以我可能會選擇三號詩的第一行、一號詩的第二行、四號詩的第三行，依此類推。如果我繼續按照 π 的位數選擇詩句編號，然後自稱我創作了一首「討 π 詩」（π 謝我忍不住），也沒人能反駁我。

那麼，這本輕薄短小的書裡有多少首詩呢？嗯，第一行的可能選項共有 10 個，每個選項後面接著的，又可能是第二行 10 個選項中的任何一個，所以前兩行有 $10 \times 10 = 100$ 種可能組合。全部十四行都算進來，可能的組合總數是 10 乘上 10，乘十四次，即 100,000,000,000,000，就是一百兆。這是有史以來最長的書嗎？如果各位每分鐘就讀一首不同的十四行詩，完全不間斷，會需要 190,128,527 年才能讀完所有的十四行詩（雷蒙‧格諾也計算了這件事，但得到的答案是 190,258,751 年，讓我懷疑我的算術能力。但很快檢查一下他的答案，各位就會發現，這是每分鐘讀一首十四行詩，但不管閏年的結果。或許格諾非常慷慨地允許他的讀者在二月二十九日休息一天）。哲學家可能會問：這些詩都算格諾寫的嗎？它們在什麼意義上而言算是存在的？我不知道，但有個作家、詩人的團體會實驗他們所謂的「潛在文學」，團體名稱為「烏力波」，而格諾正是其中一員。本書後續章節也會讓讀者看更多烏力波作家的作品

和想法。不過，一本書中有一百兆首詩，無疑是潛在文學的極佳範例。

• • •

　　詩歌的數學並不止於韻法。哪裡有結構，哪裡就有數學，而韻法只是施加結構的一種方式。如果放棄韻腳不用，就需要其他東西代替。歷史可以追溯到中世紀的六節詩，就是一個可能的替代方案。我想對這種詩歌形式多加著墨，是因為若背後沒有某些精妙的、與六這個數字有關的數學原理，就沒有六節詩優雅的結構。一首六節詩有六個詩節，每節有六行詩句。第一節每行的最後一個詞，會以不同（但特定）的順序，成為下一個詩節中各行的最後一個詞。然後，整首詩通常以三行的「跋」作結，其中會包含全部六個結尾詞。

　　若各位允許，我想讓各位讀者看一個完整例子，這樣各位就會知道，六節詩到底是怎麼回事。可選的作品很多，因為儘管六節詩是在八百多年前首次為人使用，但這種詩體形式曾經有過輝煌時期，且持續為作家使用至今不輟。詹姆斯・布雷斯林（一九五〇年代在加州柏克萊大學擔任英文系教授）甚至形容五〇年代是「六節詩的時代」。從但丁到吉卜林、W・H・奧登到艾茲拉・龐德等詩人都寫過六節詩，還有美國詩人大衛・費里的當代作品（〈街友宴上的來客艾倫〉）和英國「物作家」科娜・麥克菲（她用這種絕妙的方式在自己的網站上自稱）在二〇〇二年悲痛欲絕的詩作〈試管嬰兒〉。我選的範例是夏綠蒂・柏金斯・吉爾曼的詩作〈給冷漠的女人〉。吉爾曼

更為人所知的是他一八九二年的短篇故事〈黃色壁紙〉。

給冷漠的女人
夏綠蒂・柏金斯・吉爾曼

你們，幸福地居於千戶人家，

或在其中努力工作，追求無聲的安寧；

你們的靈魂完全集中在生命，

在小團體中 —— 你們所愛

是誰告訴你們，你們不需要知道或關心

罪惡和悲傷，遍布這世界？

你們相信悲傷存在世界

與你們無關，甚至是你們小小的家？

你們是否被允許逃避關心

為了人類的進步，人類的安寧，

以及擴大的力量，來自愛，

直到它覆蓋所有生命？

所有人類的第一個責任，只要還有生命，

是使世界進步

於正義、智慧、真理和愛；

而你們忽視了它，藏在你們的家，

滿足於保持不確定的安寧，

滿足於讓其他一切都不受你的關心。

然而，你們是母親！母親的關心
一步走向友好的人類生活，
在那裡，所有國家在不受困擾的安寧
團結起來世界，
並使我們尋求的幸福在家
無處不在，帶著強大而豐富的愛。

你們滿足於將那強大的愛
保留於它的最初階段；僅粗野地關心
就像動物需要伴侶、青春與家
而不是將它傾瀉於生活，
它的強大洪流養育著整個世界，
直到每個人類孩子都能長於安寧。

你不能保持你的小家庭安寧，
你的小小池子裡只有為發展的愛，
忽略了被忽視、飢餓、無母親的世界
他們掙扎、戰鬥，因為缺乏母親的關懷，
它的狂風暴雨、苦澀、破碎的生命
湧入你們自私的家。

我們都可以在喜悅和和平中擁有我們的家，

只要女性的生命，與其豐富的力量──來自愛，
能與男性共同關懷整個世界。

　　跟各位說明一下，一首六節詩是如何構成的。每次要從一個詩節接續到下一個詩節，就要以完全相同的方式移動結尾詞。這種方式如同某種有序的混亂，從最後一個結尾詞倒推回去，以正確順序將一個個結尾詞與第一個結尾詞交錯，直到全部用完為止。我們可以在依莉莎白・碧沙普的六節詩中看到這一點。第一個詩節結尾詞是「家／安寧／生命／愛／關心／世界」。從最後一個詞倒推，會變成「世界／關心／愛……」，將這幾個詞與「家／安寧／生命……」交錯，就會變成

世界　關心　　愛
　　家　　安寧　生命

　　也就是世界／家／關心／安寧／愛／生命。各位想必已經看出，這正是第二個詩節的結尾詞。這種特定調動讓各詩節之間有很棒的連續性，因為前一節最後一行的結尾詞，就是下一節第一行的結尾詞。不過呢，這種結構會一直持續下去，因為第二節的結尾詞也會再做一次完全相同的反向交錯，得到第三節結尾詞的順序。各位可以試試看，這樣重複後，會讓「世界／家／關心／安寧／愛／生命」變成「生命／世界／愛／家／安寧／關心」。繼續重複這個過程，就會得到第四節、第五節、第六節的順序。看不見、摸不著的結構，其美麗之處

也在這裡稍稍顯露：如果我們持續到第七節，把交錯的過程用在第六節的「安寧／愛／世界／安寧／生命／家」順序上，就會產生「家／安寧／生命／愛／關心／世界」這種順序的結尾詞。看起來有點眼熟？本來就應該這樣——這就是我們一開始使用的順序。因此，即使我們沒有意識到，這六個詩節也提供了一個完整的六次迭代循環；如果持續下去，會讓我們分毫不差地回到起點。我相信，即使我們不一定有意識地察覺，但我們確實會下意識地體會、欣賞這種數學結構。這種調動還具有令人愉悅的內在對稱——就在一個詩節中，每個結尾詞都會正好出現在不同行的末尾，從第一行到最後一行。這種設計讓人心服口服。

這麼古老的詩體，發明者卻是一個十分可信的人選，這點頗不尋常——就是十二世紀的詩人阿爾諾・達尼埃爾。六節詩咸認是一種非常精緻的詩歌形式，只有老練的吟遊詩人才能掌握箇中奧妙。我不知道達尼埃爾怎麼想出這個點子的——這其實就是簡單的排列組合，很容易記住。而且有人可能會覺得，只要掌握了變化流程，由於詩節的數量、每節中詩句的數量都同樣是六，所以調動六輪之後，很自然地會回到起點。但不妨看看當我們嘗試用相同的流程寫一首「四節詩」時，會發生什麼情形。起手式是一段有四行詩句的詩節，假設結尾詞是北、東、南、西。還記得規則嗎？我們要從末尾往回倒推，與起頭的結尾詞交錯——結果得到西、北、南、東，用在第二節。重複這個流程，得到東、西、南、北，用在第三節，然後再重複一次，得到北、東、南、西，用在第四節。糟了！第四

節又重新回到一開始的順序！所以這個流程不會產生四個不同的詩節；更糟糕的是，各位可以看到結尾詞「南」紋絲不動，在每個詩節都是第三行的結尾詞。

如果嘗試用六以外的其他數字創作類似六節詩的詩，會發現有時候行得通，有時候行不通。一九六〇年代，大家開始試著找出哪幾個數字行得通；這些「廣義的六節詩」被烏力波稱為「格諾詩」，以紀念雷蒙・格諾。事實證明，這個問題不容易找到答案。例如，3、5、6、9、11 行得通，但 4、7、8、10 行不通。儘管二〇〇八年，數學家尚紀言・仲馬的論文準確地描述了寫成格諾詩的數字必須具備的性質，但這些數字究竟有多少個、是否有無限個，至今仍然無解，實在不可思議。有一種特別讚、一定能寫成格諾詩的數字，就是被稱為蘇菲・姬曼質數的質數，以傑出數學家蘇菲・姬曼為名。儘管因為身為女性這個可悲的差錯——畢竟當時是十八世紀的巴黎——姬曼必須用假名在大學註冊、請其他同學把課堂筆記帶給她，但她仍然在數學界諸多領域做出絕頂創新的成果。如果一個質數乘以 2 再加上 1 仍然是質數的話，這個質數就稱為姬曼質數。例如，3 是姬曼質數，因為 $2 \times 3 + 1 = 7$ 又是質數；但 7 不是姬曼質數，因為 $7 \times 2 + 1 = 15$ 不是質數。雖然我無法向各位證明，但我們發現，每個姬曼質數都可能寫成格諾詩。沒錯，我就知道至少一首已經出版的「三節詩」（三個詩節、每節三句，跋只有一行，包含了全部三個結尾詞），出自英國詩人克斯汀・爾文之手。

我名叫「塔盧拉跳夏威夷草裙舞」

克斯汀・爾文作

愚蠢的名字最後有什麼下場？這些被剪下的標籤
由父母綁在腳趾上，帶著放棄
與遠見，知道暴君將攪擾他們的生活空間？

今天你們三位已經形同陌路，離開這個生活空間
朝著相反方向。衣帽間的標籤
從所有物上解下，因為你要放棄

名字帶來的一切。這個關鍵字眼被放棄
遺留在遊樂場腐壞的空間
只剩廁所牆上污漬斑駁的標籤

放棄了標記，一個不叫塔盧拉的女孩，踏入世界的空間

　　韻法和格諾詩把結構加在詩句結尾，已經讓我們有一些迷
人的數學原理可以賞玩。但是，當我們細看詩句中的模式時，
還有更多東西可以探索，這就是我們接下來要討論的內容。

· · ·

　　除了韻法之外，一首詩的詩句通常會有特定的節奏，稱為
韻律。例如，莎士比亞劇本中滿是抑揚格五音步。「penta」原

是希臘文中的「五」，「iamb」是一個兩音節的詞，重音在第
二音節。因此，一組抑揚格五音步有十個音節，每對音節中的
第二個音節發重音。下面的例子中，我在重音音節劃了底線，
看看茱麗葉對羅密歐來自蒙太古家族的不幸消息有什麼反應。

What's in a name?	名字本來是沒有意義的；
that which we call a rose	我們叫做玫瑰的這一種花
By any other name would	要是換了個名字，它的香
smell as sweet;	味還是同樣芬芳

這種「di-dum di-dum di-dum di-dum di-dum」在視覺上可
以用點和線來表達，就像摩斯密碼一樣。一次抑揚是「·—」，
所以一組抑揚格五音步看起來會像下面這樣：

·—·—·—·—·—

重音和非重音音節的基本模式，稱為音步。除了剛剛
看到的抑揚格之外，另外兩個常見的例子是揚抑格（—·），
如「烏鴉答曰『永不複述』」（Quoth the Raven "Nevermore"）；
和揚抑抑格（—··），如羅伯特·布朗寧的〈失落的領袖〉一
開頭：「只為了盈把的銀錢他離開了我們」（Just for a handful
of silver he left us）——其實這一句是三個揚抑抑格和一個揚
抑格。如果音節數量固定，可能的韻律有多少種？每個音節有
兩種可能（重音或非重音），因此單音節的音步也有兩種可能
（·或—）。如果增加到兩個音節，可以替兩個音節各加上一
個·或—，所以總共有四種可能。這四種可能還可以各加上一

個‧或－，變成八種可能的三音節韻律 —— 可能性的數量會不斷翻倍，最後會形成 1、2、4、8、16 等 2 的次方構成的數列。

但有一種詩體的情形截然不同。讓我首度見識到其中差異的，是喬丹‧艾倫伯格對幾何的優美讚歌《形狀》，描述數學家好友曼朱爾‧巴伽瓦告訴他的梵文詩歌韻律。梵文詩與英文詩同樣重視音節模式，但是英文的重點是重音位置，梵文的重點則是長度；音節不是「laghu」（輕）就是「guru」（重）。最關鍵的是，輕音節算一個單位，而重音節算兩個單位 —— 意思就是，要算清楚諸如四個音節的韻律有多少種可能性，會有點複雜，不能只是把三個音節的韻律數量乘以 2。那該怎麼辦？好吧，單一音節的可能性只有一種，就是「輕」；兩個音節的選項有兩種，「輕輕」或「重」；三個音節有三種可能，可以是「輕輕輕」、「輕重」、「重輕」。四個音節的時候，我們放聰明一點，把問題拆成兩個來解決：韻律要麼是以「輕」開頭，要麼是以「重」開頭。如果以「輕」開頭，我們可以從三音節的三種韻律中任選一個，加上輕音節，就可以變成四個音節。如果以「重」開頭，我們可以從兩音節的兩種韻律中任選一個，加上重音節。所以總數是 3+2=5：

輕輕輕輕

輕輕重

輕重輕

重輕輕

重重

　　這招甚至可以一直玩下去：五個音節的韻律若不是輕＋四音節韻律，就是重＋三音節韻律。所以五音節的韻律數量等於四音節的韻律數量加上三音節的韻律數量，即 5＋3＝8。我們可以這樣一直算下去，下一個數字就是前兩個數字的總和，算到後來就會得到像下面的梵文韻律數列：

$$1,2,3,5,8,13,21,\cdots$$

　　各位以前可能看過這個數列。它在英語系國家有一個更廣為人知的名稱，叫費氏數列，得名自費波那契——其人本名為比薩的李奧納多，小名費波那契，費氏數列因為他而在十三世紀的歐洲聲名大噪（有時數列的呈現方式會以兩個 1 開頭，但基本原理相同）。先前已經說明，最開頭兩項之後的每一項，都是前兩項的和，例如 13＝5＋8；因此在數列中，21 之後的下一項，就是 13＋21＝34。費氏數列有許多有趣的特性，其中之一是前後相鄰的兩項之比形成的數列，即 $\frac{2}{1},\frac{3}{2},\frac{5}{3},\frac{8}{5},\frac{13}{8},\frac{21}{13}\cdots$ 會收斂成著名的黃金比率 $\frac{1+\sqrt{5}}{2}\approx 1.618$。

　　費波那契在一二〇二年的著作《計算之書》中介紹這個數列時，用了一個與兔子相關、有點傻的情境。一開始，各位有一對準備用於繁殖的兔寶寶。一個月後，這一對種兔會交配；再過一個月，雌兔會產下一對可用於繁殖的新種兔。若我們相當不切實際地假設兔子永遠不死、會一直繁殖下去，也忽略兔子亂倫等枝微末節的話，則一年之後，會有幾對兔子？各位可以看到，上述規則同樣適用於這個兔子數量形成的數列。任何一個月份內種兔的對數，就是一個月前的對數加上新

生種兔的對數,也就是兩個月前的兔子對數(因為從兔子出生到生出一對新種兔,需要兩個月),所以每一項都是前兩項的和。但在費波那契之前的數個世紀,印度詩歌學者就已經熟知這個數列了。韻律學專家維拉漢卡(約西元六百到八百年之間)、格婆羅(約西元一一三五年之前)和金月(約西元一一五〇年)都知道這個數列、如何產生這個數列;甚至還有證據顯示,更早之前賓伽羅已經寫過(約公元前三百年)費氏數列這回事。或許該替「費氏數列」改個名字了。

• • •

數學和詩歌是人們表達創意形式中最古老的兩種,這兩種形式間的關聯,可以回溯到寫作這件事本身起源。人類歷史上已知最古老、有作家具名撰寫的作品,出自一位了不起的女性之手——她叫安海度亞娜,生活在約四千年前的美索不達米亞城市烏爾。她寫了一套四十二首的「神廟讚美詩」,也許是人類史上首見的詩集。但作為月神南納的女性大祭司,她理應也具備必要的天文學和數學知識。這些知識,包括對數字,尤其是七的使用,以及對算術和幾何的說明,都在她的詩歌中融為一體。最後一闋神廟讚美詩提到「擁有無上智慧的真女人」從事的數學活動:

> 她度量頭上的九重天
> 在大地上拉開測量線[6]

　　詩歌和數學之間的愛情故事，從最早的邂逅至今，早已如繁花盛放。數學一直是詩歌之海的深層洋流，潛伏在韻律之下、隱藏在結構之中。正如十九世紀偉大的數學家卡爾‧威爾斯查司所寫：「數學家若沒有幾分詩人的意味，就永遠不可能成為完美的數學家。」那詩歌呢？詩歌其實就是以另一種形式延續的數學。

6　神廟讚美詩有好幾個譯本，這裡用了莎拉‧格拉茲的譯本，是我最喜歡的。格拉茲是廣受尊敬的數學家暨詩人，出版的書籍包括講解抽象代數的學術教科書以及詩集 *Ode to Numbers*（Antrim House, 2017），書名取自智利詩人巴布羅‧聶魯達的一首詩。

第二章

敍事的幾何：
數學如何構建故事

二〇〇四年，馮內果在一次公開講座中，說明某些類型的故事可以畫成什麼「圖形」[7]。圖形一號是「洞中之人」：

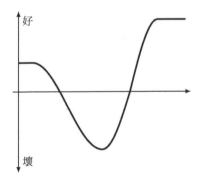

———————————

7 取自馮內果二〇〇四年在凱斯西儲大學的公開講座。線上觀看請至 https://youtu.be/4_RUgnC1lm8。

在馮內果的圖形中，縱軸衡量運氣，橫軸衡量流逝的時間；往上的曲線代表運氣愈來愈好，往下的曲線代表事情每況愈下。以「洞中之人」為例，一開始的時候，這個人一切順遂，接著突然天降橫禍，但最後有個完美大結局——要說哪本小說屬於這個類型，《塊肉餘生記》，或者完整書名相當宏偉的《布倫德斯通貧民窟的大衛·考勃菲爾之個人歷史、歷險、經歷和觀察（他從來沒想以任何方式出版）》一書，或許可以算是這個類型的故事。小大衛的快樂童年，在他七歲時戛然而止——他的母親嫁給了可怕的謀石先生，不久就去世了，讓可憐的大衛成為孤兒。但是，經歷重重逆境和考驗，大衛最終尋獲幸福。馮內果還提出另外三個圖形，我畫成草圖如下：

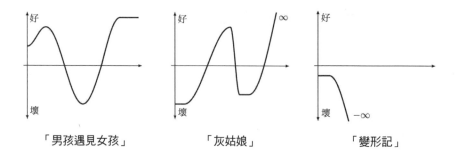

「男孩遇見女孩」　　　　「灰姑娘」　　　　「變形記」

「男孩遇見女孩」肯定是大多數言情小說的橋段：男孩遇見女孩、男孩失去女孩、男孩最終擄獲女孩芳心，皆大歡喜。隨便舉個例子，以珍·奧斯汀的《傲慢與偏見》中，珍·班奈特和賓利先生的故事為例：小說開頭時，珍和賓利對現狀都相當滿足。接著他們相遇並墜入愛河，生活似乎更為美

好。但傲慢的達西先生與勢利的賓利小姐所施的陰謀詭計，讓兩人分離。苦難接踵而至。最後，達西意識到自己作錯了，並向賓利坦承一切，賓利因此立即回頭去贏得女孩芳心，從此兩人過著幸福快樂的日子。

相較而言，「灰姑娘」則是以不幸開場。可憐的灰姑娘睡在爐火灰燼中（所以才叫「灰」姑娘），日以繼夜地為可怕的繼姐賣命。但隨後事情出現轉機──她去參加舞會，遇到白馬王子，但緊接著──大難臨頭！午夜降臨，看起來已經是滿盤皆輸。幸好，她的腳形狀奇特，是王國中唯一能穿上玻璃鞋的女孩。她嫁給了王子，從此幸福無限。

馮內果的最後一張圖，指的是弗朗茨・卡夫卡的黑色喜劇故事《變形記》。各位若還記得，故事的主人翁是四處奔走的業務格里高爾・薩姆沙，孤獨又鬱鬱寡歡。某天早上他醒來後，發現自己一夜之間變成一隻巨大的「害蟲」（一般認為是蟑螂），隨之而來的是讓人受盡屈辱、苦不堪言的經歷，讓主人翁淪落至染病、身亡。哀哉，善哉，老好人卡夫卡。

《變形記》等作品，可以歸類在荒謬主義這項優良文學傳統悲觀那一端。作家派翠西亞・洛克伍德打趣地將這種寫作風格，描述為「關於人在鄉間小屋中，變成一茶匙黑莓醬的小說」[8]。要看看真正荒謬的故事圖形，最好的例子就是天縱奇才、妙筆生花的無政府主義巨著《項狄傳》。作者勞倫斯・

8　這句話引用自洛克伍德二〇二一年的小說 No One Is Talking About This。

斯特恩的這套小說，最初是在一七五九至一七六七年這八年間，分為九冊出版。書中敘事者是特里斯舛‧項狄，一位決定寫自傳的紳士，但這個目標卻因為其他人物不斷在故事中橫插一腳而屢遭打斷。無數的順帶一提、橫生枝節，多到讓特里斯舛自己甚至一直到第三冊才得以出生。小說讀起來纏七夾八、樂趣無窮。在第六冊結尾時，特里斯舛‧項狄繪製了到目前為止的「敘事線」圖形：

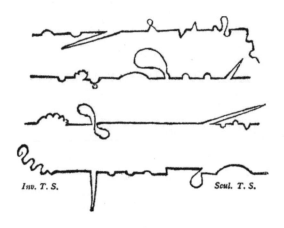

　　「這四條線描述我如何在故事中登場」，他寫道，「也就是我的第一、二、三、四冊。第五冊我寫得很好 —— 我描述的方式，準確來說就像下面這條線：」

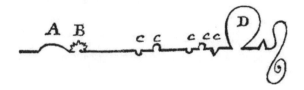

　　他宣稱這條線有所改善：「除了標註 A 的曲線，代表我的納瓦拉之旅，以及有凹槽的曲線 B，代表我與博西爾夫人、她的侍童在納瓦拉短暫地兜風，我完全沒有橫生枝節，直到約翰・德・拉・卡斯的魔鬼把我引至各位看到標記為 D 的圓圈。至於 c c c c c 只不過是括號。」「如果我以這個速度修復，」他說，「那麼從此事件敘述起來甚至像下圖一樣出類拔萃，也不是不可能：」

　　「像我盡己所能畫出這條最直的線……最好的線！包心菜菜農會這麼說，就是最短的線，阿基米德說的，就是從一個定點畫到另一個定點。」聽到這麼樂觀的預測後來證實完全落空，各位讀者想必非常高興 —— 小說的最後幾冊跟第一冊一樣，歡騰地四處瞎鬧。

　　馮內果的圖形和項狄瘋狂的敘事「線」很有娛樂效果。但關於敘事和情節，有沒有更成熟、更道地的數學詮釋？本章的標題取自希爾伯特・申克的故事〈敘事的幾何〉。故事中有一名學生認為，簡單的情節「線」只是起點；他發現一種方法，可以將莎士比亞的《哈姆雷特》與「超立方」四度空間聯結在一起，力陳應該把「故事中有故事」的情形看成是增加了一個維度。也就是說，申克的主角法蘭克・皮爾森沒有把時間當成第四個維度，而是建議我們使用他所謂的「敘事距離」：

我們有兩個各自獨立的 3D 現實：《哈姆雷特》這齣戲本身，戲裡的老克勞底阿斯看著哈姆雷特修改過的劇本在舞台上搬演、精神大受打擊；以及較短、較小、舞台上正演出的戲劇《岡雜古之死》。但這齣小小的戲劇，對真正的觀眾和正在舞台上觀賞這齣戲的丹麥王室而言，都與《哈姆雷特》的距離較遠，因為這齣戲呈現的方式，是「真實」、「真正」的戲劇中，被人工創造出來的產物。因此，《哈姆雷特》這段情節不僅模仿了四度空間的幾何物體，呈現方式也完全採用了超立方的投射型態，一個小舞台位於另一個更大的舞台中間。

故事後續的下文非常巧妙地讓敘事鏡頭 —— 這麼說吧 —— 不斷向後平移，因此參考用的畫面大小不斷改變。我們最先遇到的是故事的哪一部分，可能改變我們對情節的理解 —— 這個故事是皮爾森第一人稱的敘述，向我們說明他的文學研討會並引用故事段落嗎？或是，我們其實是在讀某個關於一位作家的故事，而這位作家正在寫的小說，恰巧是關於一個叫皮爾森的學生？我們如何理解這些不同層次的敘述，可能會讓我們想以不同的角度或不同的閱讀順序，重讀、重看一次文本。

・　・　・

莎士比亞在寫《哈姆雷特》時，沒有想著超立方；但許多作者會選擇在自己的敘事上刻意施加數學限制。正如作家亞莫

爾‧托歐斯在二〇二一年一次採訪中所言[9]：「結構在藝術創作中可以非常有價值。就像十四行詩的規則對詩人而言很有價值一樣，只要能採用規則，並嘗試在這些規則中創造新穎、另類的東西，小說的結構也能有同樣的效果。」各位可能心想，作家幹嘛要在花俏的結構上花心思？單純地寫一個好故事不行嗎？我的論點是，這是一種錯誤的二分法。不管寫什麼，結構都是下筆之初就存在的。語言本身是由構成元件形塑的，每個構成元件都有模式：字母組成單字，單字組成句子，句子組成段落等，這些都已經是某種結構，可以與幾何中的點、線、面等層級相提並論，每個階段都可以進一步施加更多結構。例如，段落可以連接在一起形成章節。所以各位要決定的，不是作品中要不要採用結構，而是選擇要採用什麼結構。作者可以選擇在每個層級上添加額外的結構限制；這些額外結構在感覺起來最自然、符合敘述主軸或情節設計時，效果最佳。

我們從「章」這個書籍通常用來當作最高層級的結構開始看起。伊蓮諾‧卡頓於二〇一三年出版的《發光體》，是一項驚人成就。卡頓是有史以來入圍曼布克獎最年輕的作家；接著在二十八歲時，成為有史以來最年輕的得主。評審說這本書「令人目眩神迷」，是「光彩奪目」的作品，「篇幅宏大卻不散漫無章」——它確實篇幅宏大。這本書有八百三十二頁，是

9　這是托歐斯在二〇二一年四月八日接受 BBC Radio 4 讀書會的採訪內容。在撰寫本書時，這集訪問節目可在 BBC iPlayer 上收聽：https://www.bbc.co.uk/programmes/m000tvgy。

有史以來最長的獲獎作品。小說背景是一八六〇年代中期的紐西蘭，事件主要都發生在淘金小鎮霍基蒂卡上。第一章以很數學的方式命名為「天體中的天體」，開場描寫的是一八六六年一月二十七日，探礦者華特‧穆迪抵達霍基蒂卡，踏入一場十二名當地人的會議——他們碰面是為了討論最近發生的一系列罪行。穆迪被捲入謀殺、詭異失蹤、自殺未遂、鴉片交易、發現價值四千零九十六英鎊的失竊黃金等事件交織的迷陣中。

書有十二章，或說有十二部，都發生在一八六五年或一八六六年間的某一天中（小說第一章按照時間順序，就在事件當中開場）。讀者在小說開頭遇到的十二個人，各與一個特定星座有關。他們在十二章中每一章的行動和行為，有一部分取決於那個星座在那一章當天的天文分布。恆星和行星在這幾個特定日期會位於霍基蒂卡夜空中的哪個位置，卡頓做了詳盡研究。順帶說一句，我不認為這必然是因為她是狂熱的占星迷。她形容華特‧穆迪「儘管從別人的迷信中獲得極大的樂趣，但他自己卻不迷信」。占星和天文資訊都是一種方式，既能提供結構，又能說明書中更廣泛的思路，包括命運、處境和自由意志間的交互作用。

《發光體》的每一章都分成特定數量的節，每一章的節數加上章的編號都是十三。所以，第一章有十二節，第二章有十一節；當讀者讀到第十二章，也是最後一章時，就只有一節。這種每次增加的數量或減少的數量都相同的模式，如同數列 12、11、10、9……在數學中叫做等差數列。書中「章數加節數」都是十三的公式下，隱藏著一個非常簡單的技巧，可以

將全書的節數相加。如果辛辛苦苦把數字一個一個加起來計算總和，必須從 1＋2＋……加到 12，是非常累人的。但如果各位把這十二章都翻過一遍，知道每一章的章別加上節數都是13，因此這十二章中這麼多個 13 的總和，就是 12×13＝156。下圖右側是節數，左側為章別，每組加起來都是 13。

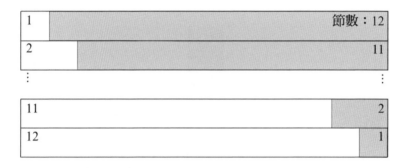

但是，這個總數是所需數字的兩倍，因為它也包含章別編號 1＋2＋……＋12 的總和。我們只要把數字對半腰斬，就會得到各章總和、各節總和為 $\frac{1}{2}(12\times13)=78$。

這個技巧是我對數學最初的印象之一，是小時候媽媽教我的，我當時覺得非常神奇。她講了一個（可能是杜撰的）故事，說偉大的數學家高斯在上小學時，老師為了要獲得片刻的祥和安寧，給全班同學一項任務，就是把 1 到 100 的數字全部加起來。但小高斯毀了老師的如意算盤──他顯然當場發明了我剛剛解釋過的這個小技巧。如果我們的書有 100 章，用相同的模式，那麼 1＋2＋……＋100 的總和就會是 $\frac{1}{2}(100\times101)=5,050$。超酷！不過，我替這位可憐的老師感到有些遺憾──他只不過

是想清靜半小時。

　　《發光體》的數學結構最有趣、最令人印象深刻的地方，是每一章的篇幅都只有前一章的一半。這種限制對小說的篇幅有重大影響。我們可以用一個矩形來代表第一章的篇幅（讀者也可以用單字、字元、行數、頁數來衡量篇幅，隨你喜歡哪一種，反正差別不大），如下圖所示：

　　現在，下一章的篇幅是這個尺寸的一半，所以我們可以在右邊插入一個尺寸只有一半的矩形。第三章是第二章的一半，第四章又是第三章的一半。下圖中已經描繪出前幾章的樣子。

　　我們可以持續不斷地在圖中插入愈來愈小的矩形，絕不會超出外圍方形的界線。為了讓各位讀者看看圖形會怎麼發展，下方左圖中已經加上第五、六、七、八章，右圖中加上第九章到第十二章。

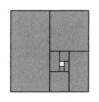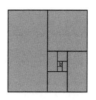

　　圖形正在形成美麗的螺旋效果，後續的每章都恰如其分地安放在剩下愈來愈小的空間裡。這代表無論有幾章，這本書的篇幅總長不會超過第一章的兩倍，絕無例外！就算有一百萬章也一樣[10]。

　　我們知道這本書有十二章。那有沒有什麼快速簡單的訣竅可以計算節數，讓我們只要知道第一章有多長，就能準確地知道這本書有多長？有，真令人高興。每章篇幅構成的數列，即 $1, \frac{1}{2}, \frac{1}{4}, \frac{1}{8}, \ldots\ldots$，要從這一項推進到下一項，不是加上或減去固定數字，而是「乘上」一個固定數字（在這裡是 $\frac{1}{2}$）。這種數列稱為等比數列，要增加等比數列的項次，要運用一個巧妙的概念。我會讓各位讀者看看將後續項次除以二的情形，因為上文中我們就是這樣處理各章篇幅，但同樣的概念適用範圍更廣。

　　OK，假設第一章篇幅長度為 L，各位想怎麼量這個 L 都行，用頁數、字數等都可以。然後，第二章的長度是 $\frac{1}{2}L$。第三章的長度是 $\frac{1}{4}L$，依此類推。這本書的篇幅總長會是：

10　螺旋效果會繞著一個點收斂，這個點恰好位於正方形的 $\frac{2}{3}$，再向上 $\frac{1}{3}$ 的地方（如果您是數學家，證明這一點應該會讓您其樂無窮）。

$$L+\frac{1}{2}L+\frac{1}{4}L+\frac{1}{8}L+\frac{1}{16}L+\frac{1}{32}L+\frac{1}{64}L+\frac{1}{128}L$$

$$+\frac{1}{256}L+\frac{1}{512}L+\frac{1}{1024}L+\frac{1}{2048}L$$

可以把因數 L 帶到最前面讓算式看起來簡單一點：

書籍篇幅總長＝

$$L\left(1+\frac{1}{2}+\frac{1}{4}+\frac{1}{8}+\frac{1}{16}+\frac{1}{32}+\frac{1}{64}+\frac{1}{128}+\frac{1}{256}+\frac{1}{512}+\frac{1}{1024}+\frac{1}{2048}\right)$$

訣竅來了。兩邊都除以二：

$$\frac{1}{2}（書籍篇幅總長）＝$$

$$L\left(\frac{1}{2}+\frac{1}{4}+\frac{1}{8}+\frac{1}{16}+\frac{1}{32}+\frac{1}{64}+\frac{1}{128}+\frac{1}{256}+\frac{1}{512}+\frac{1}{1024}+\frac{1}{2048}\right)$$

有沒有看到，兩個表達式中都有一個 $\frac{1}{2}$，上下並列，後面接著一個 $\frac{1}{4}$ 也上下並列，一直排到 $\frac{1}{2048}$？現在，我要從第一個表達式中減去第二個表達式，這樣等號左邊就會是書籍篇幅總長減去一半，剩下一半的書籍篇幅。等號右邊，幾乎所有東西都會被消掉，只剩下：

$$\frac{1}{2}（書籍篇幅總長）＝L\left(1-\frac{1}{4096}\right).$$

乘以二，就是我們算出《發光體》篇幅長度的專利公式：$2L\left(1-\frac{1}{4096}\right)$。還記得那四千零九十六鎊的失竊黃金嗎？就在那裡——與書的結構緊緊交織！

作者選擇把書寫成十二章，與其他結構元素搭配得天衣無

縫。然而，我很快就會讓各位讀者看到，可能的章數受到等比級數嚴密的限制。再仔細看看各章篇幅，各位會發現篇幅都與 2 的次方有關。次方的數學符號是在數字上方加上一個小小的上標，代表這個數字乘以自己乘了幾次。例如，2^5 的意思是 $2 \times 2 \times 2 \times 2 \times 2$，即 32。為了求出比如說這本書第七章的篇幅，各位如果回頭看看我用來計算書籍篇幅總長的等式，就知道必須將第一章除以二除六次，所以第七章的篇幅就是 $\frac{1}{2^6} L = \frac{1}{64} L$，第十二章的篇幅是 $\frac{1}{2048} L = \frac{1}{2^{11}} L$。假設最短一章的篇幅為 S，那以有十二章的《發光體》為例，則 $L = 2^{11} S = 2048S$；這本有十二章的書，篇幅總長為 $2L\left(1 - \frac{1}{4096}\right)$。用 $2^{11}S$ 代替 L，會得到 $2 \times 2^{11} S\left(1 - \frac{1}{4096}\right)$；請注意，$2 \times 2^{11}$ 其實就是 2^{12}，即 4,096，可以美妙地簡化為 $(2^{12} - 1)S$。

　　代入實際數字，很快就可以計算出 $2^{12} - 1 = 4096 - 1 = 4095$，意思就是這本書的篇幅總長是最後一章篇幅的 4,095 倍。篇幅長度顯然不能以頁數來衡量；不然，即使最後一章只有一頁，可憐的伊蓮諾·卡頓也不得不寫一本 4,095 頁的龐然大物。《發光體》確實長，但也沒有那麼長。各位想一想就能了解，為什麼最近的電視劇改編版本沒有按照書籍的結構，也就是編成十二集，每集的長度都只有前一集的一半。如果這樣改，則最後一集若只有一分鐘，第一集就必須超過 68 小時以上。

　　1,000 多頁的書很難裝訂，要找到願意印刷的出版社可能更難，因此，我們把 1,000 頁當作一個合理最大值，每頁大約 400 字，則需要撰寫的合理字數上限是 400,000 字。即使最短

一章只有 100 字，總字數也會是 100×4,095，即 409,500 字，又比字數的合理上限更高。我剛剛數了一下《發光體》第十二章的字數，一共 95 字，表示全書估計有 389,025 字。這個數字不準確，是因為字數有不同的計算方法，所以其中有一些待商榷的餘地（各章標題要算嗎？「第七部」之類的字要算嗎？）。最短的一章有 95 字，表示這本書不可能超過十二章──假設這本書有──比如說──十三章，那麼字數會多一倍還不止、直逼 778,145 字，準備付印的時候肯定會讓人驚訝得目瞪口呆！

如果真的有人想寫一本篇幅逐章減半、超過十二章的書，最多能寫多少章呢？要知道一本有（比如說）n 章的書篇幅有多長，可以先計算最短的一章有多長，就是再用一次計算篇幅有十二章時完全相同的計算方法。如果有 n 章，最後一章的長度會是 $S=\frac{1}{2^{n-1}}L$，或者寫成效果相同的 $L=2^{n-1}S$。這本書的篇幅總長不會是 $(2^{12}-1)S$，而是 $(2^n-1)S$。哪怕最短的一章只有一個字，總字數也很快就會達到上限。為了維持字數在400,000 字以內，可以先用 $2^n-1 \leq 400,000$ 解出最多可以有幾章。如果各位求解成功，就會發現 n 最高可以到 18；最後六章有跟沒有一樣──六章總共只會有 63 個字。

為什麼卡頓要使用這種特殊結構？這種結構、這本小說能成功，一部分是因為這不是隨機選擇。如果為了強調與十二星座的關聯、想讓自己的書與十二有關，各位可以讓每個句子都由十二個字組成，或者寫成十二章、共有 $12^2=144$ 節，或是採用其他各式各樣的可能性。決定讓這十二章的篇幅逐章減

半、彷彿月亮從盈到虧一般的做法之所以奏效，是因為這樣既呼應了書中天文學、占星學的主題，也襯托情節的開展，以及暗藏其中的故事主軸、分別由太陽和月亮代表的一對戀人。文字與結構能產生共鳴：事物翻倍又減半、下墜又上升、增加又減少，如太陽、月亮、星辰一般，角色的命運亦復如此。妓女安娜・韋瑟瑞因為上個月債務翻倍而感到絕望，正如書中的描述「墮落的女人沒有未來；發達的男人不論過往」。

　　隨著書中各部變得更緊湊，讀者也感覺到張力在加劇。二〇一四年，卡頓在一次採訪中說：「我把它看成輪子，一個巨大的車輪。一開始會吱嘎作響，跑起來之後就會旋轉得愈來愈快。」隨著每一章的限制變得愈來愈嚴格，命運不可避免之勢也愈來愈強烈──我們清楚看到了螺旋向內旋轉的效果，把我們拉進最後一章中，那對命中注定的戀人溫柔繾綣的最終場景。最後第十二部的標題是「新月抱舊月」，發生時間是一八六六年一月十四日，就在第一部事件發生幾天前──這是小說真正的中心。我們所看到的螺旋式漸進，讓人想起葉慈在永垂不朽的詩作〈二度降臨〉中所描繪「愈益擴大的漩渦」的形象。這首詩的前四行如下：

迴旋復迴旋，於愈益擴大的漩渦

獵鷹聽不見放鷹的人

一切都崩落，再無核心可以掌握

只剩下混亂，漫溢世間

在這首詩中，我們跟隨漩渦軌跡，在風暴中隨著漩渦由中心向外移動。但在《發光體》中，我們跟隨的是相反的軌跡，愈來愈逼近中心。以一本參考了這麼多占星術的小說而言，《發光體》沒有將這個「愈益擴大的漩渦」直接放在讀者眼前，反而是恰如其分地呈現出一個逆行的漩渦。

•   •   •

在《發光體》中，等比級數結構展現在各章的物理長度上。但每一段敘述都還有另一種結構 —— 不是空間結構，而是時間順序結構。正如 E・M・佛斯特所言，小說中總有一個時鐘，有時滴答聲非常響亮。亞歷山大・索爾仁尼琴的《伊凡・傑尼索維奇的一天》正是如此，描述了在俄羅斯古拉格勞改營十年徒刑期間中一天的事件。維吉尼亞・吳爾芙的《戴洛維夫人》和詹姆斯・喬伊斯的《尤利西斯》也發生在一天之內，在在顯示施加限制不必然會限制創意，這三本書本身也有天壤之別。土耳其作家艾莉芙・夏法克在二〇一九年一部淒美的小說中，以更短的時間為本：一個名叫萊拉的女人被殘忍地謀殺；當她的大腦開始停止運作時，她一生的記憶從腦海中掠過，直到靈魂最終離開了軀體。這段奇異、生死交界的時間總長，也成為這本書的書名：《倒數 10 分又 38 秒》。如果各位現在在想，照這種速度，我接下來會宣稱，有一本書中，時間根本沒有流逝 —— 各位猜對了。法國作家喬治・培瑞克的《生活使用指南》，據稱發生在一九七五年六月二十三日晚上八點剛過的某個瞬間。

　　二〇一六年，亞莫爾‧托歐斯的小說《莫斯科紳士》則向另一個極端發展。書中的事件不是發生在一天內，而是在三十二年之間；但這本書的時間順序架構非常精巧。如果一位作者在華爾街的銀行工作了二十年後，才寫了第一部小說（二〇一一年的《上流法則》，榮登暢銷書榜首），那這位作者的作品中會有數學結構，應該也不足為奇。關於托歐斯的軼事中，我聽過最棒的是他十歲時，把一則訊息放在瓶子裡，然後從麻塞諸塞州一個叫西洽普的地方把瓶子扔進海裡。「如果這個瓶子漂到中國」，他這麼（或以類似字眼）寫道，「請回信」。放過瓶中信的孩子是不是成千上萬？有收到回應的是不是少之又少？然而幾週後，雖然不是來自中國，但真的有人回信了。當時找到瓶子的，正是《紐約時報》的總編輯哈里森‧索茲伯里，兩人通信了好幾年；在托歐斯十八歲時，這對筆友終於相見。索茲伯里其實還在《莫斯科紳士》中客串了俄羅斯記者的角色，就是他在真實世界的身分。但是，如果各位原本以為他當年是從窩瓦河中把瓶子打撈上來的，恐怕要失望了 —— 瓶子是他在葡萄園港的海灘上撿到的，距離西洽普大約三公里多。

　　《莫斯科紳士》以莫斯科著名的大都會飯店為背景，說的是亞歷山大‧伊里奇‧羅斯托夫伯爵一生中三十二年的故事。這位伯爵於一九二二年被布爾什維克法院判處在旅館終身軟禁，從此便一直居住於此。羅斯托夫是個精彩的角色 —— 他被譴責是食古不化、冥頑不靈的貴族，數十年來被強制拘留在旅館、蝸居在六樓的閣樓裡，為自己開創新的生活方式；但旅館外面、俄羅斯的生活方式，正發生翻天覆地的變化。他之所

以能僥倖逃過一死，是因為判刑的委員會認同他在一九一三年
寫的一首詩。

　　如果各位讀過這本書，應該就已經注意到，六月二十一日
這個日期反覆出現，且多年來好幾個關鍵事件都發生在這一
天；托歐斯說這個隱藏的結構長得像手風琴，而重複的日期只
是冰山的一角。故事橫跨三十二年，可能在暗示各位，書中可
能會涉及 2 的次方（因為 32 是 2^5，或 $2×2×2×2×2$）。果然
如此。這本書一開場描寫的是一九二二年六月二十一日的夏
至，也是羅斯托夫開始被軟禁的日子。然後，讀者會看到在
抵達飯店後的隔天發生了什麼，接著是兩天後，接著是五天
後。再下來是十天後、三週後、六週後、三個月後、六個月
後，最後終於過了整整一年，迎來一九二三年的六月二十一
日。每次的時間長度（大約）都會翻倍，而且這種倍數不斷持
續──從他開始在大都會飯店服刑起，讀者都是在夏至見到
羅斯托夫，接著是兩年後、四年後、八年後，最後是十六年
後，也就是一九三八年的夏至。這是故事的中間點，就像夏至
是一年的中間點一樣，是白晝最長、夜晚最短的日子。托歐
斯在這裡以這個中間點作軸心，用美好的對稱反轉這個數列
──讀者接下來會跳到八年後的一九四六年（距離結束還有八
年），然後是四年、兩年，一直下去，時間間隔不斷減半，直
到故事終曲，同樣是伯爵抵達大都會飯店的周年紀念日六月二
十一日。我不多說細節，不過結局讓人非常愉悅。

　　如果有人和我是同一類人，顯然就會覺得很難心安理得地
宣稱，以 1、2、5、10、21（三週）開頭的數列有在規律地翻

倍。畢竟，只有在歐威爾《一九八四》的酷刑室中，二加二才
會等於五。但若各位從一年開始計算，然後四捨五入到最接近
的合理單位，這個數列就說得通了。一年的一半是六個月；再
一半是三個月；三個月的一半是六週多一點，所以四捨五入到
六週；再減半就是三週，或 21 天；21 天的一半是 10 天再加
個零頭；再一半是 5 天；5 天的一半是 $2\frac{1}{2}$，所以捨去成 2 天；
然後再減一半，就只剩 1 天。教授我茲此用印核准，給過！

　　就像《發光體》一樣，選擇等比級數和逆序等比級數這種
數學結構，不是隨便選的──這種結構有益於敘事。一開始的
「顆粒度」──如托歐斯所言──是必要的，好讓讀者和羅斯
托夫能夠好好地熟悉大都會飯店、他的新閣樓斗室，以及其他
住在那裡的客人、工作人員。時間一久，拉長時間間隔會比較
合適──讀者不會想知道三十年來每一天的細節。但這個過程
不應該毫無止盡地持續下去。當故事接近尾聲，我們再度需要
這種顆粒度，堆疊建構成令人興奮的結局（我不爆雷）。翻倍
和縮減是實現這種結構的絕佳方式，也與人類記憶運作的方
式、如何體會時間流逝的方式相似。我們對童年的記憶都歷歷
在目，但成年後，時間似乎加快了腳步。愈靠近當下時間的事
情，例如：今天、昨天或最近，我們都記得很牢；但是當我們
回憶過去，時間彷彿是濃縮了一般。

•　•　•

　　翻倍和減半的數列會順著數字排列而不斷延續。但若要看
看文學作品中，平面數學結構的例子，最現成的就是喬治・培

瑞克廣受讚譽的《生活使用指南》。上文已經提及，書中所有動作都精準地發生在某個特定時刻。因此，在顛覆時間結構的任何可能後，反而會有方法施加其他結構。故事發生在巴黎西蒙－克呂布里埃大街十一號的一棟公寓裡，公寓裡許多人的生活在各個層面都息息相關。其中有一位巴圖布斯，是個古怪的英國人，花了好幾年的時間學習繪畫並周遊列國、把不同的港口畫成水彩畫，然後把圖畫改製成拼圖，而他畢生的志業就是要完成拼圖。製作拼圖的人和巴圖布斯的繪畫老師，同樣是西蒙－克呂布里埃大街十一號的鄰居。不幸的是，巴圖布斯沒有完成他的人生大業——他在一九七五年六月二十三日晚上八點前去世，來不及完成所有的拼圖。

這部小說中，可以看到的結構骨架，是公寓有 100 個房間，排成 10×10 的正方形；順便說，閣樓房間、地下室和樓梯間都包括在內。每一章都發生在不同的房間裡。到目前為止看起來沒什麼問題——但結構深入的程度遠不止於此，結構背後的數學故事還涉及紙牌遊戲、俄羅斯帝國、早期的計算機，以及史上最偉大的數學家所犯的一項錯誤。

各位解過數獨遊戲嗎？如果有，各位就已經建造過所謂的拉丁方陣。如果有人沒解過數獨，別擔心，我已經替各位設計了一個小小的數獨遊戲來說明我的意思（我設計的是 4×4，但報紙上的通常是 9×9）。這個十六宮格玩到最後，1 到 4 的每個數字必須在每一行都恰好出現一次。我已經填了幾個數字，各位的工作是完成十六宮格，讓每一行、每一列都有一個 1、一個 2、一個 3 和一個 4（如果這是一個 9×9 的網格，要

用的就會是 1 到 9 的每個數字）。

3	1		
		1	3
4	2		
1		2	

　　各位要怎麼解呢？比如，可以先看到第一直列必須要有一個 2，因此第一直列的空格必須為 2，這會讓第二直列／第二橫行中的空格必須為 4，依此類推。完成的十六宮格長這樣：

3	1	4	2
2	4	1	3
4	2	3	1
1	3	2	4

　　像這樣所有數字在每一行、每一列中都恰好出現一次的正方形網格，稱為拉丁方陣。

　　如果各位是十七世紀的法國貴族，想找個有趣的邏輯遊戲消遣一下，就可能已經嘗試過當時大為流行的另一種拉丁方陣謎題。這種謎題也要用到 4×4 的十六宮格，但這裡的十六宮格是由撲克牌組成的。在這種謎題中，玩家必須把一副牌的四種花色（紅心、方塊、黑桃、梅花）中等級最高的四張牌（J、Q、K、A──在英國，這些牌稱為「宮廷牌」），以一

種特殊的方式排成 4×4 的十六宮格。每一行、每一列都必須恰好有四種花色的牌各一張，以及四張不同的宮廷牌（一張A、一張K、一張Q和一張J）。下面是一種解法。

A♠	K♥	Q♣	J♦
K♦	A♣	J♥	Q♠
J♣	Q♦	K♠	A♥
Q♥	J♠	A♦	K♣

　　這個遊戲玩到最後，產生了不只一個拉丁方陣，而是兩個：一個花色構成的拉丁方陣，一個牌名構成的拉丁方陣。除此之外，這些牌也排列得非常工整，每種組合都只出現一次；例如，絕不會有兩張紅心皇后。所以，這是一種「雙重」拉丁方陣；更確切地說，這是一個包含兩組不同數字或符號的拉丁方陣，重疊方式會讓每對符號恰好只出現一次。這種方陣有時被稱為「正交拉丁方陣」或「雙拉丁方陣」，或「希臘拉丁方陣」——因為一組符號取自希臘字母，一組符號取自拉丁字母。但我會統一稱之為「雙重拉丁方陣」。

　　這種紙牌謎題有很多不同解法，但直到幾個世紀後，英國數學家凱瑟琳・歐勒倫蕭才找出確切有多少解法（1,152種）。歐勒倫蕭是一位了不起的女性。她出生於一九一二年，從小就非常喜歡數學。八歲時，她因病失聰，發現數學是在（當時有教的）各科目中，少數不受耳聾妨礙的科目之一。在

她漫長的數學生涯中，她還寫了第一篇說明從哪個位置開始都能解決魔術方塊難題的學術論文──這項壯舉的副作用，就是玩魔術方塊玩過頭導致拇指受傷，被美國的《讀者文摘》形容為是第一宗已知的「數學家手」個案。哦，她還當過曼徹斯特市長，並代表英格蘭出戰冰球賽事。我也很喜歡她的一個小故事：凱瑟琳嫁給了她的青梅竹馬羅伯特・歐勒倫蕭；她說，當他送她一支計算尺作為禮物時，她知道這一定是真愛。對，我就喜歡老派的浪漫。

回來討論我們的紙牌謎題。有這麼多解法，肯定夠讓各位在好幾個漫漫冬夜賞玩一番。但一段時間後，人們需要更大的挑戰，因此，一七七〇年代開始流行符合這種需求的謎題，就是所謂「36軍官問題」。這一回，各位有 6 個不同的軍團，每團有 6 個不同級別的軍官：中尉、上尉、少校等。各位同樣必須將他們放入一個正方形網格中──這次是 6×6──讓每一行、每一列都能全部不同的軍階各一個、全部不同的軍團各一個。正解就是一個 6×6 的雙重拉丁方陣。話說，這個謎題在聖彼得堡的貴族間廣為流傳，據說，君臨全俄羅斯的女皇凱薩琳大帝也很著迷，在安置她的上校、准將和將軍之間進退維谷，還因此下詔傳喚當時在俄羅斯聖彼得堡學院的天才數學家歐拉前來協助。重點來了：歐拉也做不到。

關於歐拉其人，各位得知道兩件事情：首先，他的名字發音是「歐啦」；其次，他是有史以來最受推崇、最有影響力的數學家之一，執筆寫成共九十二本數學著作。他一手開創了被稱為圖論的數學研究領域，外加其他各式各樣的創舉。他導入

許多現代數學符號，包括我們寫函數的方式。法國數學家拉普拉斯本人也成就非凡，卻告誡我們「去讀歐拉，去讀歐拉，他是我們數學界的大師。」所以，如果有什麼事情是歐拉做不到的，肯定值得我們注意。像所有數學家一樣，當我無法解決某個問題時（如果各位身上從未發生過這種情形，代表問的問題不夠難），我必須思考：是只有我做不到，還是這件事其實是不可能的？下一步是利用推測讓這種感覺更具體，推測「這個問題無解」──絕對不可能。一旦你在數學論文或會議中大聲這樣說，就可能有人會找出解法，然後你就會覺得自己有點傻。因此，當我們在推測時，要對推測的情境非常有信心。歐拉處理 36 軍官謎題的方式就是這樣：他推測不是只有他沒有找到解法，而是根本不可能有解法──6×6 的雙重拉丁方陣是不存在的。

唯一能確定這件事真的不可能的方法，就是在數學上證明它；我們必須提出不可能有解法的原因。為了給各位一點提示，我可以讓各位看看「4 軍官謎題」為何無解──換句話說，四宮格的雙重拉丁方陣，就是要有兩種軍階和兩種軍團的方陣，是不存在的。假設我們有一號軍團和二號軍團的將軍、少校各一位，你必須將這四名軍官放在一個 2×2 的四宮格中，讓每一行、每一列都有一名少校、一名將軍，以及各軍團的軍官一名。既然兩位將軍不能在同一行或同一列，他們就必須在對角。要做到這一點只有兩種方法，如下圖所示：

　　無論將軍一號在哪一角，他都會與一位少校同站一行，與另一位少校同站一列。但，喔，糟糕！這代表將軍一號和少校一號會同時站在某一行或某一列，違反了每一行和每一列中要有各軍團的軍官一名的規則。這種情況連五星上將（雙關語絕對是故意的）都會被難倒。身為數學家──我們身不由己──歐拉當時想找出可行的雙重拉丁方陣有多大、是否有某種通則。他知道 2×2 不可行，6×6 也找不到解法。然後，他設法證明尺寸為奇數（3×3、5×5 等數字）、尺寸以 4 為倍數（4×4 的紙牌謎題、8×8 等數字）的方陣，都可以形成雙重拉丁方陣。歐拉在一七八二年推測，剩下的 2、6、10、14、18 等數字，還有後續以 4 為單位往上加的數字，都不可能形成雙重拉丁方陣。甚至就算是要找出 6×6 的解法，要排除的可能性也多如天文數字、以百萬起跳。終於，在一九〇一年，加斯頓·塔里用數學家貼切地形容為「窮舉法」的方式，完成找出解法的壯舉──別擔心，他沒有一個一個檢查所有可能的組合。他找到某些巧妙方法，一次可以排除大量可能組合，讓問題變小、要檢查的數量變少，但可能性仍然眾多。結果，凱薩琳大帝和更大的歐拉大大是對的：36 軍官謎題是無解的。所以，歐拉的推測看起來站得住腳。

但後來，事情有驚人的發展。一九五九年，在某次將早期的計算機初步應用在數學上時，E・T・帕克、R・C・鮑斯和S・S・施里克安德成功找到 10×10 的雙重拉丁方陣！更驚人的是，他們證明了所有其他大於 6 的數字，都可以形成雙重拉丁方陣，甚至連棘手的 14、18 等數字也不例外。歐拉錯了，但在將近兩個世紀後才被發現。這是個大新聞——一九五九年十一月號的《科學人》封面上，赫然是一張「不可能」的 10×10 雙重拉丁方陣圖片。講到這裡，我們要回頭討論喬治・培瑞克——他對探索數學結構的潛在用途、是否能創造新的文學形式和限制深感興趣。因此，歐拉認為不可能存在的雙重拉丁方陣實際上是可行的，這個令人興奮不已的發現，正對培瑞克的胃口。

《生活使用指南》的場景，是一棟 10 層樓、每層樓有 10 個房間的建築，產生了一個 10×10 的方陣，有 100 個房間。然後，培瑞克創造了好幾張有十種特性的清單，比如有十種布料的清單。小說的每一章都發生在建築的某個特定房間裡，因此對應到 10×10 方陣中的某個特定位置。每章都會把相關的雙重拉丁方陣重疊在一起，從十種特性清單中取出不同的特性，凸顯這些特性的獨特組合，產生非常豐富的敘事結構。好戲還在後頭——這場百花齊放的組合式結構大秀，還有最後一個要素。這些故事接續登場的順序，是以 10×10 棋盤上「騎士巡邏」的路線決定房間順序。在西洋棋（棋盤為 8×8 的方陣）中，騎士是唯一不能移動到相鄰方格的棋子；它要先往一個方向移動兩格，然後往垂直方向移動一格（例如，向右移動

兩格，再向上移動一格）。「騎士巡邏」就是騎士走過整個棋盤、每個空格只經過一次的路線──是否可行不太明顯，但確實是可行的。第一個記錄有案的解法，歸功於九世紀中葉，住在巴格達的阿迪利‧阿爾魯米。還有其他解法嗎？其他尺寸的棋盤可行嗎？第一個系統性研究騎士巡邏的──各位猜對了──就是歐拉，而以上兩個問題，答案都是肯定的。

　　話先說在前面：做出推測，後來發現推測錯誤，沒什麼好丟臉的。歐拉的推測造就令人興奮的數學發展，後人花了好幾世紀才找到解法。所以，等下我說他失敗了時，絕對只是在開玩笑──如果能像歐拉失敗得這麼成功，我作夢都能笑醒。《生活使用指南》的主題之一，嗯，就是失敗。巴圖布斯的人生志業失敗、沒能拼完所有拼圖。同樣住在這棟公寓的瓦里恩是畫家，他的計畫失敗、沒能畫出這棟公寓所有的房間和房裡所有的人。雙重拉丁方陣的結構，也把歐拉的失敗、未能預測雙重拉丁方陣其實存在這件事，納入故事中。還有最後一項失敗，是培瑞克故意的：騎士巡邏失敗，沒能巡邏完整棟建築！這本書不是 100 章，而是 99 章，漏了一間地下室。我喜歡培瑞克在描述這本書的結構時「解釋」說，騎士失敗、沒有巡邏所有的房間，不是他的錯。他說：「這件事呢，第兩百九十五頁和第三百九十四頁的小女孩，要負全部的責任。[11]」

---

11 培瑞克在 Four Figures for *Life: A User's Manual* 一文中做了這樣的說明。這篇文章後來出現在 *Oulipo Compendium* (Atlas Press, 2005) 的英文版本中。請注意，他說的女孩出現在英文版的第二三一頁和三一八頁上。

．　．　．

本章已經看到像伊蓮諾‧卡頓和亞莫爾‧托歐斯這樣的作家，如何利用數學結構製造強大效果，形塑小說的時間軸。喬治‧培瑞克在《生活使用指南》中又把效果大大提高，藉由巧妙設計將時間與空間結合在敘事的幾何框架中。但培瑞克只不過是烏力波的成員之一──上文已說明，「烏力波」這群作家專攻文學限制，搞出令人目眩神迷的成果。下一章的主題就是烏力波。

第三章

潛在文學工坊：
數學和烏力波

　　一九六〇年十一月二十四日，在巴黎的一家咖啡館，兩名法國人雷蒙・格諾和佛杭索瓦・勒里昂內與一群有數學頭腦的作家、有文學頭腦的數學家會面，成立了「Ouvroir de Littérature Potentielle」，簡稱「Oulipo」（由原文名稱開頭的字母組成，音譯「烏力波」）；翻譯成中文，大致的意思是「潛在文學工坊」。這個團體的目的是探索將結構使用在文學中時，不論是詩、小說、戲劇，會有什麼新的可能。由於數學的本質極易造成結構，烏力波對數學概念是否可能成為新文學形式和結構限制的起點深感興趣。格諾和勒・里昂內在文藝圈之外不怎麼有名，不過，各位現在都很熟悉格諾的一百兆首十四行詩，也可能接觸過像伊塔羅・卡爾維諾和杜象這樣的烏力波作家；喬治・培瑞克現在也算跟我們有交情了。

　　「如何在藝術中創造新東西」這個問題，不是一九六〇年

代的法國才有的，也不是文學才有的。烏力波用數學回答這個問題，一部分可以視為對超現實主義的回應：超現實主義者用自動寫作和其他技術，從潛意識中取出素材、變成白紙黑字。烏力波的基本概念是，創造新文學類型的方式之一就是創造新的文學形式，將文思傾注其中。文學形式是什麼呢？不就是對文字施加某種限制嗎──例如，十四行詩的行數？甚至，語言的基本組成單位通常也都是有規則的──例如，一個英文句子「必須」包含一個名詞和一個動詞。

當時的數學寫作也有一些發展影響了烏力波作家，就是自一九四〇年代以來，一系列由尼古拉‧布爾巴基執筆、定期問世的書籍。這件事的妙處在於，古往今來，根本沒有哪個數學家叫這個名字。「布爾巴基」是一個團體的化名，成員多數是法國數學家。他們聚在一起以匿名的方式集體執筆、撰寫一系列書籍，包含的內容從最基本的原理開始，可謂支撐現代數學這座大廈的所有地基。這是件了不起的事情，這些書也一直使用至今。我手邊的這一冊，包含我自己在代數的研究領域之一，書裡到處都是書角被摺起來的痕跡。

替自己的主題設定探討規則，然後在這個堅實的基礎上證明定理──這種做法其實出處不凡、淵遠流長，可以上溯至數千年前的歐幾里得。這裡所謂的「探討規則」，就是定義使用的詞彙，確定當有人說「圓」、「線」時，指的是相同的東西；還有一些大家公認為真的事實，以它們為起點，可以進一步推衍出更多真理。這種方法對數學家的作用，與十四行詩這種形式限制對詩人的作用是一樣的：給你結構，邀請你去探索

這個結構。在這樣的設定中，我可以成就什麼？在歐幾里得的幾何規則中，我們可以證明畢達哥拉斯定理；在十四行詩的規則中，我們可以寫「我可能把你和夏天相比擬？你比夏天更可愛更溫和。」

那麼，在文學中，怎樣的「公理」算是合理的？一個非常簡單的例子，就是所謂「漏字文」（lipogram，來自古希臘語，意為「遺漏一個字母」）所秉持的公理──寫作時禁用某些字母。最著名的漏字文小說，出自我們的朋友喬治·培瑞克之手：一九六九年出版的《失蹤》，滿足了不用字母 e 這個唯一的公理。嗯，即使不是全部，但在大多數歐洲語言中，e 是最常見的字母，因此也是最難省略的字母。以法文而言，一般正常的文本中，超過六分之一的字母是 e（或是如 é 和 è 這種重音版本）。試試寫一個沒有 e 的句子，一個就好──很難。（It's difficult to do）看到我做了什麼嗎？（See what I did there?）噢，應該說是「看看我剛剛做的動作！（Look at my action just now!）」

漏字文不是烏力波發明的，它的歷史悠久、可以追溯到古希臘時代：公元前六世紀的詩人拉蘇斯，至少寫了兩首故意避免使用希格瑪（Σ）這個字母的詩，顯然是因為他不喜歡 Σ──我想蘿蔔青菜各有所愛。十世紀時，一本名為《蘇達辭書》的拜占庭百科全書，提到一項更有野心的企圖：一位名叫里斐奧多魯斯的詩人，在拉蘇斯之後將近一千年，創作了荷馬《奧德賽》的漏字文版本。《奧德賽》分成二十四冊，而希臘文，至少在當時，有二十四個字母。里斐奧多魯斯的《奧德

賽》（遺憾的是現在已經失傳）每一冊都省略了一個字母：第一冊沒有 α，第二冊沒有 β，以此類推。《失蹤》甚至不是第一部省略字母 e 的小說──這項榮耀要歸給《蓋茲比》，是恩尼斯特‧文森‧萊特於一九二七年寫成的小說，現在幾乎已經被人遺忘。在烏力波成立前，就已經本著烏力波精神寫成的作品，烏力波作家對此有個厚顏無恥的稱呼：預期性剽竊。（《失蹤》中大大方方拿《蓋茲比》的預期性剽竊打趣，有一個角色就叫做蓋茲比‧V‧萊特爵士。）

每篇漏字文作品，包括萊特的著作在內，都讓大家想問：是，很巧妙沒錯，但為什麼要這樣做呢？這樣有助於產出優美的藝術嗎？寫《蓋茲比》不用字母 e，沒有什麼特別的理由──文中沒有地方跟這個選擇特別相關。我完全不反對智力挑戰，但我們當然希望漏字文作品讀起來，不會讓人感覺是為挑戰而挑戰。我認為，《失蹤》讓幾乎所有其他漏字文作品相形見絀，就是這個原因──作者不僅僅是克服了艱鉅無比的技術挑戰、寫成全書但沒有用自己語言中最常見的字母。《失蹤》的超群之處，是培瑞克有遵守同為烏力波作家的雅克‧胡博提出的兩條規則之一：按照某項特定限制寫成的文本，必須以某種方式說明這項限制（稍後我會告訴各位他的第二條規則）。《失蹤》的情節以尋找某樣缺失東西為中心，小說中的角色最終意識到，缺失東西就是字母 e。小說中有給讀者一些線索，例如，第一到二十六章中缺了第五章（因為 e 是字母順序中第五個字母）。也有給書中角色的線索：有一間醫院病房中有二十六張床，但五號床沒有人；有一套二十六冊的百科全

書，其中沒有第五冊。胡博形容《失蹤》是「一本關於消失的小說：e 的消失。因此，小說既訴說消失的故事，也訴說創造這種訴說形式限制的故事。」

在小說後記中，培瑞克解釋——仍然不用字母 e——他寫這本書的原因：「身為作家，我的野心、我的重點，或是甚至稱作我的執著，始終如一的執著，主要就是組合出既具啟發性又有原創性的文藝作品，可以，或可能可以，成為刺激建構、敘述、情節、行動等概念的興奮劑；簡單地說，一劑當今小說寫作的興奮劑。」*文學評論家、研究培瑞克的頂尖權威華倫·F·莫特解釋，《失蹤》也是對失去的沉澱。第二次世界大戰使培瑞克成為孤兒——他的父親在軍事行動中喪生，母親在大屠殺中死於非命。正如莫特所言，e 的缺失意味著「培瑞克在他的小說中無法說出 père（法文的「父親」）、mère（法文的「母親」）、parents（「父母」）、famille（法文的「家庭」）等字眼，也不能寫出自己的名字（Georges Perec）。簡而言之，小說中的每一處『空白』都填入了豐富的意義，每一處都指向培瑞克從幼年直至初為成人時，奮力因應的存在空白。」

---

* 原文為「My ambition, as Author, my point, I would go so far as to say my fixation, my constant fixation, was primarily to concoct an artifact as original as it was illuminating, an artifact that would, or just possibly might, act as a stimulant on notions of construction, of narration, of plotting, of action, a stimulant, in a word, on fiction-writing today.」這裡的無 e 法英翻譯出自吉爾伯特·阿代爾。

•　　•　　•

　　沒有 e 的小說，例如，培瑞克的《失蹤》；或只用 e 當母
音的小說，例如：《失蹤》的續集《重現》，哪個比較難寫？雷
蒙・格諾建議用一種數學方法來衡量「漏字文難度」。大家憑
直覺就知道，省略字母 x 比省略字母 t 容易；還有，文本愈長，
創作起來當然就愈困難。格諾的想法是要精準測量這一點，看
文本是用哪種語言寫成的，就用那種語言的字母頻率分布測
量。任何特定文本中，不同字母的比例會略有不同，但如果蒐
集、整理大量不同文本的結果，就可以相當精準地預測在一份
英文文本中每個字母的比例。最常見的字母依序是 e、t、a、i
和 o；最不常見的是 k、j、x、q 和 z。幾個世紀以來，人們一直
使用這些知識來破解密碼，因為如果敵方替訊息加密的方式，
是用其他字母或符號替換掉某些字母，我們就可以有憑有據地
猜想，最常出現的符號代表字母 e，第二常出現的是 t，依此類
推（除非敵方寫的是漏字文）。第八章會對這一點詳加說明。

　　格諾測量漏字文難度的方法，是取被省略的一個或多個
字母的頻率 f，乘以用單字數量計算的文本長度 n。以英文為
例，典型文本中每 100 個字母裡，平均有 2 個 y，13 個 e──
這是因為 y 的頻率是 0.02，而 e 的頻率是 0.13。所以我們預測
會有 0.02×100＝2 個字母 y，0.13×100＝13 個字母 e。想要更
精確的話當然也可以更精確：如取到小數點後第五位，e 的頻
率為 0.12702，y 的頻率為 0.01974。

　　我們來看看實際運作起來的樣子。創作一篇 500 個單字

的文本但不用字母 y，這種漏字文的難度為 $0.01974 \times 500 = 10$（四捨五入到最接近的整數）。但不用字母 e 的話，就算創作的文本篇幅短很多，難度仍然會大幅提高：一篇 200 字、不用字母 e 的文本，難度級別為 $0.12702 \times 200 = 25$（再次四捨五入到最接近的整數）。《失蹤》呢？e 在法文中甚至比在英文中更常見，頻率為 0.16716，導致像《失蹤》這樣 80,000 字的小說極其艱鉅，難度高達 13,373。話說，《失蹤》由吉爾伯特・阿戴爾翻譯成英文版 *A Void*。從一個字都沒有到寫成 80,000 字無字母 e 的英文文本，難度級別會是 10,162。但是請千萬不要以為我認為寫 *A Void* 比寫《失蹤》容易 —— 像阿戴爾這樣的翻譯面對的是令人望而生畏的挑戰，既要維持漏字文的限制，同時又要忠實地產出譯文，著實是一項了不起的成就。

　　比較安全的做法是比較《失蹤》和《重現》的難度 —— 培瑞克開玩笑說，他在《重現》這本續集中用光了所有《失蹤》中缺少的 e。要計算難度，這回我們必須將法文中所有其他母音出現的頻率相加。我查過這個數字，總頻率為 0.28018；我也非常粗略地計算了《重現》的字數，總共有 36,000 字 ——意思是難度為 10,086。《重現》篇幅較短的原因相當明顯：如果這本書和《失蹤》一樣長，則寫作的難度會增加一倍。[12]

12《重現》有一個伊恩・孟克的譯本，書名為《埃克塞特文本：珠寶、祕密、性》。這個譯本的漏字文難度級別為 $0.25398 \times 36,000 = 9,143$。不過再說一次，如果考慮到翻譯的超級挑戰，這種比較並不公平。

　　像《失蹤》同樣具有自我參照的特性、比較近期的漏字文，是二〇〇一年馬克・鄧恩的 *Ella Minnow Pea*（書名意譯為「艾拉、鰷魚、豌豆」）——書名中角色的名字聽起來像 l、m、n、o、p，連書名都在暗示接下來會發生的事情。這本書以虛構的諾洛普島為背景，島上的居民崇敬納文・諾洛普，眾所公認的全字母句「那隻迅速的棕色狐狸跳過懶狗兒」（the quick brown fox jumps over the lazy dog）發明人（如果有讀者不知道全字母句是什麼，全字母句就是一個包含所有字母的成語或句子）。島上有一尊諾洛普雕像，這個全字母句就刻在下方。有一天，刻著全字母句的磁磚有一塊掉落下來，島上的統治者認為這是神的某種指示，必須把這個字母從字母系統中刪除並禁用。從這一刻起，這個字母就再也沒有在書中出現過。愈來愈多的字母從雕像上掉下來、愈來愈多字母被禁用。政府決定，這個流程要喊停，唯一的方法就是證明諾洛普實際上不是神；只有找到一個更短的全字母句，才能證明諾洛普不是神。在這個絕望的時刻、當字母只剩下 L、M、N、O 和 P 時，與書名同名的艾拉（Ella）設法找到了一個三十二個字母的全字母句（比諾洛普的少三個字母），字母系統又恢復完整，大家從此過著幸福快樂的日子。

　　在結束漏字文的話題前，我想提一下加拿大作家克里斯蒂安・博克的 *Eunoia*，二〇〇二年加拿大格里芬詩獎的獲獎作品。這本書的主要部分有五章，每章只使用一個母音，整本書省略字母 y。「A 章」中的句子會像是「像伊斯蘭釋令一樣嚴屬的法律禁止任何缺乏 A 作為正字標記的段落」（A law as harsh as a fatwa bans all paragraphs that lack an A as a standard hallmark）。書名 *Eunoia* 是英文中包含了所有母音的最短單字，代表健全的狀態。法文中包含了所有母音的最短單字是 oiseau，意思是「鳥」，某種程度上更廣為人知；oiseau 是這本書第二部分的標題。正如最後一節「新的倦怠」所言，書中文字「付出如薛西佛斯般令人嘆為觀止的精力，故意讓語言殘缺不全，讓人看到即使在這種難如登天的限制條件下，語言仍然可以表達某種 —— 如果不用崇高形容 —— 不可思議的思想。」這段文字寫得很好，書中當然也有一些可愛的意象。但我不得不說，雖然創作漏字文這種鬼斧神工的成就需要的非凡技巧值得讚賞，這些著作中有些地方，展示巧妙技巧的意圖對比上感動讀者的意圖，比例有點太高了。對漏字文的討論，我想我們就以 *Eunoia* 作結吧。

●　　●　　●

不知道為什麼，烏力波這整件事非常有法國情調 —— 除了巴黎的咖啡館，它還能在哪裡誕生呢？不過，烏力波作家中名氣可能最大的，卻是個古巴出生的義大利人。這位作家的母親給兒子取的名字，是要提醒他永不忘祖；但一家人在他出生後卻幾乎立即搬回義大利，代表伊塔羅・卡爾維諾永遠背負著一個形容他是「好戰的民族主義」的名字。

卡爾維諾最著名的作品是以第二人稱寫成的《如果在冬夜，一個旅人》，這種寫作視角非常罕見。書中描寫一位讀者（你）試圖在冬夜閱讀一本名為《如果在冬夜，一個旅人》的

書。你買下這本書，但書中只有相同的十六頁，一遍又一遍地重複。當你退書時，發現這幾頁其實是從另一本名為《馬爾堡鎮外》的書複印過來的。但是，當你試著找第二本書時，也出了差錯，讓你看到第三本書魅惑的開頭。講述你嘗試掌握這些書的情節，與每本書的首章交替出現。《如果在冬夜，一個旅人》既巧妙又有趣，還有一張書籍類別清單，書中這個精於買書的「你」一眼就認出都是些什麼書（包括「你可能會暫時擱置一旁準備夏天再來看的書」、「在任何突發狀況下你會希望正好就在手邊的書」、「所有人都看過所以等於你也看過的書」）。

或許各位已經把《如果在冬夜，一個旅人》放在一邊，可能留到今年夏天再來看，那我勸各位，不妨也讀讀卡爾維諾美麗而憂鬱的《看不見的城市》，絕對名列「希望能跟其他書一起擺在書架上的書」—— 借用卡爾維諾的另一個書籍類別。《看不見的城市》向馬可波羅的遊歷和湯瑪斯・摩爾的《烏托邦》致敬，帶有《一千零一夜》的色彩。書裡描寫了本該屬於忽必烈帝國的五十五個奇幻城市，長度從一兩段到幾頁不等。例如，地下城阿及亞只有十四行 —— 從地面上看不到這座城市的任何蹤跡，很難知道它究竟在不在那裡。「這個地方荒廢了。」卡爾維諾寫道，「在夜裡，你的耳朵貼在地面，你偶爾可以聽到用力關門的聲音。」在所有這些城市的背後，有一個馬可波羅絕口不提的城市，所有其他城市都只是這個城市的倒影：他的家鄉。「每次我描述某個城市時，我其實是在說有

關威尼斯的事情。」他告訴忽必烈。

《看不見的城市》共分九章，但對城市的敘述如何區分、編號，方式頗為奇特。每個城市都被歸進十一個類別中的一個（例如「城市與死亡」，或「連綿的城市」），每種類別有五個城市。例如，第二章在目錄中看起來像這樣：

2.

……

城市與記憶・5

城市與欲望・4

城市與符號・3

輕盈的城市・2

貿易的城市・1

……

虛線代表每章中未命名的節，馬可波羅和忽必烈的討論就放在這裡。第三到八章也有五個城市，編號為 5、4、3、2、1。但第一章和第九章各有十個城市，看起來像是（但實際上不是）隨機編號。第一章完全沒有 5，第九章沒有 1。到底是怎麼回事？為什麼要用 5、4、3、2、1 這個遞減順序？為什麼不就寫十一章，每章五個城市；或者寫五章，每章十一個城市？為什麼一開始就有五十五個城市？我們從最後一個問題開始解答。《看不見的城市》的靈感之一，是湯瑪斯・摩爾的

《烏托邦》。湯瑪斯‧摩爾是都鐸王朝的作家、政治家,最終成為亨利八世治下的英格蘭大法官。不幸的是,他反對亨利讓英格蘭脫離天主教會的決定,也因此被以叛國罪名處決。他在一五一六年問世的《烏托邦》裡,描述了一個想像中的完美國家(「烏托邦 Utopia」一詞是湯瑪斯‧摩爾創造的,源自希臘語;取決於「U」轉換為希臘語的方式,這個詞的意思可能是「沒有地方」或「好地方」)。亞馬烏羅堤是唯一一個有詳細描述的城市,因為書中說其他所有城市的情形都是一樣的。所以,卡爾維諾向我們介紹了全部五十五個城市,填補了摩爾書中的空白。

但請先停在第一頁。我在讀《烏托邦》(它是用拉丁文寫的)的英文翻譯版時,大家都說書裡有五十四個城市 —— 這點相當奇特。我不知道卡爾維諾是否手邊有某個義大利文版本,裡面誤植成五十五個城市?或者,我們應該理解為在亞馬烏羅堤之外,還有五十四個城市?某個版本有一條註解說,烏托邦的五十四個城市「在摩爾的時代,相當於組成英格蘭和威爾斯的五十三個郡,外加倫敦這個城市。」我的拉丁文不怎麼樣,但原文的「quatuor et quinquaginta」,連我看起來都怪像五十四的。我不想因此引發國際事件,所以為了維持和平,我建議,如果《烏托邦》的五十四來自 53+1,也許《看不見的城市》為了致敬,因此是 54+1。

現在(總之)我們有五十五個城市,應該要怎樣把它們安放到各章?嗯,我們有十一種城市,每種類型有五座城市。所

以，我們可以有一個類似矩形的結構，每一橫行代表一章，每一直列代表一個城市類型，如下圖，圖中 1、2、3、4、5 的數字是每種類型的五個城市。第一直列是「城市與記憶」，第二直列是「城市與欲望」，依此類推到第十一直列「隱藏的城市」。

第一章　　1 1 1 1 1 1 1 1 1 1 1

第二章　　2 2 2 2 2 2 2 2 2 2 2

第三章　　3 3 3 3 3 3 3 3 3 3 3

第四章　　4 4 4 4 4 4 4 4 4 4 4

第五章　　5 5 5 5 5 5 5 5 5 5 5

這裡的第一章有每種類型的城市 1，第二章有城市 2，依此類推。我們就別拐彎抹角了：這種結構很無聊。每次都以相同順序重複一遍相同的十一種元素，不會讓人有往前推進的感覺，也無法讓每章各有不同的風格。

卡爾維諾選擇的結構，有在字裡行間透露出線索。「我的帝國，」忽必烈說，「是用水晶材料造成的，它的分子排列形式完美無瑕。在諸元素的洶湧擾動裡，一顆璀璨的堅硬鑽石成形了。」卡爾維諾所做的，是將每一直列依序向下移動，如下圖所示：

```
1
2   1
3   2   1
4   3   2   1
5   4   3   2   1
    5   4   3   2   1
        5   4   3   2   1
            5   4   3   2   1
                5   4   3   2   1
                    5   4   3   2   1
                        5   4   3   2   1
                            5   4   3   2
                                5   4   3
                                    5   4
                                        5
```

　　為了避免一章中只有一兩個城市，並創造一種令人愉悅的對稱，卡爾維諾將這個結構中最前面四行、最後面四行放入第一章和第九章。中間的各章現在都有 5、4、3、2、1 的模式，我們會看到某種城市類型的第五個例子，然後下一個城市類型的第四個例子，依此類推。每一章會讓我們看到某個特定類型的最後一個例子，並介紹一種新的城市類型。這種新和舊、熟悉和陌生的混合，讓本書的框架有一種微妙的動力。

第一章	1									
	2	1								
	3	2	1							
	4	3	2	1						
第二章	5	4	3	2	1					
第三章		5	4	3	2	1				
第四章			5	4	3	2	1			
第五章				5	4	3	2	1		
第六章					5	4	3	2	1	
第七章						5	4	3	2	1
第八章							5	4	3	2	1
第九章								5	4	3	2
									5	4	3
										5	4
											5

　　讀者還會注意到，如果把第一章和第九章放在一起，會組合、構成一個整體的縮影，恰好重複「５４３２１」的主題四次，讓我們看到「一顆璀璨的堅硬鑽石成形了」。這是非常優雅的設計。卡爾維諾本人也確實曾表示過，《看不見的城市》是他最滿意的作品之一，因為他在其中成功地設法「用最少的字數表達最多的事物」。

　　本書的結構還給了喜歡數學的讀者一個彩蛋。在《看不見的城市》第八章中，忽必烈對著棋局沉思（當然是在第八章，因為西洋棋是下在 8×8 的方格棋盤上的）：「如果每座城市都像是一盤棋，等到我學會規則的那天，即使我絕對無法

知悉帝國的每一座城市，我終究還是能夠擁有我的帝國。」各位已經看到了書中結構勾勒出來的模式，而且，請看──五十五個城市加上九章，等於棋盤上的六十四個方格。巧合嗎？絕對不是。

• • •

　　和任何成功學派一樣，烏力波也分裂出數個派別。請記住，「烏力波」代表「潛在文學工坊」。任何創意的努力都可以有一個「潛在X工坊」或稱「烏X波」。有「烏巴波」（原文 Oubapo，ba 指 Bandes-Dessinees，意為漫畫）、「烏潘波」（原文 Oupeinpo，pein 指 peinture，意為繪畫），甚至「烏力波波」（原文 Oulipopo），指「Ouvroir de Littérature Policière Potentielle」潛在偵探小說工坊。可能潛在的潛在工坊多的是。當然，大家真正需要的是一個「烏烏X波波」，然後必須再來一個「烏烏烏X波波波」等……離題了。

　　如果各位喜歡烏力波風格外加謀殺情節，克勞德・貝爾熱的《誰殺了登斯莫爾公爵？》就是現成的作品。貝爾熱是一位受人尊敬的法國數學家，對圖論的發展貢獻非凡，且長期以來都是烏力波的成員。他熱愛數學和文學（好一位和我志同道合的人），發現很難決定職涯發展要以哪一個為重點：「我不太確定我想鑽研數學；學習文學的驅動力常常更大。」貝爾熱筆下的登斯莫爾公爵謀殺案，不僅用了數學概念，還用了這個概念的數學結果。這樣一來，貝爾熱就遵守了雅克・胡博提

出的第二條規則。如果各位還記得，規則的第一條說，使用特定限制的文本必須以某種方式提及這項限制。第二條說，如果使用了某項數學概念，則這個概念的結果也應該要納入。貝爾熱的故事說的是一位著名的偵探試圖解決一個老案子：登斯莫爾公爵多年前被謀殺，凶手仍然逍遙法外。嫌疑人的範圍縮小到公爵的七位女性友人（委婉地說）身上，每位都曾在謀殺發生前到公爵府上拜訪。在隨後幾年裡，她們都聲稱已經忘記拜訪的確切日期，但清楚記得當時還有誰在場。如果兩個人有見到面，即使時間短暫，她們拜訪的時間也一定是重疊的。我們的偵探最後得到的，嗯，是好幾段時間區間；對這些時間區間，他所知道的也只有哪些時段是重疊的。

　　要繼續往下調查，好像沒什麼線索。但是有一種巧妙的方法可以把這種情況中的關係視覺化──就是區間圖。這個詞中的「圖」，在意義上類似地鐵系統的地圖──圖中有各個不同的點（地鐵站或時間區間），然後把相連的接在一起（地鐵線路上相鄰的站，或重疊的時間區間）。我們舉一個文學家庭當例子。假設《小婦人》中馬屈家的女兒，梅格、喬、貝絲和艾美都拜訪了她們脾氣暴躁的馬屈姑婆。梅格說她在那裡看到了喬和艾美，喬說她看到了梅格和貝絲，貝絲報告說遇到喬和艾美，艾美看到了貝絲和梅格。如果每個人說的都是實話，這些資訊全部都可以在區間圖中有效地掌握，下面就是一個區間圖的例子。

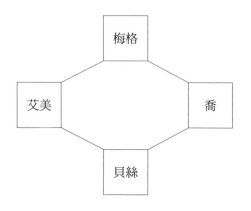

　　不過有件事情要注意：這張圖有一個循環，是梅格－喬－貝絲－艾美。但是圖論中有個定理說，每張區間圖都是「有弦的」——意思就是每個循環的某個地方都必須有一條弦，就是連接其中兩點的中間線。如果一張圖沒有這個特性，那就不可能是一張真正的區間圖。在上文的圖中，這代表梅格和貝絲之間要有一條線連接，或是艾美與喬要有線連接。儘管這樣說讓我很痛苦，但這個結論看來是躲不掉了：至少有一個馬屈家的女孩沒有說實話。女孩們的媽咪會很失望的。在這個例子中，我們無法證明誰在說謊（我把錢押在艾美身上）。但在登斯莫爾的故事中，嫌疑人更多，而且區間圖還有一個特性：圖中會正好有一個特定的某人，只要把這個人從圖中移出，則圖中剩下的部分就會形成真正的區間圖。若嫌疑人中有人撒謊，最可能的原因不就是這個人謀殺了公爵嗎？偵探知道區間圖定理，因此抓到了凶手。

•　　•　　•

　　本章中我們看到，烏力波的寫作原則既有趣又認真——這是我最喜歡的一種組合。就像他們說的，人生重於泰山，不能嚴肅以待。在結束與烏力波有關的所有說明前，我靈機一動，想要創作我自己的潛在文學作品。我不認為之前有人寫過，但如果真有人寫過，那我要恭喜前輩出色的預期性剽竊。

　　一九七六年，雷蒙‧格諾發表了一篇名為〈文學基礎〉的短文（模仿大衛‧希爾伯特的著作名稱）。大衛‧希爾伯特是十九至二〇世紀一位重要的數學家，窮盡畢生之力使數學，尤其是幾何學，有了堅實嚴謹的基礎。在幾何學上，人們花了兩千年的時間，試圖徹底搞清楚歐幾里得的平行公設到底是怎麼回事。平行公設說，如果你畫出一條線，然後取不在這條線上的任一點，則會通過這一點的線中，會恰好有一條與一開始的線平行。因為沒有人能證明這一點，所以必須把它當成公理——但它不如其他公理那麼明顯。十九世紀時，人們意識到，幾何學其實有其他版本——所謂的「非歐幾里得幾何」——平行公設在這種幾何學中，其實是不成立的，代表歐幾里得幾何學的某些特性可能也不適用。以地球為例：從北極畫一個三角形，一直畫到赤道，然後沿著赤道走四分之一圈，再回到北極。這個三角形會有三個直角！我們剛剛毀了幾何學嗎？不是。我們只是發現，曲面的幾何與平面的幾何是不同的。另外一個例子是透視圖。在透視圖中，平行線會在「消失點」交會；如果各位對「平行」的定義是「永不交會」，這就令人有點沮喪了。

　　希爾伯特做得極其出色的，是建立了一些幾何的規則或公

理，適用範圍廣到足以涵蓋上述所有不同例子，以及許多其他例子，但同時保有它們的共同之處。以下是希爾伯特的兩項公理。

1. 有兩個不同的點，一定有一條線包含這兩個點。
2. 一條線上的任意兩點唯一決定這條線。

綜合起來，這些規則說的是任兩點會存在於一條，且是唯一一條線上。這些公理不僅在標準幾何中為真，對球體的「曲線」和透視圖中的線而言也為真。其實在很多情況中，「線」和「點」的概念很有用。這裡要剖析的重點是，在特定場景中──不論多麼荒謬古怪──只要公理為真，則這些公理的所有結果也會為真。因此，在許多不同場景中，我們可以不用多花力氣，就能證明定理為真。

好吧，回頭來談〈文學基礎〉。格諾認為，不妨根據特定的文學公理來創作文學文本；不用點和線，可以用單字和句子。建立一組公理後，新的文學形式將由滿足這些公理的文字組成。之前談過的兩項幾何公理，按照格諾的說法，會變成下面這樣：

1. 文本中任兩個不同的單字，文本中一定有一個句子
   包含這兩個單字。
2. 文本中有一個句子，文本中任意兩個單字會唯一決
   定這個句子。

　　如格諾所言，描述公理的文字本身就不滿足公理，但沒關係——（比如說）定義「押韻的對偶」的文字本身，並不一定是押韻的對偶，儘管這樣一講我自然就忍不住想要找一個出來。

　　讓各位看看真正的怪奇「幾何」是什麼樣子——我們稱之為「法諾平面」，以發現它的義大利數學家基諾‧法諾命名（儘管我認為法諾並不知道，但事實上在他之前，至少有兩位預期性剽竊者獨立發現了這個平面）。法諾平面包含恰好七個點、恰好七條「線」——下圖中以六條直線、一個圓圈呈現，每條線包含恰好三點。

法諾平面

　　這個物體對稱得令人嘆為觀止。每對點都正好在一條線上，每對線都正好交會於一個點上；每條線恰好包含三個點，每個點恰好位於三條線上。真美麗。是的，這個結構有大約一百萬種用途，從密碼學到樂透彩券，從集合論到實驗設計都可以派上用場。這張圖還與另一張大家更熟悉的圖有所關聯——經典的文氏圖，呈現出三個集合間所有可能的交集，圖中

102

的七個區域對應到法諾平面的七個點。但我喜歡法諾平面的原因與用途無關,完全單純地只為其對稱的簡潔而傾倒。

為了對格諾和烏力波致敬,我創造了一種新的、公理般的文學形式,把它命名為「法諾小說」。法諾小說的規則很簡單:每則文本使用正好七個單字(我們的「點」),且由正好七個句子(我們的「線」)組成,每個句子包含正好三個單字。每對單字會恰好出現在同一個句子中,且任何一對句子都恰好有一個共同的單字。我還要求自己每個句子都應該遵守傳統的文法規則,一定要有一個動詞。這段敘述總共只會有二十一個單字,想必相當單薄。我的法諾小說首發作品,全都濃縮在下面這張法諾圖中。

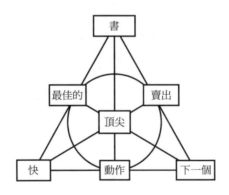

這個故事告訴你,身為一間經紀公司的員工,你聽到建議說千萬不能放過下一個超級巨星,趕緊把她簽下來。她代言的系列 T 恤會賣到斷貨,她的自傳會引發各方爭搶競標。你要鼓勵她馬不停蹄地寫出續集,超越她先前的最高成就。她的表

現超群非凡，讓你可以賣掉你的收益股份、以百萬富翁的身價
退休。下面是法諾小說版本的內容：

　「書頂尖動作！

　最佳的書快！」

　最佳的賣出快。

　下一個，書賣出。

　「動作快──下一個！

　下一個：頂尖最佳的！」

　最佳的動作：賣出

　我現在唯一要做的，就是舒舒服服地坐等獲頒諾貝爾文學
獎。

　我在上一章的最後說過，烏力波的成員將限制的使用發揮
到極致。他們在這個方向上的發展是不是太過火了？有時對他
們作品的指控之一，是施加的限制只會形成巧妙的謎題。面對
這種指控，烏力波第一時間的回應是，一件東西沒有理由不能
同時既巧妙，又是偉大的藝術。但更重要的，也是烏力波作家
不時提醒批評家的一點，就是烏力波是一個潛在文學工坊；它
的目的是提供可能的結構，不見得是文學本身。正如雷蒙・格
諾所言：「我們將自己置於美學價值之外，不代表我們鄙視
它。」古往今來，史上曾有過許多糟糕的十四行詩問世，但這
不代表十四行詩的概念本身是差勁的。有限制的文本中有些是
枯燥乏味的，就像小說中總有枯燥乏味的一樣。但也有奇妙

的、富有想像力的、充滿創意的、令人興奮的有限制文本——培瑞克、卡爾維諾、格諾和其他作家，創作了我們今天仍在津津樂道的藝術。所以，這就是我要替烏力波說的公道話。每個人對藝術和技術之間的界線在哪裡，都有自己的個人觀點，但我真的相信，每一種品味都有適合的烏力波作品。

第四章

數數有多少種讀法：
敘事選擇的算術

各位有沒有在手機上玩過那種要在每個「場景」結尾做選擇的故事 app？我女兒在決定她的角色應該要和查德還是和凱爾去參加畢業舞會時，我幾乎可以聽到腦細胞溶解的聲音。因此，我當然忍不住想知道，這樣的遊戲到底有多少種玩法、要寫多少場景。許多書籍、戲劇甚至詩歌，都讓讀者自己選擇閱讀方式 —— 而數學能幫助我們理解其中的意義。想像某個互動性故事在每頁的結尾，都讓讀者從兩個選項中選一個，每個選項都會將讀者導引到不同的頁面。表面上，我們會需要兩種版本的第二頁，但接著是四種版本的第三頁、八種版本的第四頁，依此類推。不可思議的是，就算讀者在整本書中只做十個選擇，這本書也得有兩千多頁！顯然，書不能這樣編排。本章將探討敘事選擇的數學，學習如何寫一部讓觀眾決定劇情走向，但演員無需熟悉數百個場景的劇本，也會探索若以莫比烏

斯環的形狀撰寫故事時，會發生什麼情況。

．　．　．

我們在第二章中看到了一些有趣的「圖形」，代表故事的情節。但還有另外一種圖形，可以讓創作者用在戲劇、書籍或其他形式的文學作品中，提供多條看完文本的路徑──作者可以藉由各種方式引導讀者，或在關鍵時刻提供讀者（或看戲的觀眾）選項，或導入隨機的概念。這裡所說的圖形，是有點，或稱頂點的網絡，各頂點間由邊連接，代表各點之間的關聯，就像上一章中各位看到的區間圖一樣。上一章的例子是地鐵地圖──對於這類地圖，我們在意的是連結，而不是確切距離或準確的地理位置。現今世界中非常重要的另一種圖形，就是把每個頂點當成一個網頁，當一個網頁裡面包含連接到另一個網頁的鏈結時，這兩個頁面就被連起來了。這類圖形代表了網際網路的連結特性，有助於決定網頁在搜索引擎中的排名；鏈結多的頁面，在清單中的排名也會較高。最後，各位如果玩過「凱文‧貝肯的六度分隔」，就會知道社會的連結也可以用一張圖來代表：每個人都是一個頂點，如果兩個人出現在（或執導，或以其他方式參與）同一部電影，則這兩個人就可以連起來。

現在給各位看的圖形，是由保羅‧富爾內爾和尚皮耶‧埃納爾（這兩位當然都是烏力波成員）設計的圖形。這個圖形叫「戲劇樹」，是為了幫助編寫互動性戲劇而創造的。圖形的概念是在每個場景的結尾，演員要求觀眾在兩種可能的情節發展

中二選一。假設一個蒙面男子在某個場景的結尾走上舞台，觀眾會被問：這個男人是國王的私生子，還是皇后的情人？觀眾的選擇會決定接下來要上演的場景。這對觀眾而言很有趣，但想想可憐的演員（更不用說可憐的布景師、服裝設計師和道具管理人員）：每次有另一種選擇時，演員必須排練的場景數量就會增加，而且是戲劇性暴漲。如果觀眾總共要做四次選擇，他們就會看到五個場景（場景一到四的結尾各做一次選擇，然後是最終的場景五）。但是演員要排練多少場戲呢？一個場景一，然後觀眾做選擇，於是就有了兩個版本的場景二。然後再選擇一次，所以這兩個場景二會分叉為四個場景三，然後是八個場景四，最後是十六個場景五。如果把它們通通加起來，會得到 31 個場景（這是 2^5-1 嗎？是的）。場景結構可以用圖形表示，從最上面的場景一到最下面所有可能的場景五：

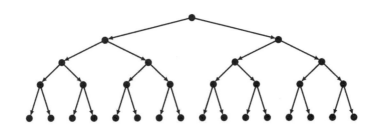

　　富爾內爾和埃納爾另闢蹊徑的地方就在這裡。他們利用了一種設計，就是以單個頂點（場景一）為始、每個頂點之下仍有兩條路徑的圖形，其實不只一種，而且這些圖形的頂點總數

較少；意思就是觀眾仍然可以體驗有五次選擇的互動劇場，但演員會開心很多。

　　下面是富爾內爾和埃納爾提出的圖形「戲劇樹」。各位可以看到，圖中只有十五個場景：

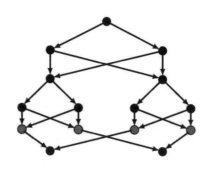

　　這個圖形的原理是什麼？在戲劇樹中，我們從最上面的場景一開始，然後往下，每到一個點做一次選擇。但原劇中有四個不同版本的場景三，戲劇樹卻有辦法只有兩個。怎麼做到的？嗯，編劇必須確保在場景二結尾時，無論搬演的是哪個版本的場景二，都能讓觀眾在同一組的兩個場景三中做選擇。例如，如果觀眾在場景一結束時，選擇蒙面陌生人是國王的兒子，那麼在他們的場景二中，可能會有一個新角色，即皇后的情人，戲劇性地出現。不過呢，會有另一群觀眾認為陌生人應該是皇后的情人，則他們的場景二可以讓國王的兒子粉墨登場。這樣一來，無論是哪種選擇，場景二結尾要做的決定都可以是「國王的兒子和皇后的情人應該決鬥，還是應該發現彼此是老朋友？」在場景四的結尾，觀眾又可以做一次選擇：

「你希望結局是喜劇？還是悲劇？」為了讓四個場景四可以僅用兩種結局收場，最後一個場景被切成一個過場場景 5a（灰色）和一個終場場景 5b（黑色）。將所有完整場景和只剩半場的場景加起來，會得到十五個場景。

　　在這兩種設定中，觀眾都會看到五個場景；至於觀眾可能看到多少齣戲，路徑總數就是答案。在這兩種情況中，答案都是十六，因為每個選擇都會將這齣戲的宇宙一分為二。有一個選擇，就會有兩齣戲；有兩個選擇，就會有四齣戲；三個選擇有八齣戲，四個選擇有十六齣戲。保羅‧富爾內爾指出，創作十六齣獨立的五場景戲劇，需要寫八十個場景。就算是效率較低的互動劇場版本，也已經用三十一個場景改善了必須創作的場景總數。但是戲劇樹的效果更好──圖論替演員減少了六十五個場景，等於百分之八十一的工作量，令人驚豔。

　　我思考是否可能再更上一層樓。答案是「能」，但有個限制。看一齣用戲劇樹發想的互動劇場，各位的體驗──做四個選擇，看到五個場景──與看用更大的、三十一個場景的樹狀圖發想的戲劇沒有區別；至少，如果只看一次的話是沒有區別的。如果第二天再去捧場一次，那麼即使各位做了不同的選擇，仍很有可能會看到一些相同的場景。整棵樹營造的錯覺雖然只適用於單次觀看體驗，但這當然沒有關係；在那一次觀賞體驗中，各位完全不會覺得自己的選擇會導致錯覺。然而，還有一種更有效率的樹，仍然能讓觀眾做四次選擇。

　戲劇樹用了某種訣竅避免需要四個不同的場景三，所以我重複採用相同的方法。這個方法是每次選擇一個特定場景後，到這個場景結尾時，必須讓當初的選擇顯得是不必要的。兩個人應該吵架或其實是朋友？不論觀眾選哪一個，接下來的場景中都必須以某種方式使兩件事都成真，這樣後續的選擇就不會受到限制。這是因為每次選擇時只有兩個場景可用，因此無論選擇順序為何，兩者都必須合理。如果觀眾投票選擇吵架，那麼角色可能會開始爭吵，但後來發現他們是意見分歧的朋友。如果觀眾希望他們成為朋友，那好吧，他們像朋友一樣問候對方，但接著開始爭論，最終導致吵架。在這樣一齣戲中，觀眾很可能很快會看清，他們的選擇實際上並沒有任何效果。我的圖形可能更有效率，但產生出來的戲，可能比用戲劇樹發想的結果更糟糕。

　就我所知，以戲劇樹為基礎而製作的影視作品數量不多，但互動電視劇肯定是有的：Netflix 上《黑鏡》系列影集的特輯、二〇一八年的《潘達斯奈基》就是一個例子。《黑

鏡：潘達斯奈基》巧妙地組合了一百五十分鐘的鏡頭，創作了
兩百五十個片段；觀眾做的選擇決定播放的片段及順序。據報
導，整個故事可以發展出超過一兆種故事線，每條故事線平均
九十分鐘。除非使用有效率的圖形，否則製作這種電視劇的成
本會高得令人驚人。沒有圖形，每一個選擇都會使必須撰寫和
拍攝的場景數量翻倍。因此，如我在本章開頭所言，即使只有
十個選擇、十一個場景，也會需要準備兩千多個場景（確切數
字是 $2^{11}-1=2047$）。如果採用有類似效果、效率超高但無聊
的圖形，在第一個場景之後，每個場景只需準備兩個版本，總
共二十一個場景——但觀眾很快就會察覺到事情不對勁。最好
的解決辦法是在這兩個極端間找個折衷之道。

　　有一種文學形式就是這種自由選擇和隱藏結構的組合，但
規模要大得多。我指的是大家小時候人手一本的「選擇自己的
冒險」風格系列書籍，一九八〇年代非常流行。但隨著電腦遊
戲開始能夠創造同樣的體驗，這系列書籍就逐漸失寵了；不
過，現在它們又在慢慢捲土重來。如果有人不熟悉這種文本類
型，它的基本概念就是：你、讀者，是書中的一個角色；你被
捲進事件中，每隔一陣子就得決定接下來要做什麼。如果你想
探索剛剛發現的那個神祕洞穴，請翻到第一四四頁。如果你想
走通往城堡的路，請翻到第八十一頁。如果你不想去城堡，反
而想過橋與山怪戰鬥，請翻到第一二一頁。有時書中會納入隨
機機制——在決定與山怪戰鬥後，可能需要擲骰子來確定你是
否有擊敗山怪。如果你贏了，請翻到第九十四頁；如果你輸
了，請翻到第二十六頁。讀這系列書籍，可能涉及數百次選擇

（除非你愚蠢地選擇與山怪爭吵；若真是這樣，你可能沒翻幾頁就會掛掉了）。選擇的算術讓我們可以馬上看出，許多頁面都必須能用在好幾條敘事路徑上。否則，在一本有一百個選擇的書中，即使每次只有兩個選項，這本書的頁數也會有 $2^{101}-1$ 頁之多。即使每一頁只有十分之一公釐厚，手電筒發出的光（我假設你是在被窩裡看書，因為父母幾個小時前就叫你上床睡覺了）也要兩百六十八億年，才能從第一頁抵達最後一頁。要實際一點，就必須使用戲劇樹之類但規模更大的東西。

　　我需要諮詢專家才能更深入了解箇中訣竅。我過九歲生日時，收到了一本書，叫做《火焰山的魔法師》，是《戰鬥幻想》[13] 互動系列書籍中的第一冊。這個系列主打「讓你當主角」，廣受讀者歡迎。《火焰山的魔法師》於一九八二年問世，作者是伊恩・李文斯頓和史蒂夫・傑克遜。因為四十多年來，這些名字一直深深刻在我腦海中，所以伊恩爵士 —— 他現在是爵士了 —— 答應和我聊聊，他如何構建多線發展的敘事冒

---

13 並非所有人都認同《戰鬥幻想》系列書籍。某個教會團體出版了一本八頁的小冊子，對閱讀這系列書籍的危險提出了可怕的警告，說因為你與食屍鬼和惡魔互動，你可能會被魔鬼附身。「一位住在郊區最深處、憂心忡忡的家庭主婦打電話給當地的廣播電台，說她的孩子讀了我們的一本書後飄了起來。」人們似乎並不因此退卻。「孩子們在想 —— 什麼！？花一鎊半我就可以飛起來？我得把這東西搞到手！」另一方面，老師很高興這些書確實能使孩子閱讀。據報導，這系列書籍讓識字率提高了百分之二十，對詞彙量肯定有益 ——「嘿，爸，石棺是什麼？」

險故事時，我非常高興。伊恩爵士不僅是全球銷量超過兩百萬本的《戰鬥幻想》系列書籍共同創作者，還是遊戲界的傳奇：他是遊戲工作室（Games Workshop）的共同創辦人，將《龍與地下城》引入英國；也是 Eidos Interactive 的共同創辦人，發行《古墓奇兵》系列遊戲。

我與伊恩爵士會面時，他解釋說，他用手工製作的流程圖創作每本書，還給我看了《死亡陷阱地牢》的原始流程表。他會從一條基本的故事線開始，然後逐漸添加分岔點，就是做決定的地方；事先設定的東西很少。「我們知道整體故事大綱，但沿途發生的事情是一種互動過程。」例如，「你可能決定要放一扇鐵門，然後你會想：『呃，那我們要怎麼進去呢？門是開著的？不，我想讓它是上鎖的，裡面有重要的東西。』所以，我們需要一把鑰匙⋯⋯然後你回到故事稍早的地方，在他們去過的房間裡加一個盒子，鑰匙就在盒子裡。」每個事件或決定都隨機編號，然後這些數字會從主要清單中劃掉（《戰鬥幻想》系列書籍都有四百「節」，或「參考點」）。整個故事中雖然有許多支線，但一定會有伊恩爵士所謂的「夾點」，就是讀者返回某個提供重要訊息的節點，讓故事再次回到某條故事線上。這些夾點極為重要，可以防止可能選項的數量呈指數成長。

當你一路寫，就必須一路不斷檢查書中是否一定至少有一條成功的故事線，並確保沒有任何無法逃脫的迴圈。然後得考慮難度。要把書設計得難易適中，裡面學問很大 —— 沒有夠多怪物可以消滅，會太容易；怪物太多，讀者會覺得挫折，會

哀嚎：「哦，不，別再來一支亡靈大軍了！」伊恩爵士的書都有仔細校正，避免出現這兩種極端情形。不過，他確實會從讀者身上找樂子。「試著引誘大家走向毀滅，一直都是我的樂趣。」他開玩笑地說。「地板上花瓣掉落的地方，就是他們摔到毒刺叢中的地方。」他也喜歡偶爾來點障眼法，「他們會撿起地牢裡散落的沒用物品，因此錯過了重要的東西。」當天稍早，我與女兒艾瑪一起讀《火焰山的魔法師》，在她要做某些決定時提供了建議；此刻我對我的建議感到內疚。「所以您是說，也許讀者一眼看中的是閃亮的銀色護身符，但實際上……」「是的，讀者需要的其實是木製的鴨子。」他說。所以，看偵務必留心。

製作遊戲書和製作電腦遊戲是有區別的。電腦遊戲中，程式可以追蹤哪些物品在哪裡。假設有一節說「你進入一個密室。地板上有一袋金子，如果你想要可以拿走。你可以從北或東離開。」在電腦遊戲中，如果你拿走了那袋金子，然後回到房間，程式就不會告訴你地板上有一袋金子。但如果是書，故事的後續發展就必須要有兩個版本，否則書就無法判斷你是否拿走了金子；有兩個版本，就會使這本書後續故事的長度加倍。「除非你上次來這個房間時已經拿走了房裡的金子，不然，這個房間裡是有金子的」之類的說明也很笨拙。所以，如果是書的話，就不能允許你回到這個房間。

如果不能像這樣往前或往後，讀者通常讀一遍時，可以做幾次選擇？能夠因此看到書中多少部分？伊恩爵士說，選擇次數通常會在一百到一百五十之間。這個比例讓我印象非常深刻

——讀者每次都會看到書中大約三分之一的內容，同時做出為數眾多的選擇。這表示書籍設計時還有另一個關鍵：單一選擇不能排除大量冒險情節，否則會沒有地方容納這一百五十個選擇。請記住，作者也必須維持整體故事大綱，把書寫成引人入勝的冒險故事；每個選擇也必須有意義。向左走而不是向右走、與某人交談或不與某人交談，都必須有實際的後果。「如果無論選什麼都一樣，那幹嘛要花心思做成互動的？要打造刺激的冒險、讓讀者當主角，其中的組成元素是有好幾個層次的。」

　　效率、控制和選擇之間，存在真實的數學張力。我們已經看到，為了避免書籍的篇幅跟房子一樣大，必須設置夾點讓多條故事線會合，意思就是這些段落的用字遣詞要極為巧妙。讀者會由多個不同夾點而來，所以無論發生什麼，對每個人而言都必須合理。用字上還有一點，是史蒂夫・傑克遜和伊恩・李文斯頓從一開始就非常謹慎的：「我們從沒有假設玩這些書的是男性，這一點我很自豪……當他們遇到某人時，他會是個『陌生朋友』，可能會說『你長得真好看』……我很自豪的是，我們早在一九八二年就這麼做了，這系列書籍會大受歡迎，我認為關鍵就在這裡。」我覺得他說得對。

　　最後，我替朋友問伊恩爵士，他怎麼看待作弊？好消息：他覺得作弊很 OK。「我都說這就是掀開書角偷看。」他說。另一種策略是「五爪書籤」，把手指放在前幾個選項的頁面上；如果後來發現先前的決定不太聰明，可以再重新考慮。畢竟，斟酌權衡是勇氣最重要的元素。

・　・　・

在「選擇自己的冒險」系列書籍中，讀者在故事裡決定自己的旅程。但即使是閱讀旅程完全由作者掌握的書，作者帶領我們行經的敘事路徑也可能根本不是直線。最簡單的例子就是所謂的迴文詩。這些詩會先以正常方式從上讀到下，但在讀完最後一行之後，要求讀者從下到上倒著讀回去。通常從上到下的版本會是悲觀的，而從下到上的版本則會挑戰先前負面的世界觀。強納森・李德的詩〈失落世代〉開頭三行如下：

我屬於失落世代
拒絕相信
我能改變世界

倒著讀回去，這三行變成樂觀地主張凡事皆有可能：

我能改變世界
拒絕相信
我屬於失落世代

如果各位想寫自己的迴文詩，有很多現成的範本可以用[14]。

---

14 如果各位想看另一個迴文詩的例子，我強力推薦布萊恩・比爾斯頓的 Refugees，作者已經把詩放在網路上。

寫迴文詩的訣竅是將諸如「這是事實」或「這不是真的」之類
的陳述穿插在主張之間，如下所示：

　　數學只是數字
　　這不是真的
　　數學很美麗

（現在倒著讀回去。）

　　從幾何角度而言，迴文詩的作用就像是劃了一道鏡像
線，把詩倒映回自身，創造出詩歌形式的迴文。使用幾何有
另一個更明顯的例子，是（非常！）短篇故事〈框架故事〉，
收錄在美國作家約翰・巴思一九六八年的選集《遊樂園迷
蹤》中。框架故事是故事中有故事，就像《哈姆雷特》的戲中
戲。〈框架故事〉只有一頁，兩面各印有幾個字，並附有說明
「沿虛線剪開，將末端扭轉一次，並將 AB 固定到 ab，CD 固
定到 cd。」沿著線剪開，各位會得到一張狹窄的紙條。紙條
的一面寫著「從前從前，有」，另一面寫著「一個故事這樣開
頭」。呃，如果各位只是將紙條的兩端黏在一起，會形成一個
圓圈，外側是「從前從前，有」，內側是「一個故事這樣開
頭」。但若加以扭轉，形成的不會是圓圈，而是一種數學表
面，叫做莫比烏斯環（Möbius strip）。

　　奇特而有趣的莫比烏斯環，是德國數學家奧古斯特・費迪
南德・莫比烏斯在一八五八年發現的。莫比烏斯環有一個聽
起來不可思議的特性：這個隨便拿一張紙就可以做出來的東

西，只有一個邊。懇請各位務必現在就做一個。拿一張細細的紙條，扭轉一次，然後把兩端用膠帶黏在一起。不論各位拿著莫比烏斯環的哪裡，你的手指都會一根在上，一根在下。但如果各位從自己選擇的「上」面開始，沿著紙條的中間，畫一條與邊緣平行的線，會發現這條線最終會經過「下」面，然後又回到一開始的地方 —— 這代表莫比烏斯環只有一個表面！儘管如此，「任一點在反面會有一個相對應的點」仍然為真，所以每個部分似乎都仍有背面和正面 —— 但這只是一種錯覺。我實在忍不住要請各位沿著剛剛畫的中間線，剪開莫比烏斯環，看看會發生什麼事 —— 與文學無關，但真的很酷。而且，如果各位將由此產生的東西沿著「它的」中央線剪成兩半，還會發生更瘋狂的事情。請務必試試看。

總之，巴思故事中的指引想達到的效果，是創造故事的無限循環：「從前從前，有一個故事這樣開頭：「「從前從前，有一個故事這樣開頭：「「「從前從前，有一個故事這樣開頭：「「「「從前從前……」」」」」。但是呢，這樣其實沒有真的好好利用莫比烏斯環（既是字面上也是物理上的情節扭轉）的特性。讓故事的結局就是自己的開頭，形成無限迴圈的效果，其實用圓圈會更簡單：只要在紙條的一面寫下「從前從前，有一個故事這樣開頭」這句話，然後將兩端黏在一起。所以說真的，我覺得框架故事「應該」要歸類為循環故事，而不是莫比烏斯環。

我讀過最棒的循環故事，是阿根廷小說家胡利歐・科塔薩爾的〈公園的連續性〉，只有一頁多一點，所以希望各位原諒

我因為摘要情節而可能透露結局。一個男人坐在書房的綠椅子上，要讀完一本小說。小說中有一對戀人正在策劃謀殺。在最後一次幽會後，他們道別、沒入夜色中，女的走一個方向，男的走另一個方向。他悄悄地走進房子，房裡有他打算殺死的人。他爬上樓梯、進入書房，受害者正坐在他的綠椅子上，要讀完……。然後，各位當然可以重新開始再讀一遍這個故事，這次各位已經知道坐在綠椅子上的人有什麼命運。

在循環故事中，每次回到開頭、每個新的「從前從前」都增加了一層敘事距離。如果我們使用希爾伯特・申克在第二章中的概念，即每多加一層敘事距離，就會在故事中創造另一個維度，那麼這些循環故事就是無限維度敘事的例子。然而，這些維度永遠無法真正實現，因為我們總得在某個時候把書放下來。我不知道有史以來維度最多的故事有多少維度，但從某種意義上而言，這是一場無法獲勝的戰爭，因為只要一有人勝出，我們就可以創造另一個故事，開頭是「我曾讀過以下故事，」然後完整地引用現在排名第二的故事。[15]

繞個圈圈回來（！）講莫比烏斯環。至少有一位作家更充分地利用了它的特性。英國作家加百列・喬西波維奇在一

---

15 順便讓古希臘文愛好者知道一下，以這種方式將敘事套進框架中，有時候會稱為敘事轉喻（metalepsis）。《遊樂園迷蹤》中另一個故事有一個多層轉喻的例子：〈米奈勞亞德〉中有七個完整嵌套的故事。米奈勞斯（斯巴達國王）努力在自己敘事的迷宮中尋找出口。他絕望地問：「我什麼時候才能透過故事的層層外衣達到我的目標？」

九七四年出版了一本選集《脫衣舞男寞比烏斯》（*Mobius the Stripper*。順帶一提，喬西波維奇在書名用的是Mobius，不是Möbius，沒有打錯字），其中〈脫衣舞男寞比烏斯〉的文本，分為上半部和下半部；讀者先讀哪一半都可以。上半部的故事說的是一個叫寞比烏斯的男人，是個貨真價實的夜總會脫衣舞男；他脫去肉體上的衣物，是為了試圖在精神上脫去社會的包袱，找到真實的自己。下半部的故事是一位陷入低潮的作家，試圖讓思緒掙脫桎梏、想出新點子。一個朋友建議他去看看寞比烏斯這個傢伙的演出，作家因此開始思考——他決定虛構一個關於寞比烏斯的故事，儘管他從未見過寞比烏斯。下半部的故事到這裡就結束了。從這裡，我們可以無縫接軌地迴圈到第一個故事，但這一次我們會將之視為作家創作的故事。

這本來可能只是另一個循環故事。然而，喬西波維奇的手法更巧妙。我們先前已經注意到，在真正的莫比烏斯環上行走時，行經的任一點在反面都會有一個對應點；我們會在走到正好一半時抵達對應點。脫衣舞男寞比烏斯模仿了這個特性：上下兩半故事中的事件滲入至另一半，就像莫比烏斯環上的墨水會從另一面隱約透出一樣。兩個故事彼此交融，無法分辨哪個是「真實的」故事——作家是以真實的寞比烏斯其人為本，虛構一個故事？或者寞比烏斯完全是想像出來的人物？如果是後者，作者的靈感是哪裡來的？順便說一句，還有一個與莫比烏斯環類似的東西，但維度更高，稱為克萊因瓶（以數學家費利克斯·克萊因為名），是一種沒有內部或外部的「固體」。如果各位有聽說哪一本小說仿照克萊因瓶的形式，請通知我！

●　　●　　●

　　要讀完《脫衣舞男寞比烏斯》，讀者可以從兩條可能路徑
中選一條，《火燄山的魔法師》則有更多條路徑可以選擇。在
目前看過的所有例子中，雖然讀者可以做選擇，但他們仍然要
依循作者創造的路線圖；就算是第二章中那一百兆首十四行
詩，也需要各位按規定好的順序排列。然而，也有些書完全不
按牌理出牌。我已經讓各位看過各種組合式文本，而現在要跟
各位介紹的，是有望奪得最超值獎的書籍，由英國作家Ｂ・Ｓ・
強森在一九六九年執筆而成。傳記作者強納森・科以緬懷的筆
觸描寫其人，說強森是「英國一九六○年代一枝獨秀的文學先
鋒」。[16] 強森是個迷人的人物。一九三三年，他出生於倫敦，
父親是一家書店的庫存管理員，母親曾是女僕，後來改當女服
務生。他沒有走上大家預期文學巨匠會走的那種路子。他十四
歲就讀的學校，立校宗旨是要讓學生準備將來從事辦公室工
作。他在這裡學了「速記、打字、商務、記帳，以及其他一般
性事務」，十七歲時拿到證書畢業。有證書，至少理論上讓他
有資格上大學，但「金斯頓日間商業學校的畢業生，從沒有人
去讀大學」。於是，他找了份工作。

　　五年後，一位工作上的朋友（他是一家麵包店工資部門的

---

16 科寫的Ｂ・Ｓ・強森傳記極為精彩；我在這裡納入的多數生平資
　　訊都是從這本書來的，非常值得一讀。Jonathan Coe, *Like a Fiery
　　Elephant* (Picador, 2004)。

會計專員）給他看了伯貝克學院的招生手冊 —— 伯貝克學院是倫敦大學的一所學院，所有的課都開在晚上，這樣白天要工作的人也可以接受大學教育；學院從一八二三年開辦至今誨人不倦。發現強森與伯貝克學院有淵源，我既驚訝又高興，因為我在那裡任教將近二十年，並不斷呼籲，不論處於人生什麼階段，有機會上大學有多麼重要。總之，強森提出申請也被錄取了，一九五五年秋季開始在伯貝克學院唸書。他表現很好，決定成為全職學生，並在二十三歲時轉到同屬倫敦大學的國王學院（儘管伯貝克學院的註冊處試圖勸他打消轉學的念頭，說在國王學院他「周圍都會是十八歲的小女生」）。他寫詩、寫劇本，也寫電影和電視劇腳本，還為全國性報紙寫足球和網球賽報導；但他的七部小說仍然是大家最熟悉的作品。

　　每一本小說都試驗了不同形式。例如，在《阿爾伯特・安傑羅》中，第一四七頁和第一四九頁被挖了一個洞，這樣讀者就可以提前看到第一五一頁將要發生的事件 —— 或許可以把它當成在故事的「圖形」中增加了一個迴圈。《護理院院長日常》共有九章，從九個不同的角度講述同一個故事；除了最後一章，每章都有二十一頁。但此外還有其他的結構：每章敘述中的每個事件都發生在每一頁的同一個位置，故事因此變成了一系列重疊的平行曲線，而不是單一一條線；是一個平面而不是一條線。令人心酸的是，敘述者在每個階段的癡呆症會愈來愈嚴重，當他們的思緒變得更加破碎、混亂，這種外部施加的結構或多或少成為最後剩餘的秩序，避免衰老帶來的混亂。

　　強森並不是第一個試驗這種結構的人。《護理院院長日

常》呼應了菲利普‧湯因比一九四七年的短篇小說《與古德曼太太喝茶》。這篇小說的特色是由七個在不同時間進出同一房間的角色描述事件；例如，第 C4 頁上有敘述者 C 對時段 4 的描述。但《與古德曼太太喝茶》幾乎毫無人味，是另一個只為追求結構而施加結構的例子。不論在文學或數學領域，這種做法都有可能讓結果索然無味。正如強納森‧科寫道：「他 [強森] 把湯因比小說中所有乏味、掉書袋的東西都加了人味；對形式的試驗不是情感和將心比心的替代品，而是成為實現情感、將心比心的手法。」

一九六九年，B‧S‧強森出版《不幸者》。這是一本「盒中書」，有二十七章，或說部分。除了明確標註的第一章和最後一章，中間的二十五個部分可以按任何順序閱讀。這些部分沒有編號，且因為沒有裝訂成書，所以沒有預設的順序要遵守；讀者的路徑完全隨機。當讀者讀到某段特定情節時，會已經知道，或尚未知道某些事情，因此每種閱讀順序都會帶來不同體驗。《不幸者》不是第一本採用隨機選擇的書。幾年前，法國作家馬克‧薩波塔的《作品一號》問世；這部小說沒有裝訂，書中各頁可以按照任何順序閱讀。但這種形式會讓講述任何故事都變得極其困難，而且也降低了隨機的意味，因為正如強森寫道，隨機會對素材施加另一種不同的結構，「另一種強制的單位，就是頁，以及一頁中可以容納的類型。」

讓《不幸者》能從出色的腦筋急轉彎，晉升為成功且意義非凡的小說作品，原因在於作者不是平白無故地選擇這種形式，而且使用這種形式也強化了作品的意義。這本小說講的是

一位體育記者出差去報導足球比賽的故事，靈感源自強森生活中的一次真實事件：他當時是《觀察家報》的體育記者，偶然被指派到諾丁漢報導一場比賽。他抵達火車站時，震驚地發現他就是在這個城鎮首次遇到他的好友東尼・蒂林哈斯特；東尼不久前才因為癌症去世，年僅二十九歲。強森形容當天「關於東尼的回憶和例行的足球報導、過去和現在，以完全隨機的方式交織在一起，沒有時間順序。」在交出小說完稿時，強森寫信給編輯說：「至少對我而言，這本書確實反映了過去和現在在腦海中隨機相互作用的方式；這種隨機的表現是裝訂成冊的書完全無法實現的。」

　　《不幸者》的每位讀者都根據自己的選擇，建構了一本不同的書。那麼，《不幸者》的盒子中，可能有多少本書？各位可能想像得到，數量真不少！我們舉一個簡化的例子，感覺一下會有多少。想想「鮮為人知」的「藝術電影」《超人特攻隊》──如果有人不知道，這是一部二〇〇四年皮克斯的電影，演的是一個超級英雄家庭：超能先生、妻子彈力女超人和小孩，各自有各種超能力。鑑於第一集和二〇一五年的續集賺進大把鈔票，超能先生和彈力女超人推出原創故事電影肯定只是遲早的事。其實在深入研究後，我發現二〇一八年迪士尼出了一本官方書籍，名為《彈力十足：彈力女超人前傳》。設想一下，假如各位要規劃一次電影馬拉松，有《超人特攻隊》再加上《超能先生：前傳》和《彈力女超人：前傳》，觀賞的順序會影響觀眾對每部電影的體驗。《超人特攻隊》電影三部曲的體驗可以有多少種？第一部曲可以是三者中的任何一部。決

定第二部曲時，因為一個選項已經用過了，所以現在只剩兩部電影可選。到第三部曲時，三個選項中已經用掉兩個，因此只剩下一個選項。下圖中可以看到各種可能性。

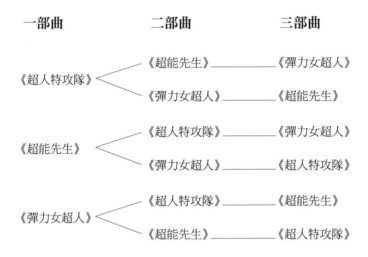

在每一階段，選擇的數量都會減少一個。可能的三部曲組合總數是 $3 \times 2 \times 1 = 6$。

OK，我們已經熱身完畢，該從《超人特攻隊》回到《不幸者》（真可憐）了。《不幸者》的第一章和最後一章是固定的，而中間 25 章，讀者可以按照自己喜歡的順序閱讀。意思就是第二章有 25 個選擇，第三章有 24 個（你已經用掉一個選項），第四章有 23 個，依此類推，直到第二十六章只剩下一個可能選擇。因此，閱讀這本書的方式總共有

$$25 \times 24 \times 23 \times \cdots \times 2 \times 1$$

　　數學家會用簡寫代表這種計算——寫成 25!，好節省墨水（驚嘆號讀作「階乘」）。一般而言，數字 N「階乘」就是 N 之前所有數字的乘積。所以，如前文所示，3! = 3 × 2 × 1。N! 算出來的值是排列 N 個東西的方法總數。若 N 增加，N! 就會很快地變得非常大。如果各位把 25! 該乘的乘法全部算完，就會發現：

$$25! = 25 \times 24 \times \cdots \times 2 \times 1$$
$$= 15,511,210,043,330,985,984,000,000.$$

　　最後的數字是 15.5×1000^8，不知道寫成這樣有沒有幫助（我知道沒有）。如果全球八十億人都丟下自己的事情，每個人開始每天讀一個不同版本的《不幸者》，會需要超過五兆年的時間才能讀完所有組合。以我的讀書會來當判斷標準的話呢，有些人甚至連當月的那一本書都讀不完（那位太太，說的就是妳）；所以，恐怕我們沒有時間讀完所有的組合。

　　若有《作品一號》的鐵粉想要抗議說這本書才應該獲頒「史上最超值獎」，因為它有更多潛在版本——嗯，這是真的。《作品一號》有 150 頁，按照任何順序讀都行，意思就是，這本書有（用我們時髦的階乘符號寫出來）150! 種潛在讀法，多得不可思議；四捨五入到最接近的整數，是 6 後面跟著 262 個零。但把一本書切成這麼多極短片段，嚴重傷害敘事品質，而且——至少在我看來——會導致閱讀效果大打折扣。我在仔細評估要把獎給誰時，已經把這一點納入考量。所以我維持己見，獎項應該授予 B・S・強森。

．　．　．

　　在以隨機順序閱讀書籍章節，和從第一章讀到最後一章之間的空白地帶，有胡利歐・科塔薩爾的實驗性小說《跳房子》。科塔薩爾是上個世紀最具創新精神的作家之一，以諸如〈春光乍現〉（亦即一九六六年安東尼奧尼的同名電影靈感來源）和上文提到的「循環故事」〈公園的連續性〉之類的短篇故事聞名。《跳房子》主要描寫心懷不滿的阿根廷知識分子何瑞修・奧利維拉，以及與他廝混、放蕩不羈的烏合之眾，尤其是他的魔術師情人和小說家莫雷利（也是科塔薩爾的另一個自我）。莫雷利自己正在寫一本將會「超越界線、自由不羈、特立獨行、稍帶反小說色彩（儘管不是反小說）」的小說。這本書的形狀像跳房子的遊戲，讀者要把腳交替放在左邊、右邊，然後中間。全書共一五五章，第一章到第三十六章是「來自另一邊」，第三十七章到第五十六章是「來自這邊」，第五十七章到一五五章是「來自各邊」，副標題是「可消耗的章節」。這本書鼓勵讀者「邊讀邊玩」——從一章跳到另一章，積極參與故事的層層推進。

　　科塔薩爾在書裡放了一頁說明，包含讀完這本書的兩條路線。如他所言，「這本書以自己的方式涵納了許多本書，但其中有兩本最重要。」以正常方式從第一章按照順序往下讀、在第五十六章結束，就是讀者得到的第一本書。「結尾的地方有三顆亮閃閃的小星星，代表『完』。因此，讀者可以問心無愧地忽略接下來的內容。」當然，科塔薩爾並不是真的希望各

位這樣做──或說,希望各位只這樣做。他希望讀者走上第二
條更有趣的路徑,稍後會向各位說明。這本書有大量文化典
故,尤其包含許多含蓄,或不那麼含蓄地引用自《項狄傳》的
內容──我們在第二章中提過《項狄傳》,也是一部散漫無章
的敘事巨著。

呼應《項狄傳》內容的例子之一,就是將讀者分為兩類的
惱人做法:按順序一章章讀下去、讀完就不讀了的書呆子;以
及創意十足、能共享箇中樂趣的讀者,就像《項狄傳》把讀者
分為女性讀者和男性讀者。我手邊的《項狄傳》在第二十章開
頭要求女性讀者回頭把前一章再讀一遍,因為女性讀者漏看
了一件關於項狄母親的重要事情。當女性讀者回頭再看一遍
時,項狄告訴我們其餘讀者:

> 我對女士施加這種懲罰,但原因既不是放肆也不是殘
> 忍,而是出於最良善的動機;因此,當她回來時,我
> 不會為此對她道歉。這是為了譴責一種影響了她與數
> 千人的不良品味:直接閱讀、渴望追求冒險,更勝於
> 獲得深刻的學問和知識;但這類型的書,如果按照應
> 有的方式仔細閱讀,一定能準確無誤地吸收其中的內
> 容。我們的腦袋應該習於明智省思,並在思考的過程
> 中做出新穎的結論。

科塔薩爾也發表過相似言論:「在《跳房子》中,我定義
並攻擊讀者女士,她無法與這本書來一場真正充滿愛慾的戰

爭，就像約伯與天使間的戰爭。」我或許可以原諒勞倫斯‧斯特恩（一七一四年至一七六八年）這樣稱呼，但胡利歐‧科塔薩爾（一九一四年至一九八四年）也這樣說，就讓人很難忍氣吞聲了。

　　科塔薩爾在導論中說明了讀完《跳房子》的「跳房子」路線。路線應該從第七十三章開始，「然後〔遵照〕每章末尾指示的順序。萬一弄混了或忘記了，只要查閱以下清單即可」，清單以 73-1-2-116-3- 開頭，接續往下，用主要第一到第五十六章的其中一章或多章，依序穿插一個或多個可消耗章節。無論各位選擇用哪種方式閱讀，都會錯過某些東西。「直接」閱讀可以讀完一個故事，但各位就會錯過了那兩百頁的「可消耗章節」：註腳、題外話、新聞報導。「跳房子」路線看似涵蓋了所有內容，但其實很聰明地漏掉整整一章 —— 第五十五章（如果各位作弊、無論如何還是讀了這章，我不會告密）。此外，如果各位真的遵照說明、按部就班，將永遠讀不完這本書：第七十七章讀完時，除了第五十五、五十八和一三一章之外，所有章節都讀過了。第七十七章會讓各位去第一三一章，第一三一章會讓各位去第五十八章，第五十八章又會讓各位去第一三一章 —— 科塔薩爾把我們困在一個無限迴圈中！他創造了一個矛盾，如果你按照他的指示去做，那這本書就既有限又無限。當然，真正有創意的讀者會拒絕遵守規則，就算是科塔薩爾的規則也不管，他們會自己選擇要用什麼方式與這本書互動。

• • •

假設各位選擇與這本書互動的方式，是從頭開始並按各章順序閱讀，那各位應該已經看到數學以各種方式闡明文學作品的隱藏結構。下次讀詩的時候，各位就會知道，在詩的模式和節奏之下，還有一套數學規則值得大書特書；理解讀者在閱讀時所做的選擇，以及作者在寫作時所做的選擇有什麼數學上的意義，如何影響敘事的型態和篇幅。行文至此，我已經讓各位看了烏力波奇異而美妙的世界：各位現在知道如何量化漏字文的難度，以及怎麼只用十篇韻文創造出一百篇韻文。[17] 最重要的是，我希望已經讓各位理解，每部文學作品背後都有結構，每種結構背後，則都有令人愉悅的數學值得探索。

---

17 因為我在用沒有 e 的句子炫技，所以我不能用「十四行詩」（sonnet）。

第二部分

代數典故：
數學的敘事用途

第五章

童話人物：
小說中數字的象徵意義

　　為什麼願望都是三個？為什麼七個兒子裡都是老七身懷魔法？3、7、12、40 這幾個數字，似乎特別能引起共鳴，從宗教文本到童話故事、從諺語到童謠，到處都看得到。我在自己的腦海中搜尋了一番，替「諺語和寓言中的數字」列出非常不科學的樣本，以下是我想到的一部分：馬克白的三個女巫；白雪公主的七個小矮人；古希臘的命運三女神、美惠三女神和九位繆斯女神；北歐神話中的九界；伊斯蘭教的五功；聖經提及的內容，例如：七大罪、十二使徒、以色列的十二個支派、挪亞洪水的四十個晝夜、第七封印等，有些數字在象徵或文化意義上已經重要到不成比例。這只是巧合嗎？還是從數學觀點而言，這幾個被選中的神奇數字有什麼特別之處？我想說服各位，至少有一部分確實如此。

　　在本書第一部分中，我們看了數學可能在文學底層結構中

現身的面貌。如果繼續把文學比喻成房屋的話，第二部分著重
說明數學如何為房屋完成室內裝潢——文字本身、比喻、修辭
手法中，都可以找到數學。本章會從最容易注意到的數學表現
形式，即直接使用數字開始說明（稍後會提到托爾斯泰以微積
分打比方這件事）。

　　為什麼在文學中，某些數字比其他數字更具文化意義和功
能？這個問題對數學家而言挑戰性十足——因為所有的數字都
是我們的朋友，這是最大的障礙（這是我妹妹五歲大的時候對
媽媽說的，之後她就變節投效物理的黑暗陣營了）。如果一位
數學家非常仔細地研究某個數字，一定會情不自禁地發現其有
趣之處。幾年前，一本名為《Oh Comely》的英國雜誌替我做
了人物側寫報導，準備刊登在第二十二期的雜誌上。鑑於我
是數學家，雜誌社問我，有沒有什麼關於 22 這個數字的趣事
可以告訴他們。一開始我沒什麼把握——22 既不是質數，也
不是平方數。其實我有一度想放棄，決定只談談我最近發現的
某個有趣數學謎題，就是說出 1、11、21、1211、111221……
這個數列的下一個數字是什麼。如果各位願意，可以在繼續往
下讀之前也試著猜猜看。這個數列名為「看到什麼說什麼」
數列，每一項都只不過是在描述前幾項罷了。數列從「1」開
始，就是「一個 1」，所以下一項是 11，11 是「兩個 1」，所
以寫成 21。然後 21 是「一個 2，一個 1」，寫成 1211，接著
以同樣的方式繼續寫下 111221，再往下數。各位可以用任何
自己喜歡的數字開頭 [18]，產生這樣的數列。就這麼巧，在無限
多的數字中，只有一個數字，也唯一只有這個數字，以這種方

法產生出來的數列是固定不變的；也就是說，如果「看到什麼說什麼」，會得到相同數字。猜猜是哪個數字？沒錯，就是22。這個絕妙巧合，就是我這麼長篇大論之後想要提醒各位的：只要肯給機會，每個數字都可能很有趣。

回頭來討論神奇數字。人類學家稱這些數字為「模式」數字。較小的模式數字，每個都有其獨特個性，且不同文化各自有最喜歡的數字──儘管如此，我認為較小的奇數，尤其是3和7，似乎在文化上有最廣泛的共鳴。另一方面，較大的模式數字不是因為它們各自的特性而雀屏中選，反而通常屬於以下三種（又是3）情形之一。如果想晉身這種特別的數字之列，當一個完整的整數可能機會比較大，比如10、12、40（40還有其他象徵意義，稍後會討論）、100或1000。這些數字，尤其是10的次方，都不只代表字面上計算出來的量；「成千上萬」不見得真的指10的三次方、四次方，重點是強調數量的龐大。在愛爾蘭，各位會受到「十萬分的歡迎」（愛爾蘭原文為 céad míle fáilte）；英文生日祝福語「many happy returns」的中文版是「祝你長命百歲」。動物王國中，蜈蚣的英文名稱

---

18 假設我們以42開頭，創造「看到什麼說什麼」數列（畢竟根據《銀河便車指南》，42是生命、宇宙和一切的答案），會得到開頭為42、1412、11141112、31143112的數列。加拿大作家希布恩・羅伯茨在二〇一五年，以才華橫溢的數學家約翰・康威為題寫了一本膾炙人口的傳記。約翰・康威研究「看到什麼說什麼」數列，並發現這種數列具有某些著實非凡的特性，非常值得 google 一番──各位可以看看一個小謎題可以產生多麼驚人、精彩的數學。

為「centipedes」（「centi」源自拉丁文，意指一百），但牠實際上只有 42 條腿。相比之下，這種生物在德文中有 1000 條腿（Tausendfussler），而俄文中的 сороконожка（sorokonozhka）最接近事實，有 40 條腿（сорок 是俄文中的 40）。

　　大數字能有特殊意義的第二種情形，是當它們為較小神奇數字外推的結果。《舊約‧創世記》說，若殺該隱，遭報七倍，殺拉麥，必遭報七十七倍（在其他推算中，拉麥活到七百七十七歲）；聖經中也有多次提到七十和「七乘以七十」。

　　大數字能有特殊意義的第三種情形，是接近完整數字。99 和 999 這樣的數字，會讓我們覺得像是上限——是在不超越界線、不跨到下一個位數的情況下，可以得到的最大數字（因此零售商會利用這種心理效果，將商品定價在 99 美分或 9.99 美元）。在伊斯蘭信仰中，根據阿布‧胡萊賴的一則聖訓，真主有 99 個名字，即 100−1，知道這些名字的人將去到天堂。在某些傳統中，這 99 個名字指向最優越、最偉大的第 100 個名字（例如，在蘇非主義中是「吾即」）。相對地，比完整的大數字正好再大一點的數字，功能是強調數量的龐大。想想看一千零一夜，或者「一年又一天」這種說法表達的漫長時間——童話故事中英勇的主角要冒險歸來，通常都需要這麼久。或者甚至唐‧喬凡尼在莫札特歌劇著名的詠嘆調所唱的「mille tre」（數字 1003）個戀人——這還只算了在西班牙的戀人！

　　大的完整數字和鄰近數字，與我們的計數系統有關，而這個系統以 10 為基礎——原因不是數學，而是生物學：10 是用

上所有的手指頭後可以數到的最大數字。某些文化以 5 為基礎（一隻手）或以 20 為基礎（手指加腳趾）計數，語言中偶爾會看到這種基礎的痕跡——3 個廿（score，一個 score 是 20）加 10（聖經中 70 的另一種說法），或者法文的 99「quatre-vingt dix neuf」，字面意思是 4 個廿加 10 加 9。某個機智、有「六肢」的火星雌性生物講起故事來，可能不是一千零一夜（10^3+1），而是兩百一十七夜（6^3+1）。

　　有兩個大數字似乎不符合以上清單的條件，就是 40 和 12。一打是一個非常有用的數量，這是有數學原因的：12 有很多因數，可以被 1、2、3、4、6 整除，所以要在幾個人之間分享一打東西非常容易。英國幣制在尚未採用十進位制的舊系統中，一先令等於十二便士，也就是說可以輕易分出半先令（六便士）、三分之一先令和四分之一先令。另外，也請各位讀者容我在這裡一吐為快：哈利波特故事中的魔法貨幣，是小說中最令人惱火的貨幣，從數學的角度而言窒礙難行，自然發展出來的貨幣系統決不可能衍生出這種幣制。魔法貨幣有三種面額：29 枚青銅納特兌換 1 枚銀西可，17 枚銀西可兌換 1 枚金加隆。因為 29 和 17 都是質數，所以根本無法分割，甚至不能分出半加隆。簡直荒唐！

　　儘管我們麻瓜現在用的貨幣是十進位制，但我們買蛋仍然論打買；一年仍以十二個月計算，分為每季三個月的四季；時鐘仍然標記為十二小時；吋這個古老的長度單位是十二英吋長。一英吋有多長？很簡單：一三二四年，英國國王愛德華二世定義一英吋就是「三顆乾燥、飽滿的大麥粒」的長度。

我沒有時刻關心製鞋業的最新趨勢,所以不確定現狀是否仍和愛德華國王的詔令相同,也就是各相鄰鞋碼間的差異就是一顆大麥粒的長度。十二的文化意義包括十二使徒、聖誕節的十二天,以及童話故事中的十二,例如格林童話〈十二兄弟〉中,被變成天鵝的十二位王子 —— 各位可能還記得這個故事,可憐的小公主為了拯救哥哥,被迫耗費數年用帶刺的蕁麻為每個哥哥做一件衣裳,而且在完成之前不可以開口說話。

就像十二是「好」數字一樣,十二加上一個落單的一形成的十三,也因為各種關聯的意義而變成了壞數字。「最後的晚餐」餐桌上,是十二使徒再加上耶穌;大家都清楚最後發生了什麼事情。不過在我們家,我們喜歡十三這個數字 —— 不僅我老公和女兒的生日都在十三號,而且因為女兒超愛泰勒絲,所以至少連續三年,我都必須在十二月十三日為她做生日蛋糕。另外,13 是 12+1 這件事,也造就了「麵包師傅的一打」(原文為 the baker's dozen)。這個片語的起源似乎是從前某個時期的法律規定,麵包師傅要按打銷售麵包捲等產品,但要遵守最低的重量要求。為了避免低於法定重量的風險,麵包師傅經常會多放一個麵包捲,確保達標。

四十是個有趣的數字,在文化上的共鳴意義重大,因此好像到處都看得到:從《阿里巴巴與四十大盜》,到耶穌在曠野中度過四十個晝夜,與摩西在西奈山度過的四十個晝夜互相呼應。如果要小睡一下,我們會說「我要眨四十次眼」(原文為 forty winks);英格蘭每個人都知道,如果聖斯威辛節當天下雨,接下來就會有四十個雨天;還有,當然不能忘記那些

四十條腿的俄羅斯蜈蚣。另一個更讓人津津樂道的例子，是「隔離」（原文為 quarantine）一詞源自義大利文的四十（原文為 quaranta）天——中世紀時，為了防止瘟疫傳播，去威尼斯的訪客必須單獨隔離四十天（巧上加巧的是，有個著名的問題：英文中只有哪個數字的拼字是按字母順序排列的？答案恰好就是四十 forty）。

是的，因為四十是十的倍數，所以是「完整」的數字——但這個解釋不夠充分，因為像三十或五十等數字，就沒有被賦予相同的重要性。但四十有幾項優勢。首先，四十不僅在十進位制上是「完整」的，在二十進位制的計算系統中也是完整的，就是兩個廿。若把四十當成時間長短來討論，其中一種解釋是四十接近四十二，四十二天就是六週。然而，四十具有特殊意義的真正原因可能不是數學，而是生物學。在我的人生中，曾有兩度非常清楚意識到自己正在數到四十，因為懷孕的孕期就是四十週。四十這個數字，會與準備一段時間後以巨大變化作結的情形有關，可能就是這個原因。

● ● ●

我們來看看小的模式數字。各位可能還記得，本章一開頭，我在大腦中過濾了各種數字，結果出現了很多三和七，還有一些五和九——意思是說，所有小的模式數字都是奇特的奇數（odd）嗎？嗯，不是。如果這一點有任何意義，應該只說明我大腦裡的內容很奇特（odd），不過我的家人、朋友就可以直接告訴各位這件事了。

　　人人都是自身文化傳承的產物，但在更廣泛的傳統中探索民間故事和傳說，會讓我們看到非常有趣的面貌。數字四、六、八在好幾種文化中都有重要作用。我想先探討這些偶數，然後再討論奇數，最後以三作結——因為我相信在所有小的模式數字中，三對敘事結構的影響最為深遠。

　　四這個數字幾乎沒有出現在歐洲民間故事中，不過在英語小說中偶爾會客串一下，例如：Ｔ・Ｓ・艾略特的《四首四重奏》、約翰・厄普代克的《兔子四部曲》，以及蘇格蘭作家艾莉・史密斯的《季節四重奏》——這是四本互有關聯的系列小說，以四個季節命名。在兒童文學中，各位可能還記得Ｃ・Ｓ・路易斯《納尼亞傳奇》中佩文西家的四個孩子：彼得、蘇珊、露西和愛德蒙，以及霍格華茲的四個學院：葛來分多、雷文克勞、赫夫帕夫和史萊哲林。兩者間的相互呼應如此明顯，我肯定不是第一個注意到的人——至少把所有的人性特質分為勇敢、聰明、善良、邪惡的情節是共通的。納尼亞之神獅子亞斯蘭明確地將佩文西家的孩子與羅盤的方位點聯結起來（例如，彼得是北方），讓我們很輕易就能說明為什麼放諸「四」海，四都是一個神聖數字（看到我用了什麼字眼嗎？）。這一點在美洲原住民的創世故事中尤其普遍——我當然要用四個例子來說明。

　　在蘇族和拉科塔族的創世故事中，創造之力唱了四首歌曲重塑世界。第一首歌讓雨開始落下。隨著第二首歌，雨落得更多。第三首歌使河流氾濫。然後祂唱了第四首歌，在大地上踩了四下，使大地裂開、水覆蓋了整個世界，舊世界的所有生

物都死了。然後祂派四隻動物游到水裡去撈起一塊泥巴。潛鳥、水獺和河狸都以失敗告終，但烏龜成功了。創造之力將這塊泥巴形塑成新的土地，然後用紅、白、黑、黃四種顏色的土壤造出男女。

另外，奇蘭族的故事描述四個狼兄弟，手持單叉、雙叉、三叉和四叉長矛，殺死了偉大的河狸，並將河狸的血肉分成一塊塊，不同的部落由此而生。切羅基族將大地描繪為一個巨大、飄浮的島嶼，由代表四個神聖方位的四根繩索固定在海面上。最後，納瓦霍族的傳統認為，我們生活在第四世界，位於動物、昆蟲和靈性民族居住的三個地下世界之上。當人們到達第四世界，即我們的世界時，他們替四座聖山、四塊聖石命名，讓它們矗立在土地邊界上。太陽的妻子「變女」用自身皮膚的碎片創造了四個氏族，就是「頂人」（DinE）的後裔，現在被稱為納瓦霍人。故事中我最喜歡的情節，是納瓦霍諸神將四座聖山放在適當位置後，開始安排天界的東西：他們把太陽和月亮放在天上，然後按照精心設計的圖案著手排列星星。但土狼等得不耐煩了，牠拉扯擺放星星的毯子，把星星隨意地甩向天空。因此，儘管諸神喜歡秩序，但星星卻雜亂無章地散落天際。

羅盤的四個方位點讓我們有辦法在地表上巡航；如果再增加上和下，就有了在空中巡航需要的六個方向。但由於人類直到最近才能飛行（伊卡洛斯嘗試飛行的結果不盡理想），因此與四相比，六這個數字的文化共鳴較少。猶太暨基督教傳統認為世界是在六天內創造的，第七天是安息日，是上帝

翹起腳來休息的日子,所以才會以七天為一週。古蘭經也描述了創世的六個階段,但這些階段通常都用來代表重要的時期,以萬世而非天來計算。數字 6 具有很好的數學性質,因為 $6=1+2+3=1\times2\times3$,既是前三個數字的和,又是前三個數字的乘積。早期的神祕主義者甚至認為 6 是「完美的」,因為 6 可以被 1、2、3 整除,所以 6 是自身所有因數的總和(其實應該說「真因數」,因為嚴格來說,6 也是自己的因數之一),代表 6 是由自己的組成元素完美而精確地構建而成。聖奧古斯丁說,這就是為什麼上帝選擇在六天內創造世界,而且把創造的結構精確地分成 $1+2+3$,第一天「要有光」,然後花兩天創造地球和海洋,接著花三天創造所有生物。6 之後的下一個完全數是 28,因為 $28=1+2+4+7+14$。希臘化時期的猶太哲學家、亞歷山大城的斐洛寫道,世界之所以在 6 天內創造出來,原因是 6 是完美的;同樣地,陰曆的一個月是 28 天,也是出自相同原因。

如果我這個人個性很差,我就會建議各位拿出紙筆,試著找出下三個完全數 —— 會花一點時間。6 和 28 之後的下一個完全數是 496,然後是 8,128,然後要跳過好多數字,才會找到 33,550,336。就我所知,後面這些數字在神學中完全沒有出現。人們知道、研究、探索這些罕見的完全數至少已經有兩千年。在撰寫本書時,已知的完全數只有五十一個,尚不知道是否還有更多[19];上一次發現完全數的時間是二〇一八年。所以

---

19 我確信一定有,但這只是一種直覺 —— 尚無人提出數學證明。

就數學而言，六非常特殊、罕見。但就文學而言，少有童話故事把六當成重要數字；而且就算童話故事中有六，我認為通常都會被當成「七減一」，而不是當成「六」本身來理解。有幾個德國民間故事中有七個孩子：一個妹妹和六個哥哥。我也看過十二個孩子的故事：一個妹妹和十一個哥哥。我認為將這些例子視為七和十二，比六和十一更有道理。不過，歡迎民俗學家將關於神話、傳說如何使用六的論文寄給我。

　　在華人傳統中，某些數字會因為發音湊巧諧音，而被賦予好運或厄運的含義，這是由於某個音的四聲變化代表不同意思。「八」與「發」諧音，所以大家會覺得八是吉祥的數字，重要活動都會設法和八扯上關係。例如，北京奧運會開幕式選擇在二〇〇八年八月八日晚上八點八分八秒登場。相對地，「四」聽起來很像「死」，所以四理所當然地被當成不吉利的數字（對我這個四月四日出生的人而言，真是太不幸了）。但這些是語言而非數學上的考量。

　　儘管八在一些文化語言中，沒有好運的聯想，但八仍然時不時會出現。波斯詩人阿米爾・庫斯洛在十二世紀的作品《八個天堂》，名稱取自死後世界中有八個天堂、周圍有八座門環繞的傳統觀念（比七重地獄多一，因為上帝是仁慈的）。這部作品在英語世界不太出名，但各位可能熟知從其中一個故事《錫蘭三王子歷險記》（*The Three Princes of Serendip*；Serendip 是斯里蘭卡的古典波斯語名稱）衍生出來的字。當英國作家霍勒斯・沃波爾想要用一個詞來描述偶然發生的好事時，他想起這個故事中的王子「由於意外和睿智，總是發

現他們沒有在尋找的東西」。這就是一七五四年英語中多了
serendipity（意為意外之喜）這個詞的來龍去脈。

我們還沒有看一和二這兩個最簡單的數字——它們超級好
用，好用到我們幾乎不會察覺它們。如果只因為《美女與野
獸》中有一位美女、一頭野獸、一座城堡、一個女巫、一朵玫
瑰、一個會說話的茶壺，就斷言這個故事中充斥著 1，其實不
太聰明。1 似乎與所有其他數字都不同，在數學中也是如此。
儘管質數的定義是不能再分解成更小因數的數字（因此 3 是質
數，因為只能寫成 3×1 或 1×3；但 6 不是質數，因為可以分
解為 2×3 或 3×2），我們仍將 1 從質數清單中排除——但它
是所有其他數字的基礎。只要把 1 這個數字本身不斷加 1，就
足以變成任何數字——或至少任何整數。1 是一切的開端。但
另一方面，如果各位擁有一樣某種物品，這其實算不上是在
「計算」任何東西的數量。

二的情況也有點類似。儘管它非常重要（首先 2 是第一個
也是唯一一個偶數的質數），但仍不足以成為模式數字；只有
二進位制的敘述無法讓讀者長時間維持高昂興致。話雖如此，
幾乎所有的童話故事都有至少一種二分法：善與惡，例如白雪
公主與壞皇后（不是所有繼母都這樣）。在數學中，2 是第一個
偶數，是第一個可以分成兩等分的數字。二進位制的算法中，
每個數字都以 1 和 0（或是各位比較習慣看到的是真／假、好
／壞）表示，是所有計算機的基礎（也是一個笑話老哏：世界
上有 10 種人，懂二進位制的和不懂二進位制的）。[20]

●　●　●

我認為，偶數在作為小的模式數字時，可能與奇數有略微不同的作用，其中一個原因就是偶數可以分成兩半或是成對的單位。3、5 和 7 特別「強大」，因為這幾個數字無法再分解──它們不僅是奇數，意思就是不能分成兩半或成對的數字；而且還是質數，所以完全不能分解。相較之下，9 雖然不是質數，但要分解 9 的唯一方法，只有將它拆成三個 3──如果在各位的文化中，3 已經是一個模式數字，那麼 9 可能會顯得更特殊。莎士比亞在《馬克白》中，就用了 9 來放大 3 的效果。三個女巫說出三則預言，並給馬克白三個頭銜（格拉米斯領主、考多領主和國王）──她們就是撒旦版的三位一體。女巫們圍繞火堆，吟唱以下咒文：

手攜手，三姊妹，

滄海高山彈指地，

朝飛暮返任遊戲，

姊三巡，妹三巡，

三三九轉蠱方成。

---

20 還有一個專為數學家設計的變化版：世界上有 10 種人，懂二進位制的、不懂二進位制的，以及沒想到這個笑話會以三進位制為基礎的人。

9 甚至還可以進一步放大。在第一幕第三場中，女巫甲計劃詛咒一位水手，因為水手的妻子侮辱了她：「九乘九週海上漂／氣斷神疲精力銷」。換句話說，詛咒會維持八十一週。

9 也可以用類似 99 和 999 的方式呈現 —— 非常接近但還不是一個完整的大數字。中國民間故事中有時可以看到這種用法，例如在〈九頭鳥〉中，九頭鳥綁架了公主。當拯救她的人來到她被囚禁的洞穴時，看到公主正在照顧鳥的傷口，「因為天狗咬掉了牠的第十個頭，傷口還在流血。」其他故事則說，從前天上有十個太陽（十代表「很多」），但其中九個被獵人楊二郎用山巒壓碎；或另一個版本說，被神射手后羿用弓箭射落。這就是為什麼我們現在只有一個太陽。

貓是非常幸運的生物，因為牠們有九條命 —— 或至少在英語世界中是這樣。墨西哥、巴西、西班牙和伊朗的貓有七條命 —— 另一個吉祥的數字。七除了既是奇數也是質數外，還有另一層天文象徵意義。在望遠鏡發明之前，我們可以看到七個天體。這七個天體與星星不同，會在天空中四處移動，分別是太陽、月亮和距離最近的五顆行星：水星、金星、火星、土星、木星。因此，七這個數字具有重要的意義。這件事情，加上一週為七天、四週恰好就是一次二十八天的月球週期，幾乎讓我們可以斷定，一週之所以是七天、許多創世故事的世界之所以是在七天內創造出來的，都是這個原因。換一個不那麼重大的情境：白雪公主會遇到七個小矮人可能也是這個原因。

五與七不同，沒有天文學上的象徵意義，而是具有生物學上的象徵意義，就是一隻手能數的數量。伊斯蘭教的五功、錫

克教的五個象徵，都可以用一隻手的指頭計算。古希臘傳統中的元素有四種，而中國的元素有五種：金、木、水、火、土。對於幾何學家而言，五與它前後的數字相較，是個異常的數字：藝術家可以用正三角形、正方形或正六邊形做出一般的平鋪圖案（蜜蜂也可以做出最後一種）；但用正五邊形的話做不出來。不過呢，五個點可以形成另一樣東西，就是星形；更棒的是，這樣的星形可以一筆畫成，只要將筆從一點移動到對面的另一點，不用把筆從紙上拿起來。數字更小的話畫不出星形，而如果各位嘗試畫六角星的話，會發現圖形被分成兩個三角形。鍊金術傳奇故事都會將五個點構成的星星稱為五角星，與召喚惡魔等惡作劇連在一起，因為五角星據信是一種護身符，惡魔無法從它沒有間斷的邊界中逃出。在歌德的戲劇《浮士德》中，梅菲斯特無法離開浮士德的書房，因為門上畫著一個五角星。但是等等，浮士德問道：

> 那五角星折騰了你？
> 那麼，告訴我，你這地獄之子，
> 如果它把你擋住，你又怎麼進來的？

梅菲斯特回答說五角星的最後一條線是不完整的——向外的角沒有完成，線條沒有完全接合。因為這個小錯誤，梅菲斯特得以在房間裡現身。早在至少兩千年前，數學家就知道如何僅用直尺和圓規構建完美的五角星。要是浮士德的幾何有學得更好一點，劇中令人不愉快的種種都可以避免。

148

• • •

　　在本章最後，我們來深入探討所有與三有關的東西，為本章作結。三這個數字在西方人心中可謂舉足輕重。如果各位找得到，我大力推薦人類學家艾倫·鄧德斯一九六八年的論文〈美國文化中的數字三〉。[21] 這篇文章列出了成串令人瞠目結舌的三。在童謠世界裡，以三為單位很常見，無論是字：「划，划，划你的船」，還是句子：「你認不認識鬆餅人，鬆餅人，鬆餅人」。這也適用於常見的表達方式——畢竟喝采時不會只「歡呼兩次」，華人也說「無三不成禮」。我們學英文是學 ABC，不是 ABCD。賽跑要「各就位、預備、起」才開跑，而且獎勵三種完賽名次：金、銀、銅。三個字母的縮寫無處不在：JFK、VIP、SOS、DNA、HBO，別忘了還有 USA。衣服分為小號、中號和大號（或是如果有其他尺碼，編號仍然會參照這三種尺寸，如 XS、XXS、XL、XXL 等）。三個單詞的說法也比比皆是：魚鉤、釣線、鉛錘（hook, line and sinker，意指毫不遲疑地上當）；點火器、槍托、槍管（lock, stock, and barrel，意指某物的所有零件或部分）；醇酒、美

21〈美國文化中的數字三〉這篇文章收錄在 *Every Man His Way: Readings in Cultural Anthropology* (Prentice-Hall, 1968) 一書中。眾所周知，鄧德斯這位美國民俗學家並不害怕爭議。甚至，他在一篇名為〈深入達陣區：觸地得分〉（Into the Endzone for a Touchdown）的文章中，對美式足球的用語和儀式加諸同性戀的潛在解讀後，收到了死亡威脅。

人、笙歌（wine, women, and song，意指放縱享樂）。因為很重要所以說三遍：真話，只有真話，完整的真話（the truth, the whole truth, and nothing but the truth。證人在法庭上發言前，須先以此發誓所言句句屬實）。在二十多頁論文的結尾，鄧德斯挑戰讀者：「如果有人對美國文化中是否存在三的模式持懷疑態度，請提出至少三個充分的理由。」

在文學領域，我們從敘事中注意到的第一種「三」，是三個角色成一組的設定：三隻小豬、三隻山羊、三位善良的仙女、三頭熊。無數故事中都有三兄弟要完成任務，老大和老二嘗試但以失敗告終；最年輕、最勇敢、最聰明、最被低估的老三則成功了。或者有三姐妹（如美女與野獸），大姊和二姊通常都會有某種迷人的厭女情結，混和了虛榮、醜陋、貪婪、愚蠢；有時她們是繼姐妹，就像灰姑娘的故事一樣，但最後都是端莊美麗的小妹得以嫁給英俊的王子。如果笑話的故事裡涉及三個角色，也看得到這種模式，可能是主教、牧師和猶太教拉比。數學家自嘲的玩笑中，有時也會有三個角色，例如物理學家、工程師和數學家遇到了某個問題。

這種結構在童話和笑話中都是相同的：基本的情況發生兩次，兩次結果大抵相同；然後第三個角色遇到同樣的情況，但發生了不同的事情。在笑話中，兩個「正常」人反應正常，然後傻子做了某些可笑的事情；在童話中則反過來，前兩個角色失敗，第三個成功。例如，第一和第二隻小豬用稻草和樹枝蓋房子，但第三隻小豬用磚頭蓋房子。老大和老二不幫助醜陋的老乞婆，但最小的弟弟伸出了援手；想當然耳，老乞婆是女巫

假扮的，賜予小弟萬貫家財。這種敘事背後原因很明顯——我們需要重複兩次才能了解模式；當模式在重複第三次時被打破，我們才會感到驚訝或好笑。

當然，我們不是只有在童話故事中才會遇到數字。但丁的《神曲》中，有大量數學比喻，有幾個數字被賦予了特殊意義，但對《神曲》的結構和象徵意義而言，三這個數字是最重要的基礎——毫無疑問，理由是但丁認為，三位一體（聖父、聖子、聖靈）具有重要的精神意義。《神曲》共有三篇：〈煉獄篇〉和〈天堂篇〉有 33 首詩，而〈地獄篇〉以 33 + 1 打破了對稱（嗯，因為是地獄嘛，我想），讓總數達到 100 首詩，每首都以但丁發明的三韻體風格寫成：每節有三行，連環押韻（ABA BCB CDC DED EFE……），要多長有多長（每首詩都以單一一行詩句收尾，收尾這句會與最後三行的中間行押同一個韻，上述例子中就是 F）。這種環環相扣的韻法，可以將連續的詩節優雅地串在一起，讓行文鋪陳與三的關係更加緊密，因為可能除了第一個和最後一個韻腳外，其他所有韻腳都會恰好出現三次。地獄有九（三個三）層，分為三個部分，對應到可能會使人下地獄的三種主要罪惡。天堂也有九層，或稱九重天。在天堂篇的最後第三十三首詩中，當但丁即將飛昇至上帝目光所及之處時，他看到了「三個環繞的球體，三種顏色，同一大小」，也就是三道完美的彩虹。

三這個數字對我們心理的影響，要怎麼解釋呢？我認為，三能橫掃千軍的魔力，出自三角形和三分法的數學原理。三在幾何學上非常特別。首先，要定義形狀，最少需要三

個點。如果是兩個點，就只是一條線；三個點（只要不全在一條直線上）會形成三角形。但三的優秀之處不只這樣。想像嘗試用棍子或棒子製作某種堅硬、穩固的結構——只有兩根棍子的話，做不出任何東西；棍子的末端可以連接在一起，但另一端只會毫無用處地垂下來。然而，如果這三根棍子的長度可以由我決定，我就一定會正好有一種方式可以將棍子組合成一個三角形。如果各位的棍子也是相同長度、做相同事情，我們這兩個三角形看起來會是一樣的。這是三的第二個特別之處，對任何更大的數字而言都不成立。四根棍子可以組成無限多種四邊形（有四個邊的形狀）。即使是在四邊長度都一樣的超級特例中，也有無限多種可能性。各位當然可以組出一個正方形，但接著也可以從側面把這個正方形壓扁，製造出一系列愈變愈薄的菱形。三角形是唯一不能以這種方式變形的直線形狀。因此，用鋼棒製成的結構，例如：測地圓頂，基本形狀就是三角形，因為這是最堅固的形狀。

　　三的第三個（一定要的）特殊幾何性質，是若平面上各點之間的距離要相同，則三個點是最大的數量。正三角形的三個點之間是等距的；紙上不可能畫出四個彼此間等距的點（各位可以嘗試在三度空間中畫四個點，形成的東西是所謂的四面體；但即使是四面體也是連接四個等邊三角形而成的）。對我而言，三角形的這些幾何特性，就是成三出現的東西會讓我們感受到力量、完整，且經常與平等相關的原因。正如三劍客說：「人人為我，我為人人。」如果是二，就只會有上或下、左或右、北或南。如果是三的話，突然就可以納入一整個空

間。

　三的最後一個數學面向是三分法。想像所有數字排成一路
縱隊，然後在點 x 的地方插入一根大頭針。每個數字都會與 x
呈現出某種關係，這種關係恰好有三種可能性（三分法）：要
麼小於 x，要麼等於 x，要麼大於 x。這種三分法在數學中隨
處可見。一個角要麼是銳角（小於九十度），要麼是直角（等
於九十度），要麼是鈍角（大於九十度）。數字可能是負數、
正數或零。時間可能是過去、現在或未來。在統計學中，資料
點可以高於平均值、低於平均值或就是平均值。

　將這個概念轉化成兩個極端和中間的範圍，也是一種
三：最小、最大，以及介於兩者之間的所有東西：日出、白
天、日落；出生、人生、死亡。敘事語言和結構中，經常可
以看到這種三分法。形容詞有三種程度：好、更好、最好；
壞、更壞、最壞；勇敢、更勇敢、最勇敢。童話故事裡的三兄
弟，最小的弟弟必然最聰明；最小的妹妹最漂亮；第三頭山羊
最大，打敗了山怪。三分法最好的例子，想當然是大家最愛的
金髮姑娘——小姑娘闖進熊的家，對各種東西都有三階段的
評語：熊爸爸的粥太燙，熊媽媽的粥太涼，熊寶寶的粥剛剛
好。金髮姑娘顯然熟諳亞里斯多德的中庸之道。亞里斯多德
說，每一種美德都是兩項惡習——一是過頭，一是不足——之
間的黃金平均值（恰到好處）。勇敢是一種美德，勇敢過頭就
變成魯莽的惡習，不夠勇敢就是怯懦的惡習。在金錢上，慷
慨是美德，慷慨過頭是揮霍，不夠慷慨則是吝嗇。如果是床
呢，熊爸爸的床太硬，熊媽媽的太軟，而熊寶寶的床則完美體

現了亞里斯多德的中庸之道——恰到好處。

　　故事本身都有開頭、中間和結尾。多冊作品最常見的編號方式就是三部曲——通常都是回頭看時才發現這是三部曲。這種作品常見結構是從獨立完整的第一冊開始，接著是第二冊，結尾通常都還有謎團未解，或至少有事情懸而未決；然後第三冊做總結，替所有發展收尾。這樣三部曲就是開頭、中間、結尾的放大版。想想三幕劇，每一幕本身也都必須有開頭、中間和結尾。各位手裡拿著的這本書，也分為三個部分。

　　小說中出現的神奇數字，可能是數學在文學中最明顯的體現，但絕不僅止於此。後續章節中各位會看到，從幾何到代數，甚至微積分等更複雜的數學思維，如何出現在偉大的文學作品中，從《白鯨記》到《戰爭與和平》都不例外。數字是人類思想極為重要的一部分，甚至隱藏在文字之中，有時是在最意想不到地方。想想《浮華世界》中，一碗命定的潘趣酒（原文為 punch），如何讓貝姬・夏普對喬斯・塞德利會向她求婚的希望破滅。這段沒有數字，對吧？除了 punch 這個字源自梵文中的「五」（panca），因為潘趣酒源自一種恰好有五種成分的印度混合飲料。數字以成千上萬（原文為 myriad，古希臘語中代表一萬）種方式，扎實地根植在語言脈絡中。

第六章

亞哈的算術：
小說中的數學比喻

　　我在引言中有說，撰寫本書的起心動念，是因為我聽到一位數學家說《白鯨記》裡提到擺線這種有趣的曲線。奇怪的是，幾年前我寄電郵給這位數學家朋友東尼感謝他推薦時，他回信說，是我向他推薦《白鯨記》的——所以我想，實際情形究竟是怎樣已經無從可考。總之，某天早上我坐在火車上，翻開這本書開始閱讀，幾分鐘之內就看到帶有明確數學意味的精彩描述。伊什梅爾在捕鯨船客棧過夜，客棧老闆對酒水有點吝嗇：「最可惡的是那些他用來倒酒給人喝的平底酒杯。外表看起來確實是圓柱狀，但那些討人厭的綠色玻璃酒杯卻有鬼：杯內空間逐漸縮小，到杯底則已呈圓錐狀，是用來耍詐的。杯子四周刻著如經線般的平行刻度，毫不客氣地陷進杯身。」這個畫面棒極了，「圓柱狀的酒杯上標示著平行的經線」毫無疑問充滿幾何意味，讓我興致大增。

　　往下讀時，我不斷遇到數學典故，多到讓我明白梅爾維爾顯然十分喜愛數學概念 —— 這些概念注定要從他的腦海中逃脫、躍然紙上。當他想找個比喻時，經常會有與數學相關的東西自投羅網。亞哈船長在讚揚他船艙服務員的忠誠時說：「小子，你這麼忠誠，就像圓周總是會對圓心不離不棄。」而且其實這是完全正確的 —— 圓周上的點堅定不移地與圓心保持完全相同的距離，一整圈都是如此。

　　要找比喻，數學世界是無與倫比的來源，有些比喻已經成為日常用語中的陳腔濫調，比如「化圓為方」，指的是古希臘時代的一個數學問題，如何建構與特定圓形面積相等的正方形。用這個說法的人多數都不知道我們花了兩千多年的時間，才在數學上證明這是不可能做到的。但有時就會有像梅爾維爾這樣顯然十分熱衷於數學的作家，在寫作時情不自禁地使用數學比喻。本章會引導各位賞玩梅爾維爾、喬治‧艾略特、托爾斯泰、喬伊斯等經典作家作品中，某些最可愛的數學典故。理解這些引用出處，讓我們在閱讀偉大文學作品時，可以多一種樂趣，也讓各位能用全新的視角看待這些備受喜愛的作品以及這些書籍的作者。

　　　　　　　　●　　●　　●

　　在看更多梅爾維爾的數學比喻之前，我想先告訴各位一些梅爾維爾的生平事蹟，以及他如何寫出 D‧H‧勞倫斯形容為「一本美得令人嘆為觀止的書……一本偉大的書，極其偉大的書，有關大海的書中最偉大的一本，撼動靈魂中的敬畏。」梅

爾維爾嘗試過各種職業（教師、工程師、捕鯨船上的水手），之後寫了他的第一部小說《泰匹》，以小說手法描寫他與同名的玻里尼西亞部落共度的時光。《泰匹》以及後續的《歐木》（*Omoo*，在玻里尼西亞語中意為流浪者）都受到好評。在接下來幾年裡，他又寫了三個航海故事。我把重點放在他的第六本書《白鯨記》，因為這是梅爾維爾的書中我最喜歡的，也是最著名的。[22] 不過，梅爾維爾對數學的熱愛見諸他做的每一件事情。在他早期的小說《瑪地》中，有個角色大喊：「哦，天哪、天哪、天哪！你比積分更難解。」他的出版商顯然擔心討論哲學和數學，可能不如描寫衣著暴露的年輕玻里尼西亞女性那樣能讓書大賣特賣。梅爾維爾向他保證，下一本書的內容一定「沒有形而上學，沒有圓錐曲線，只有蛋糕和麥酒。」對文學世界而言，幸好他完全沒有遵守諾言。

　　《白鯨記》在一八五〇年寫成，一八五一年出版。評論……褒貶不一。《哈潑雜誌》大力稱讚：「作者魔法般的描寫能力，幾乎與他在道德分析上的天縱英才旗鼓相當。」但倫敦的《雅典娜神廟》雜誌一位評論家認為「如果廣大讀者對梅爾維爾先生恐怖、逞英雄的故事不屑一顧的話，他只能怪自己，因為這些垃圾屬於最糟糕的瘋人院文學流派。」在《白

---

22 我在我的論文〈亞哈的算術；或《白鯨記》中的數學〉（Ahab's Arithmetic; or, the mathematics of Moby-Dick）中說得比較詳細。請見 *Journal of Humanistic Mathematics* 11, no. 1 (January 2021): 4–32, https://scholarship.claremont.edu/jhm/vol11/iss1/3, DOI: 10.5642/jhummath.202101.03.

鯨記》出版的幾年後，這位作家有點放棄了寫作，讓人想了都
覺得不可思議。他人生中最後二十年都在為美國海關部門工
作，一八九一年默默無聞地去世。他這輩子從這本可能是十九
世紀最有影響力的美國小說中獲得的收入，只有五百五十六
點三七美元。我們對梅爾維爾這個人知之甚少，由此可見他
多麼小心地保護自己的隱私；他會在書房的門把上掛一條毛
巾，這樣就沒人可以從鑰匙孔裡偷窺。他留下的信很少；關於
其人，他的密友納撒尼爾・霍桑只記得說，雖然他是一位紳
士，但他「在乾淨內衣這件事上有點非主流」。不過，聽好
了：如果各位還沒有讀過《白鯨記》，請放髒衣服一馬，去讀
讀這本書吧，它完全自成一格。

敘述者伊什梅爾在捕鯨船「皮廓號」上當水手，皮廓號
上有船長亞哈、大副斯達巴克（著名的星巴克咖啡即以此為
名）和二副史塔布。讀者慢慢會看出，亞哈沉迷於獵殺大白鯨
莫比敵──一人一獸先前交手，害亞哈失去了一條腿（順帶一
提，這本書名為《白鯨記》Moby-Dick，但書中的鯨魚名字是
莫比敵 Moby Dick。如果各位對這種不一致感到不滿，請歸咎
給伊什梅爾）。最後，亞哈狂妄、偏執不休地追逐白鯨導致他
精神錯亂，危及全體船員──這麼說吧，亞哈的結局並不美
好。這不是一個普通的冒險故事。提到鯨魚和捕鯨的時候，作
者從各種讓人眼花繚亂的來源摘錄大段文字並加以討論，包括
莎士比亞、聖經、自然歷史和航海書籍。有整整一章都在說莫
比敵的白色代表什麼，以及許多伊什梅爾和其他人的哲學思
考。伊什梅爾解釋說，這本書必須有一個巨大的指南針，因為

作為主題的巨鯨碩大無朋。他說：「給我一支兀鷹的羽毛管當筆用！讓我用維蘇威火山的噴火口當墨水瓶的檯子！」

如果要請各位預測，十九世紀的海洋故事中數學可能出現在什麼地方，各位可能會想到象限儀和六分儀，並且相當準確地猜到在描述航海時可能會涉及數學。我們確實聽說亞哈「會在他鯨骨義肢的上半截」進行數學計算，而伊什梅爾提到他在桅斗中值班、掃視大海尋找鯨魚蹤跡時，「在高處的桅斗中鑽研數學」。但梅爾維爾的深入程度遠不只如此。數學那近乎魔法的力量，讓船員說到那些已經一窺堂奧、能夠破譯其中「陰謀詭計」的人時，語氣中都帶著敬畏和懷疑。「我聽說達伯爾寫的算術教科書裡面藏了很多鬼東西。」二副史塔布說。好幾代美國學童都熟悉的《達伯爾算術》，是十九世紀上半葉美國學校使用最廣泛的教科書。作者奈森・達伯爾是康乃狄克州的一名數學教師，我們也知道梅爾維爾當學生，甚至可能當老師的時候，用的都是《達伯爾算術》。當時學生會用達伯爾學算術，用歐幾里得學幾何。

以現代眼光來看，這本教科書會被史塔布比作某種鍊金術，其實不足為奇。書中說明各種計算技巧，包括四則運算基礎與貨幣換算，和計算利息、年金、損益和船舶噸位的規則，要學生死記硬背；甚至提供了用手算出平方根和立方根的方法。這些規則通常以幾近魔法般的公式呈現。例如，要將南卡羅萊納州幣轉換為馬里蘭州幣，「將手邊的金額總數乘以45，然後將乘積除以28。」或者是神祕的「三呈正比法則」，說明「若現有三個數，要據此找到第四個數；第四個數對第三

個數的比例，應與第二個數對第一個數的比例相同。」還有，已知圓的直徑長度，如何求圓周長的規則：「直徑對周長的比例，就如 7 對 22 的比例；或更準確地說，是 115 對 355 的比例；求反比即可得到直徑。」圓的周長是直徑 d 乘以 π，但不可思議的是這裡沒有提到 π，也沒有說明這些規則有效是因為 $\frac{22}{7}$ 和 $\frac{355}{115}$ 近似於 π。書中只說遇到這種情況，就用這些神奇數字。

對史塔布而言，數學是神祕，甚至邪惡的。但對伊什梅爾而言，數學，尤其是對稱，是美德的象徵。抹香鯨因其頭部具「數學的對稱性」而有「威風凜凜的模樣」。在描述抹香鯨的頭時，伊什梅爾甚至宣稱他定義了一個新數學概念。他解釋說，「我們可以用一個傾斜的平面，把長橢圓狀的抹香鯨腦袋斜切為兩個楔形石狀的部分，下半部全是骨架，包括顱骨與顎骨，上半部則沒有骨架，只是像油膏似的一大塊東西。」他在註腳中解釋：「楔形石狀並非源自於歐幾里德幾何學。它純粹屬於海事數學領域。我知道過去還沒有人定義過。所謂『楔形石狀』與『楔狀』的最大差別，就是『楔形石狀』只有一個銳利的斜切面，『楔狀』則是有兩個斜切面。」簡直就像從幾何書籍中直接抄出來的！

各位可能會爭辯說，描述形狀時來點幾何是理所當然的（儘管這表示作者在使用這些詞彙時至少是自在靈巧的），但歐幾里德也在書中其他幾個地方被點名。伊什梅爾在解釋鯨魚的眼睛位於頭部相對的兩側，向大腦呈現兩個完全不同、必須同時處理的畫面時說，如果鯨魚真的做得到，那「真可說是鯨

魚的特異能力，就像有人能夠同時解決歐幾里德的兩個幾何證明題。」《白鯨記》中數學出現得最巧妙的時刻就像這種地方，梅爾維爾拋出一個數學典故只是因為覺得有趣。

例如，只有幾何學家的眼光，才能看出鯨魚鰭與日晷針之間的關聯，正如伊什梅爾此處的觀察：

> 當海面風平浪靜，只有一圈圈圓形漣漪浮起時，這背鰭就像日晷般矗立著，陰影投射在那布滿波紋的海面上，圍繞在背鰭四周的圓形漣漪就像是日晷的圓盤，背鰭像是晷針，彎曲的水紋是刻在圓盤上的時間刻度。亞哈斯國王的日晷上，陰影通常都是往後投射的。

這裡提到亞哈斯，著實令人欣喜，讓我們想起《舊約》〈以賽亞書〉提到的日晷儀，現在被認為是日晷儀最早的書面紀錄。上帝讓日晷上的影子奇蹟般地向後移動了十度，象徵祂將治癒猶大王亞哈斯之子希西家的疾病。

但也許《白鯨記》中最引人入勝的，是與擺線有關的幾何學，就是本章開頭提到的數學曲線。伊什梅爾在清理皮廓號甲板上的鯨油鍋時想到了擺線。鯨油鍋是用來提煉鯨脂、產出鯨油的巨大金屬桶，可以想像成巨大的圓鍋：

> 有時候還要用皂石與砂子〔把鍋子〕磨到像銀質潘趣酒缽一樣光亮……有時候我們負責打磨油鍋，一人站一邊，同時也開始在鍋邊講起了悄悄話。鍋邊也是

個沉思數學問題的好地方。我也曾負責打磨皮廓號的左側油鍋，就在用手裡皂石卯起來沿著鍋面畫圈圈時，我突然第一次間接領悟出一個了不起的幾何學原理：任何在曲線上滑動的物體，從任意位置滑動到曲線底部所需的時間都是相同的，且這原理也適用於我手上那塊皂石。

倒擺線──從任何一點釋放的物體滑到底部的時間會相同。

各位如果還記得，擺線是由滾動的圓圈或輪子邊緣上的一個點描繪出的曲線：

擺線不是學校裡固定會教的東西，但是數學中最著名的曲線之一。我在引言中說過，擺線被暱稱為「幾何學的海倫」，是因為它美好的特性，但還有其他原因──這個名字也暗示了它在彼此競爭的數學家間引起許多爭吵。把研究擺線的人列成清單，讀起來就像十七世紀的數學家在點名一樣，包括笛卡兒、牛頓、帕斯卡。帕斯卡是一位才華橫溢的數學家，機率的

數學研究多少算是他發明的。[23] 他有一度不再研究數學，轉而投入神學。但某天晚上，他牙痛得厲害。為了分散自己的注意力，他像各位一樣開始鑽研擺線；令他驚訝的是，疼痛消失了。他自然將這件事視為上帝說 OK 的象徵，並繼續鑽研擺線鑽研了八天，期間發現了擺線的許多特性——比如拱下的面積。

　　以前的數學家經常會爭論第一個證明某件事的是誰，這類順序之爭可以相當激烈（這種事現在比較容易解決，可以追蹤沿途的電子痕跡）。例如，一位名為吉勒斯·德羅伯瓦爾的數學家證明了很多關於擺線的事情，但拒絕發表任何一項。然

---

23 帕斯卡在數學之外最為人所知的事蹟，可能是現在所謂的「帕斯卡的賭注」，這個賭局基本上是說，我們人類的行為就是在與「上帝是否存在」一事對賭。結局有四種可能：你信有上帝，且上帝存在；你信有上帝，但上帝不存在；你不信有上帝，但上帝存在；你不信有上帝，且上帝不存在。如果你信有上帝，且上帝存在，那就太好了（假設你的行為會以此為依據），啟程去永恆的天堂吧！如果你信有上帝但你錯了——沒有上帝，那麼你在有限的生命中可能會失去某些快樂，也許會遭到嘲笑、必須早起去教堂等等，但你的損失是有限的。另一種結局是你不信有上帝。如果確實沒有上帝，那同樣是很 OK 的局面。但如果有上帝，那麼你將墜入永恆的地獄，因此你的損失是無限的。即使我們認為上帝存在的機率很小，但這個機率仍然不為零；任何非零數字乘上無限大，都是無限大。因此帕斯卡說，如果我們的行為純粹出於理性，就應該表現得如同上帝確實存在，並嘗試相信有上帝，因為相信的預期收穫是無限的（無論上帝存在的可能性多低），而不相信的預期損失也是無限的。

後，每當有人宣布新成果時，德羅伯瓦爾都會憤怒地駁斥說他很久以前就發現了。比如，德羅伯瓦爾知道擺線每一拱下的面積，都恰好是構成擺線的圓面積的三倍。這種愚蠢行為的部分原因是，德羅伯瓦爾擔任的教授教職，每三年會藉由現任教授出題的競爭重新任命一次。所以保持某一組問題只有自己知道如何解決的動機非常強烈。找出特定擺線下的面積，應該 —— 至少有幾年的時間 —— 就曾是這樣的問題。

對我而言，擺線最棒的一點是，它出現得突如其來，在某個似乎與其建構方式完全無關的情境中現身。荷蘭數學家克里斯蒂安·惠更斯在試圖改進時鐘設計時，很想知道是否有以下這種曲線：無論從曲線的哪裡開始讓東西下滑，抵達底部的時間都會一樣。惠更斯在一六五九年解決了這個問題，就是所謂等時性問題；各位可以在他一六七三年轟動一時的《擺鐘論》中讀到所有細節。還有另一個被稱為最速降線的問題：找出兩點間的路徑，讓物體因為重力掉落時，以最快時間從較高點落至較低點。令人驚訝的是，這兩個問題的解方都是我們的朋友擺線！

伊什梅爾在說的就是等時性問題。如果鯨油鍋的形狀與擺線的拱相同（鍋子當然得倒過來放），那麼無論讓皂石從哪裡下滑，到達底部所花的時間都完全一樣。更詳細地說，下滑時間都會是 $\pi\sqrt{\dfrac{r}{g}}$ 秒（g 是重力加速度，r 是構成擺線的圓的半徑）。在地球上，g 大約是 9.8，所以它的平方根大約是 3.13。因為 g 是分數的分母，而約為 3.14 的 π 是分子，所以兩者幾乎完全抵消 —— 太棒了！意思就是，要求出在擺線上下滑的時

間，一個相當準確的近似值會是形成擺線的圓的半徑的平方根。哇！

梅爾維爾暨伊什梅爾是怎麼知道這件事的？我們不確定──至少不是從學校的制式課程中學到的。但一位名叫梅雷迪思‧法默的研究人員發現，小梅爾維爾在一八三〇、一八三一年就讀的奧爾巴尼學院中，有一位相當出色的數學老師。記錄顯示，學院裡每天下午安排的都是「算術」：每個學生「下午的時候，會在算術上花一個小時，其餘時間就把加總數字寫進一本大計算簿中。」聽起來希望不大。但法默注意到，小梅爾維爾在這些課程的老師不是別人，正是奧爾巴尼學院的數學和自然哲學教授約瑟夫‧亨利。亨利是優秀的老師，同時也是著名的科學家，後來成為首任史密森尼學會祕書長。他發現了電感，因此電感的單位是亨利。小梅爾維爾在這些課程中表現出色，並獲得「本班最佳計算簿第一名」獎──獎品是一本詩集。事實上，約瑟夫‧亨利在小梅爾維爾獲獎的幾個月前，曾寫信給學院董事會，要求為「程度較佳的學生」增加一本更進階的教科書。這位老師充滿熱情、啟發人心，他的某些進階課程甚至以公開講座的形式授課。雖然我無法證明，但將擺線這回事告訴小梅爾維爾和其他「程度較佳的學生」的人，很有可能就是亨利，也因此培養了梅爾維爾對數學的熱情。

《白鯨記》背後有一個更宏觀的數學主題，就是以數學的象徵意義作為理解方式，並在某種程度上試圖以數學象徵控制我們的環境。數學幫助人們一探未知的宇宙。伊什梅爾確實十分重視資料──他用自己的身體記錄數據。他告訴讀者「我將

把〔鯨魚〕骨架的大小一一仔細說明，所有數字都是從我右臂上的一處刺青抄錄下來的。因為那段時間裡我四處遊蕩，實在沒有更安全的方法可以把如此珍貴的數字保存下來。」但是，假設分析等同於控制是錯誤的，正如完全拒絕數學是錯誤的一樣。亞哈在兩個極端之間搖擺不定。他沉迷於研究目擊鯨魚的圖表和記錄，堅信自己可以預測莫比敵的去向。但後來，隨著他愈來愈瘋狂，他拒絕導航的數學計算，將他的象限儀踩成碎片，最終只憑直覺航行。數學被拋棄，留我們在海上漂泊。

· · ·

亞哈對莫比敵的沉迷，使他有一種非理性的信念，認為如果了解鯨魚普遍的行為模式，他好像就可以推導出關於特定一隻鯨魚的某些知識。鯨魚歸鯨魚，人類社會的模式似乎更加複雜。我們從整體人口的資訊，可以推敲出多詳細的特定個人資訊？個人行為與更廣泛的事件全面統計資料之間的交互作用，是十九世紀另一位小說家喬治·艾略特多所著墨的主題。她在一八七六年的小說《丹尼爾·德隆達》，開場場景是一家賭場，關德琳·哈萊思在玩輪盤，結果由機率法則決定──然而，生活是無法預測的。如果各位相信下一次擲骰子對自己有利，很可能會失望。艾略特另一本小說《織工馬南傳》充滿偶然和隨機，人們相信用抽籤決定馬南是否犯下竊盜罪，會得到真實的判決。但事實並非如此。

偶然事件，無論是在賭桌上還是在生活中，都有一定的發生機率；但即便如此，我們還是無法知道，這些事情會在

什麼時候發生在誰身上。十九世紀時，統計學才剛萌芽，被當成是一門數學的科學。「統計」（Statistics）一詞來自德文 Statistik，意思近似「國家的科學」。在英語中，統計曾被稱為「政治算術」——它本來也不過就是數數兒：我們的人口是多少、每年的小麥產量是多少。較晚出現的統計分析引入機率的技術來探索偶然性，納入考量的資料種類也明顯擴大，包括犯罪統計或死亡原因等情形，讓人們開始反覆思索自由意志、命運的意義。平均法則讓狄更斯感到十分頭大。他寫道，如果今年到目前為止被殺死的人數低於年平均，「想到在今年的最後一天之前，必須殺死大約四十或五十人，而且他們注定被殺，不是很可怕嗎？」法國社會學家涂爾幹在一八九七年出版的《自殺論》一書中說，甚至連決定結束自己的生命這種非常個人化的事情，仍然是「集體傾向」的一部分。

《丹尼爾・德隆達》中有一個場景，是丹尼爾和他的朋友莫德凱在酒吧中參與討論：

> 「但今晚，我們的朋友帕什提起進步法則，談到統計；然後莉莉，在那兒的那位，說我們在計算之前其實已經心知肚明，就是在相同的社會狀態下，相同的事情會再度發生；而且數量比品質更能維持不變，但這其實不足為奇，因為只要是與社會有關的事，數量就是品質——酒鬼的數量是社會的一種品質——數字是一種品質的指標，不提供任何指引，只是促使我們思考社會狀態差異的原因。」

　　數字是品質 —— 數字有能力告訴我們社會的狀態，但仍無法告訴我們一個人的命運，就像了解輪盤機率的知識，無法讓我們知道下一個數字會是紅色或黑色。

　　《丹尼爾・德隆達》從微觀和宏觀角度，探討賭博和命運主題。關德琳當天晚上在賭桌上輸了錢，回到家後得知她家的財產在經濟的變化無常中化為烏有。她決定嫁給可怕的葛蘭克，這個決定也被形容為是一場類似輪盤的賭局。整本小說中，關德琳的命運就是格局更大的輪盤一次次旋轉：她賭贏輪盤，然後又輸掉；她原本家庭富裕，然後卻破產了。她有一段不幸的婚姻，以葛蘭克的意外死亡告終。儘管機率的概念可能暗示長期而言，壞事（輸錢、破產、不幸的婚姻）會被好事（贏錢、富有、幸福的婚姻）抵消、平衡，但這部小說揭穿了一個謊言：時時刻刻都必須維持平衡。在小說的結尾，關德琳沒有嫁給她所愛的男人丹尼爾；讀者不知道她故事會怎麼發展，只知道她下定決心：「我要活下去，我要變得更好。」

　　喬治・艾略特（真名是瑪麗・安・艾凡斯）出生於一八一九年，與梅爾維爾同年。她對數學的興趣堅定不移，雖然她不像梅爾維爾那樣有機會接受學校正規的數學教育，但從她的小說和至今尚存的信件、筆記中，可以清楚看出她對數學的知識堪稱淵博 [24]，經常訴諸數學以闡明自己的思想。其實，萊斯特大學有一位學生德里克・鮑爾的整篇博士論文，都在探討喬治・艾略特小說中的數學 [25]；一旦留心注意，就會發現數學無處不在。《米德鎮的春天》（一八七一至一八七二年）從數學角度嘲諷布魯克先生的慷慨前後不一：「我們都知道戲謔之輩

如何定義『慈善家』這個詞：善行的增加與距離的平方相等的人。」。當布魯克先生試圖弄清楚他可愛的小姪女多蘿席亞到底為什麼要嫁給無聊的老頭愛德華・卡索邦時，得到的結論是「女人⋯⋯太複雜，就像不規則物體，不會有固定軌跡。」丹尼爾・德隆達本人在劍橋研究數學，「研究高等數學，與所有需要大量腦力的思維一樣，本來就會讓人愈來愈著迷，使他變成比以前更孤僻的員工。」

　　艾略特表現出的遠不只是粗淺的數學知識。以艾略特第一部小說《亞當・柏德》中介紹唐尼索恩・阿姆斯的房東卡松先

24　喬治・艾略特對女性教育的立場十分堅定，*The Mill on the Floss* (1860) 也暗示了這一點。瑪姬・托利威和湯姆・托利威雖為兄妹，但教育經歷截然不同：跟湯姆說明歐幾里德簡直白費功夫，他跟幾何學完全不對盤；瑪姬本可以從幾何學中獲得無比的樂趣，卻沒有機會。後來，她從湯姆的歐幾里德和一些他其他的教科書開始自學，「開始啃食知識之樹的厚皮果實，一有空閒時間就研究拉丁文、幾何學和三段式論述，不時地感到一絲勝利的喜悅，因為她的理解與這些特別男性化的主題相當。」

25　撰寫本書時，德里克・鮑爾的論文 Mathematics in George Eliot's Novels 可從英國萊斯特大學取得。各位可以從 https://leicester. figshare.com/articles/thesis/Mathematics_in_George_Eliot_s_Novels/ 10239446/1 下載。如果有人對十九世紀的數學、科學和創意之間更廣泛的關係感興趣，格拉斯哥大學的愛麗絲・詹金斯教授在這些主題上著作頗豐。她的著作 *Space and the 'March of Mind': Literature and the Physical Sciences, 1815-1850* (Oxford University Press, 2007) 從學術的角度探索十九世紀英國在科學與文學之間的對話。

生出場為例：

> 卡松先生其人絕不是那種可以不加描述、看過就忘的
> 普通類型。從正面看，似乎主要由兩個球體組成，彼
> 此之間的關係與地球和月球間的關係相同。也就是說
> 下面的球體——粗略地猜測——可以說比上面的球體
> 大十三倍……但相似之處也就這麼多了，因為卡松
> 先生的頭看起來完全不像是一顆憂鬱的衛星，也不是
> 「斑斑點點的球」；米爾頓曾很不客氣地用這個名諱
> 稱呼月亮。

這個比喻十分討喜，卡松先生的形象因此在讀者的腦海
中躍然而出。但正如德里克・鮑爾指出，特地使用十三這個
數字，違背了重要的數學知識。首先要問的是這段指的是什
麼。地球的直徑約是七千九百一十八英里（約相當於一萬兩千
七百四十三公里），大約是月球直徑兩千一百五十九英里（約
相當於三千四百七十五公里）的三點七倍，所以不是直徑；地
球的體積大約是月球的四十九倍，所以也不是體積。但若像艾
略特說的，「從正面看」這兩個球體的話，看到的其實是兩個
圓。所以在這種情況中，大腦直覺感知到的可能是兩個圓個別
的大小，或說面積。各位請看——地球的橫切面面積是月球的
十三點四五倍，因此會是十三這個數字。更讓人驚豔的是，艾
略特採用的直徑一定是很棒的近似值。如果各位以八千英里
（約相當於一萬兩千八百七十五公里）作為地球直徑，以兩千

英里（約相當於三千兩百一十九公里）作為月球直徑，嘗試計算一下，會得到十六倍的比率，而不是十三倍。即使各位用我說的近似值「大約三點七倍」，得到的倍數也會接近十四而非十三。這代表什麼呢？代表艾略特選擇了一個數學的形象，也在要選擇哪個比率上做了明智決定，且相當精準地算出了這個比率。

終其一生，喬治・艾略特都對數學充滿興趣。她認識許多當時的科學家和數學家，還寫了大量筆記，滿是對各種主題的有趣觀察，且其中許多與數學有關。例如，關於機率，她描述了一種今天被稱為「布豐投針」的奇怪現象。請各位想像家裡的地板是木條鋪就的地板，然後想像有一根針掉在地板上。如果針的長度等於木條的寬度，則針掉在兩塊木條間的機率正好是 $\frac{2}{\pi}$。各位其實還可以不斷重複執行這個實驗，就能找到 π 的近似值。如果各位讓針掉落 25 次，有 16 次落在兩塊木條間，就能求得 $\frac{2}{\pi}$ 的近似值為 $\frac{16}{25}$，也就是 $\pi \approx 3.13$。雖不中亦不遠矣。

艾略特學數學，有正規方式也有不正規的方式，包括在一八五一年參加每週兩次的幾何講座課程。即使在過世前一年，她仍積極學習數學，告訴朋友她每天早上都在研究圓錐曲線（圓錐曲線是切割圓錐體所得到的不同曲線，包括拋物線（parabola）、橢圓（ellipse）和雙曲線（hyperbola）。每種圓錐曲線也都讓我們多一個形容詞來描述寫作，就是比喻法（parabolic）、暗示法（elliptical）或誇飾法（hyperbolic），還挺可愛的）。她的小說反映了她對當代數學和科學發現的興趣。其實呢，亨利・詹姆斯真的批評過《米德鎮的春天》

「太常呼應達爾文和赫胥黎兩位先生」。但艾略特會向數學尋求慰藉，尤其是在遭逢壓力的時候更會如此。她在一八四九年的信中描述從個人生活十分難熬的時期中恢復的祕訣：「我會散步、彈鋼琴、讀伏爾泰、與朋友聊天，每天還不忘來一劑數學。」

在艾略特的小說《亞當‧柏德》中，亞當‧柏德也習於從數學令人心安的確定性、恆為真中尋求慰藉。當亞當的父親去世、亞當告訴自己人生必須繼續時，他拿數學來做比較。他說：「四的平方是十六，槓桿必須與重量等比例加長；不論人在痛苦時還是快樂時，這些事情永遠都是真的。」

數學可以是撫慰的膏油、抹平人生混亂這種概念，在另一位作家的作品中也找得到。這位作家所在之地距離艾略特的世界極其遙遠，是俄羅斯作家瓦西里‧格羅斯曼。二〇二一年，編輯暨作家羅伯特‧戈特利布在《紐約時報》一篇文章中，形容格羅斯曼一九五九年的鉅作《生活與命運》是「二戰以來最令人印象深刻的小說」。這部史詩般的小說講的是傑出物理學家維克多‧史托隆及他的家人，在史達林格勒戰役與共產主義時期的故事。格羅斯曼在大學時攻讀數學和物理，選擇史托隆這個名字是為了向他的朋友、真實世界中的物理學家列夫‧亞科夫列維奇‧史托隆（一八九〇至一九三六年）致敬，他在史達林的「大清洗」中被處決。在小說中，史托隆發現數學和方程式是混亂世界中讓理性得以依附的磁石：

他的腦子裡充滿了數學關係式、微分方程、高等代數

定律和數論定律。這些數學關係獨立存在於冥冥之中，超越原子核世界和星際世界，超越電磁場和引力場，超越時間和空間，超越人類歷史和地球的地質史……不是數學反映世界，而是世界成了微分方程的投影，世界是數學的映射。

根據這種觀點，數學才是真正的現實，其他一切都只是蒼白無力的模仿。例如，在現實生活中不可能建構出完美無缺的圓，但圓的數學概念含括了更高的真理。對史托隆來說，這個更高的真理才是真實的，它本身的完美可以撫慰靈魂。

・　・　・

生活是一團混亂。歷史是一團混亂。人類的行為在未來也難以預測。對於維克多·史托隆和喬治·艾略特而言，數學可以讓他們逃離這一切。但對《戰爭與和平》中的托爾斯泰來說，數學是迫使混亂形成意義的方式。他在小說中多次使用數學典故，但因為我不想讓我的書和《戰爭與和平》一樣長，所以很節制地只選兩個來討論。霍金在撰寫《時間簡史》時有一樁出名的軼事：有人警告他說，他在書中每多加一道方程式，銷量就會減半。好吧，他僥倖避免了這種局面（我希望我也有這種僥倖），托爾斯泰也是如此 —— 他發明了一道方程式，放入《戰爭與和平》的軍事行動中。讓我為各位細說分明。

當法國人從莫斯科撤退時，儘管法國軍隊陣容龐大，但在

與小股俄羅斯軍隊的小衝突中不斷落敗。托爾斯泰說，這似乎
與傳統軍事智慧互相矛盾，即軍隊的力量僅取決於其規模；他
說，這就好比說動能只取決於質量，但實際上動能是質量和速
度的乘積。同樣地，一支軍隊的力量必定是它的質量與某個
未知 x 的乘積；軍事科學通常將這個未知因素歸因於指揮官的
天才。但是，托爾斯泰說，歷史走向不是由個人決定的。這
個 x 更像是「軍隊的鬥志，也就是組成軍隊的所有人員在要戰
鬥或面對危險時，感覺到的是已經做好萬全準備，還是手足無
措，這與他們是否在一名天才麾下戰鬥沒有關係。」像任何優
秀的數學老師一樣，托爾斯泰甚至提供了一個例子。假設 10
人（或營或師）擊敗 15 人，因此傷亡損失 4 人，則贏家損失
4 人、輸家損失 15 人，「因此 $4x = 15y$，最後得到 $\frac{x}{y} = \frac{15}{4}$」。
正如托爾斯泰所言，這個等式並沒有告訴我們 x 和 y 是什麼，
不過有告訴我們兩者間的比率。因為 $\frac{15}{4} = 3.75$，可以說勝軍的
鬥志是敗軍的 3.75 倍。因此，他總結道，「選擇各種歷史單
位（戰役、會戰、戰爭時期）帶入這種方程式，可以獲得一系
列數字，藉此有機會發現其中應該存在的某些規律。」啊，當
然，還有從古至今每次申請續撥款項的經典收尾名句：「需要
進一步研究。」

　　如果各位看到托爾斯泰在拿破崙的戰場當中引爆一道方程
式，先別急著驚訝，後面還有大砲等著推出來——托爾斯泰
持續用微積分作為理解整個人類歷史的比喻。在《戰爭與和
平》中，他強烈駁斥歷史軌跡會因任何一個個人行為而改變的
觀點。他說，法國軍隊不是因為拿破崙的命令，而從莫斯科撤

退到斯摩棱斯克；相反地，拿破崙下令撤退是因為「影響都軍取道〔斯摩棱斯克〕向後撤退的那種動力，同時也對拿破崙產生了影響。」

那麼，我們如何理解這些歷史力量呢？托爾斯泰首先提醒我們，莫忘阿基里斯和烏龜的古老謎題，也就是芝諾悖論。阿基里斯奔跑的速度是烏龜的十倍，所以應該怎樣都會贏，即使他讓烏龜先出發也會贏。但在阿基里斯追上烏龜出發地點的這段時間裡，烏龜又向前移動了一點。當阿基里斯到達下一個地點時，烏龜又已經往前移動了；阿基里斯似乎永遠追不上烏龜——這顯然太荒謬了。托爾斯泰說，會有這則悖論是因為阿基里斯和烏龜的運動被人為地分成各自獨立、不連續的段落；但實際上，兩者的運動是連續的。幸運的是，數學大法中有一派的學問，正可以告訴各位如何將各自獨立的運動變成連續的。

微積分是在十七世紀晚期，由史上最偉大的兩位數學巨匠牛頓和萊布尼茲發展出來的（對於是誰首先想出微積分一事，爭論十分激烈）。微積分對於涉及運動和變化的問題，比如行星運動，或者因重力導致的物體加速（另一個牛頓出名的原因），能提供極其出色的解方。如果某物以固定速度移動，我們可以算出它會移動多遠。如果它以時速六十四公里的速度移動，那麼一個小時後，它就已經移動了——沒錯——六十四公里。但如果速度不斷變化怎麼辦？要怎麼知道移動了多遠？我們可以嘗試，比如說，每分鐘測一次速度，然後假設這一分鐘都是這個速度，算出那一分鐘內行駛的距離，然後把這些小段的距離全部加起來。如果要更準確，可以每三十秒、每

秒或每奈秒測一次速度。每次都增加更小的距離，將這些微小
的變化——或稱「差異」——加總，形成愈來愈大的數字。但
各位面對的挑戰是，這就像是在限制之內嘗試添加無數個零。
微積分的技術讓我們能夠處理這些無窮小的數字，而不是以人
為方式將之劃分為單獨的單位。這是一項偉大的數學成就。

托爾斯泰解釋說，我們必須對歷史做同樣的事情：「人類
的運動源於無數獨斷的人類意志，是持續不斷的。歷史的目的
是了解這種持續運動的法則。但是，為了找到這些法則——源
於上述所有人類意志的總和——人會在腦海中假想獨斷且互不
相關的單元」，例如個別的特定事件，或某些國王或指揮官的
行為。「只有以無窮小的單位進行觀察（歷史的差異，即人的
個別傾向），並取得整合這些單位的高超技巧（即求出這些無
窮小單位的總和），我們才有希望找到歷史的法則。」

在《戰爭與和平》中，托爾斯泰痛斥歷史的「偉人」理
論。獲勝軍隊的 x 因素不是偉大領袖，而是集體奮戰的鬥志。
導引事件走向的不是國王或皇帝，而是更大的力量。他用他的
「鬥志」方程式和我們剛剛討論過的微積分比喻，反駁歷史的
理論。對他而言，數學是邏輯嚴謹的象徵，是獲得客觀真相的
途徑，也是我們理解歷史的唯一機會。

• • •

《戰爭與和平》融合了歷史、哲學和敘事，與其他小說截
然不同。事實上，托爾斯泰說他根本不認為這是一本小說。
本章最後，我想帶各位看看另一本書中的數學——喬伊斯的

《尤利西斯》，同樣是一本無法歸類的書。我在引言中提過，喬伊斯對數學充滿敬意，但如果再想想他以什麼聞名——都是意識流風格的著作，比如《尤利西斯》，尤其是《芬尼根守靈夜》，他可能是最不會讓人聯想到與任何結構有關的作者，更不用說數學了。但是《芬尼根守靈夜》的正中心，就是一張出自歐幾里德的圖表；《尤利西斯》中有一章滿是計算。

　　喬伊斯出版的第一本書《都柏林人》的第一頁、第一段中，提到了幾何：「每天晚上，當我盯著窗戶看的時候，我都會喃喃自語說：『麻痺。』在我的耳裡，這個字聽起來是那麼地陌生，就像歐幾里德幾何原理中的晷影器和教義問答手冊中的西蒙尼一樣。」這裡提到晷影器也不是隨便找的典故。今天如果用到這個字的話，主要都是指日晷儀上投射出陰影的突出部分（就像我們在《白鯨記》中看到的）；但它在幾何上的意義，是從一個平行四邊形中切掉一個較小的平行四邊形後剩下的形狀。這種「缺少一部分的形狀」是對《都柏林人》很貼切的描述。故事中缺少的部分，有時與意義有關——用語模稜兩可，讀者看不出角色的動機；有時是省略了一部分動作。其中一個故事描寫一位年輕女子伊芙琳待在家裡，直到她突然站起來——然後故事就跳到一個完全不同的場景。她決定離開家、去哪裡或如何到達，我們都沒有參與。

　　喬伊斯對數學抱有崇敬之意，甚至是敬畏之心。他和梅爾維爾一樣，在唸書時學了歐幾里德的幾何。儘管喬伊斯不像梅爾維爾那樣名列前茅，但他確實熟知代數和幾何，大量的筆記本也顯示他著迷於數學。他對有限和無限的概念十分好奇——

他在筆記本的一頁上寫了 $0=\dfrac{1}{許多}$ 、$1=\dfrac{1}{1}$ 、$\infty=\dfrac{許多}{1}$ 之類的東西。這些代表有限，因為如果拿 1 除以更大的數字，答案會接近但永遠不會變成零；將無限描述為 $\dfrac{許多}{1}$ 的邏輯也是如此。筆記本中有時也有偽數學，如隨手寫下的 $JC=\sqrt[3]{God}$，就是一個好笑的三位一體「公式」。

　　以喬伊斯為題的作者有時會使用數學類比來描述他的作品，但他們的動機可能與我的不同。例如，這篇一九四一年訃聞的作者似乎不大知道數學究竟是什麼：

> 喬伊斯也是一位偉大的文字研究科學家，用字遣詞時的揮灑與原創性，就如同愛因斯坦處理數學符號。與字詞有限的意義相較，他對字詞的聲音、模式、字根和含義更感興趣。我們或許可以說他發明了語言上的非歐幾何，且以執著、奉獻的精神精益求精。

　　我對這段文字有一些意見。首先，愛因斯坦不是只覺得「噢！我想這個 c^2 旁邊放個 m 看起來會很酷」。愛因斯坦擅長的不是處理符號，而是概念意義。這讓我想起我曾經被要求美化方程式，好刊登在報紙文章中。平面設計部門顯然覺得方程式在視覺上不夠令人興奮——可以讓它看起來潮一點嗎？我只能說，如果你希望方程式維持正確，那就不行。其次，「語言上的非歐幾何」到底是啥？訃聞寫手只是地從數學中亂找了一個聽起來很聰明的字眼，來表示喬伊斯做的事情既新穎又讓人興奮。

　　非歐幾何在這個世紀雖然仍然非常令人興奮，但並不新穎。現今有人說，喬伊斯發明了碎形（本書第三部分會深入解析碎形）。我最近讀了一篇文章，把碎形（約一九八五年到二〇〇〇年間一個令人興奮的新數學概念）定位為「活躍的喬伊斯式概念」，並將「預測碎形形式主義會一直到二十世紀下半葉才被正式發現」歸功給喬伊斯。對我來說，這已經過分了。在將對未來的預言歸功給作家時，必須非常謹慎。我舉一個誇張的例子來說明。科學家默里・蓋爾曼描述喬伊斯如何為一九六〇年代發現的一種新型次原子粒子提供了名稱：「我偶爾會細細品味喬伊斯的《芬尼根守靈夜》。某次讀這本書時，我在『給莫斯特・馬克三夸克』這句話中看到『夸克』這個字……三這個數字完全符合夸克在自然界中出現的形式。」（例如，每個質子都包含三個夸克）我們是否可以由此做出結論說，喬伊斯預測了量子物理學的出現？當然不行，所以我們也不應該到處說他預見碎形的出現 —— 太可惜了，因為碎形很了不起，可以媲美喬伊斯在《尤利西斯》中獲致的成就。有人可能會說，觀察人類經驗時，不論放大多少，複雜性並不會因此減損。心智在單一一天、單一一小時內的經歷，可以跟一生的記憶一樣豐富詳盡。儘管如此，喬伊斯並沒有發現碎形；但就算他沒發現碎形，也仍然會被視為鬼才。

　　那麼，喬伊斯和數學之間的對話能告訴我們什麼？是因為喬伊斯的作品充滿意義又意義不明，所以我們可以隨意賦予它任何意義嗎？站在辯護立場，我向各位展示喬伊斯自己的原話。他說，《尤利西斯》有一整章都是「數學教義問答」。我

稍微解釋一下。

各位可能還記得，《尤利西斯》大致上以荷馬的《奧德賽》為基礎——《奧德賽》這部史詩講述特洛伊戰爭結束後的十多年間，伊薩卡的國王奧德修斯返鄉歸途中的冒險經歷；尤利西斯這個名字是奧德修斯的拉丁文版本，喬伊斯在書中將情節都移植到都柏林。書中描述某個相當普通的中年男人利奧波爾德·布盧姆（尤利西斯）的生活中，一個相當普通的日子裡的事件、他遇到的年輕人斯蒂汾·代達勒斯（代表鐵拉馬庫斯，奧德修斯的兒子），還有布盧姆的妻子莫莉（潘妮洛普）。每章都以某種方式與《奧德賽》中的段落有所關聯：第十一章人稱「金嗓海妖」，充滿歌聲和音樂；第十七章人稱「伊薩卡」，因為這章描述在長日將盡時，布盧姆在斯蒂汾·代達勒斯的陪伴下回家；書中最後一章是「潘妮洛普」，是莫莉·布盧姆在朦朧入睡之際著名的意識流獨白。

對喬伊斯而言，數學在《尤利西斯》中有什麼用處？這本書中數學典故遍布，尤其「伊薩卡」是最明顯、最數學的章節。喬伊斯說，這章是「布盧姆和斯蒂汾的數學暨天文暨物理暨力學暨幾何暨化學的昇華……為最後如振幅般的曲線形章節〈潘妮洛普〉做準備。」他還說：這章最好由「物理學家、數學家、天文學家和其他某某家」讀。伊薩卡的結構是如同教義問答般的一系列問題，故意模仿科學的確定性。歐幾里德的著作是耶穌會學校數學教育的基石，幾千年來一直被奉為純邏輯的圭臬。伊薩卡中的玩笑，是試圖將這種邏輯套用到行為絕無理性的事物上。

斯蒂汾·代達勒斯和利奧波爾德·布盧姆的都柏林夜間漫遊，在一開場的問題和回應中，披上了一層偽幾何的體面外表：

> 布盧姆和斯蒂汾的歸程，採取何種平行路線？
> 自貝里斯福德里出發，兩人挽臂同行，以正常步行速
> 度，按下列順序，途經下加德納街、中加德納街、
> 蒙喬伊廣場西路……以輕鬆步行速度，同時取直徑
> 〔越〕過聖喬治教堂前的圓形廣場，因為任何圓圈內
> 的弦，長度均小於其所對之弧。

換句話說，他們抄近路穿過圓環，因為這樣比沿著邊緣走更快。當他們到家時，門牌是「第四個等差奇數」——用喬伊斯體說布盧姆的門牌號碼是七，就會像這樣。布盧姆用「不規則多邊形」的煤生火。廚房裡有「四塊方形小手帕，摺成長方形，並排相鄰而不相連接」，吊在一根「曲線形繩子」上——讀起來就像一道瘋狂的數學題目。幾頁之後，喬伊斯當真照著這個路數火力全開。斯蒂汾比布盧姆年輕，隱身的提問者想知道「他們的年齡之間有什麼關係」。答案篇幅壯闊：

> 十六年前的一八八八年，在布盧姆為斯蒂汾現有年齡
> 時，斯蒂汾為六歲。十六年後的一九二〇年，當斯蒂
> 汾為布盧姆現有年齡時，布盧姆將為五十四歲。至
> 一九三六年，當布盧姆為七十歲而斯蒂汾為五十四歲

時，他們二人起初的年齡比率十六比零將變成十七又二分之一比十三又二分之一，隨著任意性未來年數的增加，比例將增大而差距將縮小，因為如果一八八三年的比例一直保持不變，假定這是可能的話，則於一九〇四年斯蒂汾二十二歲，布盧姆應為三百七十四歲，至一九二〇年斯蒂汾達到布盧姆這時的年齡三十八歲時，布盧姆將為六百四十六歲，而至一九五二年斯蒂汾達到大洪水後最高年齡限度七十歲時，布盧姆將已活一千一百九十年，出生於七一四年，比大洪水前最高年齡即瑪土撒拉的九百六十九歲還大兩百二十一歲，而如果斯蒂汾繼續活下去，至公元三〇七二年達到那個年齡，則布盧姆應已活八萬三千三百，出生年代不能不是公元前八萬一千三百九十六年了。

這一切讓我想起福樓拜（喬伊斯非常崇拜的作家）一八四一年給他妹妹卡洛琳的一封信中，問了一道數學謎題：「既然你現在正在學幾何和三角函數，我來出一個問題：有艘船在海上航行，載著總重為兩百噸的羊毛貨物離開波士頓，航向勒哈佛爾。主桅斷了，船員在甲板上，船上有十二名乘客；當時吹東北東風，時鐘指著下午三點一刻，月份是五月。請問船長幾歲？」各位從上文獲得很多資訊，但實際上，沒有一則訊息有助於解答問題，跟亞哈船長一樣資料過量的情形再度上演。

《尤利西斯》多數篇幅都是意識流風格，《芬尼根守靈夜》中的規模則更上一層樓，掩蓋了作者仍然字字精挑細選

的事實。[26] 布盧姆一整天的內心獨白，就像每個人內心的 OS 一樣，都是真假參半、偷用別人的言論、殘缺不全的科學內容。「伊薩卡」這章擺出一副權威的樣子，但喬伊斯卻插入了大量錯誤，在教義問答風格的雷達下成功潛入書中，提醒我們即使像字典和百科全書這樣的資料來源，也不是絕對可靠——畢竟它們是人寫的（順帶一提，我自己最喜歡的字典定義，出自我書架上的英國「錢伯斯」字典；這本字典對「éclair」（通常翻譯為「閃電泡芙」）的定義是「一種蛋糕，形狀長但存在時間短」）。

　　書中許多數字計算都是錯的，就像「伊薩卡」章的科學「事實」一樣。有些是故意弄錯的，有些可能不是。當這一天將近尾聲，利奧波爾德・布盧姆坐下來把他的支出加總時，「忘記」寫下在妓院花的錢，這可不是喬伊斯的計算出錯。但在布盧姆和斯蒂汾的年齡，以及若要達到正確的比例，則布

---

26 告訴各位一個祕密——我還沒有讀過《芬尼根守靈夜》，只斷斷續續看過一部分。當我讀到塞巴斯蒂安・D・G・諾爾斯一篇名為〈傻瓜也能讀懂芬尼根守靈夜〉的精彩文章時，我終於能比較釋懷；如果各位能找到二〇〇八年的《喬伊斯季刊》（*James Joyce Quarterly*），我強力推薦各位讀讀這篇文章。文章第一句話是這樣寫的：「我首先要坦白：截至二〇〇三年九月，在參加了二十多年的喬伊斯座談會、教授了十幾門關於喬伊斯的課程、寫了一本專門介紹喬伊斯作品的書，並編輯了另一本專門介紹喬伊斯的書之後，我仍然還沒有讀《芬尼根守靈夜》。」無奈之下，他登記要開一門關於《芬尼根守靈夜》的課程，這才終於讀完這本書。

盧姆必須在特定某年出生等計算上，有一些錯誤。例如，若布盧姆在一九五二年的年齡是一千一百九十歲（斯蒂汾七十歲的十七倍），則他應該出生在七六二年，而不是七一四年。讀者可以看到錯誤來自哪裡——如果布盧姆在七百一十四年出生，他要到一九〇四年才滿一千一百九十歲；但這樣兩人年齡間 17：1 的比率就無法成立。即使這些錯誤是故意的，但喬伊斯在小說的幾份草稿、校對過程中，數次更正布盧姆預算的計算，可以充分證明他在掌握數字上確實有些困難，儘管在學期間他的算術考試表現都還算不錯。

　　但數學不只是算術，就像文學不只是拼字一樣；「伊薩卡」章中除了算術，還有其他深刻意涵。這裡我想帶個有趣的題外話，向各位說明與次方有關的一樁軼事，因為這件事導致一種特定數字以喬伊斯的名字命名。話說，當利奧波爾德・布盧姆在思考計算星辰間距離所涉及的數字時：

　　〔幾〕年前的一八八六年，他在解圓積求方問題過程中，了解到曾有人演算一個數字，例如九的九次方的九次方，在計算到比較精確的程度時竟是這樣的長，竟要占這麼多的地方，以致演算獲得答案之後，要完整地印出運算中的個、十、百、千、萬、十萬、百萬、千萬、億、十億等等整數，需要用三十三冊的書，每冊都有印得密密麻麻的一千頁，需要動用無數刀、無數令的聖經紙，每一個系列數字中的每一個單位數字的星雲體系中的內核，都存有一種壓縮的

潛能，都可以淋漓盡致地發揮動態，開展其任何次乘方的次乘方。

　　嗯，布盧姆不大聰明——他其實不必真的算就可以知道九的九次方（或 9^9），不管是多少（好吧，是 387,420,489），肯定小於十的九次方，即 1,000,000,000。因此，九的九次方的九次方一定小於 $(1,000,000,000)^9$，即 1 後面有 81 個零（如果各位想知道的話，是 196627050475552913618075908526912116283103450944214766927315415537966391196809）。但我們別這麼嚴苛——假設布盧姆要說的不是九的九次方的九次方，而是九的九的九次方。次方有一點很奇妙：如果各位試著算次方的次方，對自己究竟在算什麼要非常仔細。3^{3^3} 是什麼？指的是 3^3，也就是 27，再乘上 3 次方嗎？那就是 $27 \times 27 \times 27$，即 19,683。或者，它指的是 3 的 3^3 次方，即 3^{27}，正好比七兆五千億大一點？討論指數時，括號放在哪裡差別很大：$(3^3)^3 \neq 3^{(3^3)}$。

　　為了紀念喬伊斯，數學家把 $3^{(3^3)}$ 這種數字命名為喬伊斯數；第 n 個喬伊斯數是 $n^{(n^n)}$。如果各位覺得 2 的次方增加得很快，那麼，因為喬伊斯數是指數的指數，所以會增加得更快。第一個喬伊斯數 $1^{(1^1)}$ 是 1，第二個 $2^{(2^2)}$ 是 16，第三個是 7.5 兆，第四個已經長到連寫出來都不合理，共有 155 位數。如果布盧姆在想的是第九個喬伊斯數 $9^{(9^9)}$，那麼能裝下這個數字需要的書本數量，與他估計的其實相去不遠。喬伊斯可能曾在某個地方看過這個數字，因為在一九○六年，數學家 C・A・萊

聖證明了 $9^{(9^9)}$ 有 369,693,100 位數。意思就是說,在布盧姆想起的那三十三冊一千頁的書籍中,每頁要擠進大約 11,000 位數字 —— 差不多勉強可以做到,但要使用小號字體,不留間距,頁面要大、邊距要窄。

這當然不是喬伊斯著作全集中唯一的大數字。第五章討論過 99 和 999 這種「逼近上限」的數字,$9^{(9^9)}$ 只是數學上較為複雜,但仍然是承襲自相同傳統的例子,因為 $9^{(9^9)}$ 雖然非常大,但不是無限大;位數驚人,但數量有限。我們還是把破譯《芬尼根守靈夜》的數學和樂趣,留給更神祕難解的學術期刊吧!但說到象徵性數字,我忍不住想提小說中著名的百字母單字,比如這個:bababadalgharaghtakamminarronnkonnbronnton nerronntuonnthunntrovarrhounawnskawntoohohoordenenthurnuk。我相信各位分辨得出這是雷聲。更準確地說,是在亞當和夏娃墮落的那一刻,在天堂中迴盪的雷聲。這種「雷」字在書中有十個,但實際上不是每個字都恰好有一百個字母。前九個有,最後一個有一百零一個字母,總數為一千零一 —— 又是一個具有多重文化共鳴的象徵數字。

回頭來談「伊薩卡」。斯蒂汾離開時和進入時一樣,充滿幾何:

> 二人分手時如何彼此告別?
> 直立在同一門口,分立在門基的兩邊,兩條辭行送行
> 手臂的線條相交於任何一點,形成任何小於兩個直角
> 之和的角度。

　　這是蓄意破壞歐幾里得的第五公設：一條直線落在兩條直線上，使同一側的兩個內角皆小於直角；若無限延長這兩條直線，則兩線會在小於直角那一側相交。[27] 如果兩線維持平行，如同本章開頭的敘述，則兩內角加起來會是一百八十度，也就是兩個直角，且兩線將無法相交 —— 或至少在標準的歐幾里德幾何中不會相交。喬伊斯知道科學家已經發現某些幾何學中，平行公設不成立，但故事背景給讀者的就是平行線，因此數學教義問答產生了矛盾 —— 這是喬伊斯給數學迷的另一個數學圈內的笑話。

● ● ●

　　對本章提到的作家而言，數學不只是交流方式，還是理解世界的重要途徑。無論是對像亞當·柏德這樣的鄉下木匠，還是像伊什梅爾這樣的水手，數學都是有意義的，是避難所、是慰藉，但不代表沒風險。梅爾維爾讓讀者看到，若像亞哈一樣假設統計數字能帶來完全的控制，只會有悲慘的結果；喬伊斯荒謬的計算使讀者牢記，就算某個數字聽起來很厲害，但不一

27　第三章以不同的方式說明了歐幾里得第五公設：若有一條線和一個不在這條線上的點，則通過這個點的線中會恰好有一條與一開始的線平行。這個版本被稱為普萊費爾公理，得名自蘇格蘭數學家約翰·普萊費爾，他在十八世紀公開了這個公理，在邏輯上等同於喬伊斯引用的版本，但更容易使用。第三章提到的希爾伯特，在他的《幾何學基礎》中使用的就是這個版本。喬伊斯的版本是原本的希臘文版本。

定是正確的。本章中的小說藉由數學的稜鏡，呈現從最小到最大的人生格局——從都柏林的深夜漫步，到整部人類歷史。對於這些小說家而言，數學就是關鍵。

第七章

奇幻國度之旅：
幻想故事中的數學

在喬納森·史威特一七二六年的小說《格列佛遊記》中，勇敢的旅人勒繆爾·格列佛造訪了小人國的迷你國度，詳細介紹小人國民眾的精確尺寸，並描述國王如何安排格列佛進食：

> 國王陛下的數學家藉助象限儀測量我有多高，發現我的身高以十二比一的比例超過他們的身高。根據身體的相似性，他們做出結論認為，我的身體相當於一千七百二十四位小人國人民，因此需要能餵飽這麼多人民的食物才能餵飽我。

雖然評斷諷刺小說著重的不是書中科學是否合理，但這實在是讓人躍躍欲試的挑戰。一千七百二十四是哪裡來的？正確嗎？──以下爆雷慎入：不，不正確。如果格列佛先生要用這

種低級錯誤，質疑我小人國同事的學術誠信，同樣身為數學家，我有責任為他們辯護。在這一部分前面的章節，我已經讓各位看過數學如何以多種方式讓自己在小說中現身，包括象徵性模式數字和可愛的數學比喻。本章將帶各位探索應用數學的另一種方式——我把這種敘事技巧稱為表演式算術。就像上面的計算一樣，當敘述者在說明某些似乎難以置信的事情時，經常會使用表演式算術，以數學計算的形式呈現確鑿的事實，使所發生的事情可信。

格列佛後來在旅程中造訪漂浮的飛島國時，發生的正是這種情形——他又給讀者一連串計算。他說飛島國是「正圓形，直徑為七千八百三十七碼，約合四英里半，因此占地一萬英畝。」各位讀者自己就可以驗算一下。一英畝是四千八百四十平方碼，所以這樣一個圓可以包含多少土地，一萬英畝是相當精確的近似值——最接近的整數是九千九百六十七英畝。作者在這裡耍的花招，就是省略了算術驗證和敘事驗證之間的關係：數學（大致）是正確的，但這一點與證明這樣的圓形島嶼是否確實存在完全無關。虛假但精確的七千八百三十七碼，可能是為了強化這是真實回報資料的錯覺，而且其實導致計算不太準確，因為更完整的數字七千八百五十算出來的面積，幾乎就是一萬英畝，只差不到半英畝。

我會在本章提供工具，讓各位可以扭轉與某些文學邏輯角力的局面並問：這真的合理嗎？我們可以檢查小人國數學家的工作成果，並與伏爾泰一起嘲笑人類自我誇大的可笑作為；與巨大的訪客「微型巨人」相比，人類不過是最微小的生物——

微型巨人的家鄉是天狼星附近的一顆行星。但這些幻想的國度真的可能存在嗎？其中居民的生活是什麼樣子？我會讓各位看看箇中數學，證明這些生物究竟有多麼神奇。

彼得潘告訴溫蒂：「你看，孩子們現在知道得太多了，他們很快就不會相信仙子這回事兒了。每次只要有一個孩子說，『我不相信有仙子』，某個地方就會有一個仙子墜落喪命。」我不想因為屠殺仙子而讓良心受到譴責，所以我必須強調，如果我說的話會讓人覺得飛馬、巨人或小矮人似乎不存在，我的意思是如果各位真的遇到這些生物，那就代表發生了某些超越常規的事情。稍後各位也會看到，生活在霍格華茲禁忌森林中的巨型蜘蛛這類生物，一定極為神奇，才能漠視所有可能「證明」牠們不存在的數學。這一點我完全能接受（只要別把我一個人和一隻巨型蜘蛛關在房間裡）。

●　　●　　●

我想從巨人開始討論，因為我覺得在歷史長河中，人們似乎較認真地認為巨人是真的可能存在的生物，比如聖經中就有好幾個巨人。在兒童文學中，我們見過許多巨人，有羅德‧達爾心愛的吹夢巨人，還有哈利波特系列中的混血巨人海格。巨人在諷刺小說中也很受歡迎。法國作家拉伯雷（Rabelais，後來衍生出形容詞 Rabelaisian，意思是猥褻、粗魯的）最著名的作品是他的《巨人傳》，共五冊，描寫兩個巨人和他們的事蹟。各位若要淺嘗這部作品的歡快調性，可以看看龐大固埃登場的那一冊，完整名稱為《偉大巨人高康大之子、著名的

巨人國王龐大固埃可畏可怖的言行》。巨人誇張的體型強化了我們無從迴避的實體肉身，用這種方式取笑大家偶爾會對自己感到不好意思的情況。拉伯雷喜歡荒謬。高康大（原文Gargantua；順帶一提，龐大 gargantuan 一詞就是從這裡衍生出來的）是從他母親嘉佳美麗的耳朵裡爬出來的，其後的劇情只有愈來愈荒謬。書中滿是數字和計算，比如高康大的股囊需要多少布料（既然各位都問了，答案是十六又四分之一厄爾，或者大約十八公尺），但是這些數字和計算都歡騰、肆意地滿天亂飛，就像我們現在會開玩笑地說某樣東西有「億」點貴。

作者在書中以數字描述高康大的體型時，壓根兒沒有想保持一致，全都生機勃勃地煥發著傻氣。聽說寶寶高康大喝的奶是由「波蒂耶鎮和布雷蒙德鎮共一萬七千九百一十三頭奶牛」供應，他的鞋子是「用四百零六厄爾藍色與深紅色天鵝絨製成，一條條剪裁得非常整齊、互相平行，用完全相同的圓柱體連接」。他用一把約兩百七十四公尺長的梳子梳理頭髮，梳齒是整支象牙。當高康大訪問巴黎並在街上解手時，不小心淹死了「二十六萬四百一十八人，除了婦女和小孩」。書中還有更多以數字表達的猥褻淫穢，例如：高康大的妻子去世時，他深情地想起了她身體的一「小」部分，「但這是整整兩萬四千兩百八十一平方公尺的上好林地，周長計為三桿五竿四碼兩呎又一吋半長。」有趣歸有趣，但拉伯雷沒有告訴我們巨人有多大。因為沒有足夠的資訊來做合理的評估，所以即使問他們是否存在也毫無意義。

那麼，我們去大人國吧，因為我們有大人國的確切資

訊。大人國是格列佛在小人國之後造訪的國度——與小人國相反，大人國的所有東西，在每一個維度上都是我們世界的十二倍。這還滿方便的，因為十二倍的意思就是平常一英寸長的東西（例如黃蜂），現在都是一英尺長。所以，不僅僅是人是巨人，動植物也是巨大的動植物，甚至天氣都不例外。有一次，格列佛不幸在室外遇到雹暴：「我立即被冰雹的力量擊倒在地。倒下後，我全身上下被冰雹一頓毒打，彷彿被網球攻擊一樣……這也不足為奇，因為在這個國家，大自然的所有活動都依照相同的比例放大，冰雹幾乎是歐洲冰雹的一千八百倍大。」

　　這裡的「幾乎是一千八百倍」從何而來？呢，我們知道所有尺寸都要乘以十二。所以冰雹的長、寬、高都是我們世界的十二倍，代表冰雹的體積不是十二倍，而是 $12 \times 12 \times 12 = 1{,}728$ 倍，或「將近一千八百倍」（雖然其實比較接近一千七百倍）。巨人會遭遇到的問題，可以從這種情況開始說明。如果把某樣東西所有的尺寸都按同樣的比例放大——上面的例子是 12——且假設這個比例是某個固定的 k，那麼體積將會放大 $k \times k \times k$ 倍，寫成數學符號會是 k^3，代表三個 k 相乘。意思就是體積會按照放大倍數的立方變化，而任何與物體相關的面積，則會按照放大倍數的平方變化。各位看看以下的圖示，就會明白我的意思。圖中示範將一個盒子的所有尺寸都放大 2 倍的情形。請大家發揮一下想像力，想像盒子的寬度是 w、深度是 d、高度是 h。

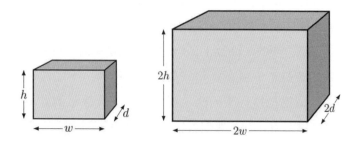

　　意思就是，盒子的體積為 V，而 $V=w \times d \times h$。現在，如果放大 2 倍，則新的大盒子寬度為 $2w$，深度為 $2d$，高度為 $2h$，使新盒子的體積為 $2w \times 2d \times 2h = 8(w \times d \times h) = 8V$。因為 $8=2^3$，所以沒錯，與我們的理論一致。另一方面，原盒子的底面積 A 是 $w \times d$，但尺寸加倍後的盒子底面積為 $2w \times 2d = 4A$，且 $2^2=4$。上文已經說明，任何與物體相關的面積，都適用這個平方後的倍數。意思就是說，不僅僅是底面積按倍數的平方增加，還有比如說盒子任何橫切面的面積，以及盒子的表面積，都是這樣，不需要計算表面積的確切公式就能知道這一點（但如果各位想知道的話，表面積的計算公式是 $2(wd+dh+wh)$）。計算表面積必須將多個面積相加，而計算面積必須將長度測量結果相乘——知道這兩點，就會理解當每段長度加倍，會使最終結果變成四倍。在一般情況中，盒子放大 k 倍，體積會變為 k^3V，面積會變為 k^2A，這就是所謂的**平方立方定律**。

　　這就是巨人會覺得不快的地方。當人類四處移動時，身體的重量必須由骨骼結構支撐。研究顯示，人類股骨（大腿

骨）會在承受比正常壓力高大約十倍的壓力時斷裂。各位可能還記得高中物理有教過，壓力是每單位面積的力，意即壓力＝$\frac{力}{面積}$，這裡的面積是股骨的橫切面面積。施加的力來自我們被地心引力往下拉的質量，而我們的質量大致與身體的體積等比例。這些原理的意義是，股骨上的壓力與$\frac{體積}{面積}$等比例。那麼，如果將人體放大k倍，平方立方定律告訴我們體積要乘上k^3倍，而面積只須乘上k^2倍。所有相關計算一起考慮，會看到若放大人體骨骼，骨骼上壓力會等比例隨$\frac{k^3 \times (體積)}{k^2 \times (面積)}$增加，而不是原本的$\frac{體積}{面積}$如果消掉$\frac{k^3 \times (體積)}{k^2 \times (面積)}$中可以消去的$k$、整理一下，會變成$k \times \frac{體積}{面積}$；也就是說，人體骨骼放大後承受的壓力，是骨骼上的壓力再乘上k倍。大人國國民的體型是格列佛的十二倍，也就是說，就算站著不動，他們骨骼所承受的壓力也是格列佛的十二倍。但是骨骼若承受比正常壓力高十倍的壓力，就會斷裂；大人國國民只要一動，骨架就會支離破碎。

因此，大人國不可能真的存在。吹夢巨人，以及約翰‧班揚《天路歷程》中比主角基督徒高了十倍、估計有十八公尺高的巨人教皇和巨人異教徒（除非有神聖力量介入；有無所不能的神，什麼都可能），也同樣不幸地不可能是真的。如果真有金剛的話（電影中關於牠應該有多大的描述完全不一致），想必牠會非常虛弱，幾乎無法支撐自己的體重，更不用說在摩天大樓間跳來跳去、把飛機從天上擊落，甚至很可能在打架時輸給女主角費‧芮！

不過，若是體型較小的巨人，還是有機會存在的。在哈利波特系列小說中，霍格華茲魔法學校的鑰匙管理員魯霸‧海格

是混血巨人，書中形容他比一般人高兩倍，但 —— 重點來了 —— 比一般人寬三倍。假設他也比一般人厚三倍，就代表他骨骼的橫切面面積是我們的九（或三的平方）倍，但他的質量只有一般人的十八倍，而不是二十七倍。意思就是說，他骨頭承受的壓力是我們的兩倍。他肯定還能走動，甚至跑步，但很容易骨折，而且最好不要跳繩。摩西在《聖經》〈申命記〉中遇到的巨人巴珊王噩也是這樣 —— 《聖經》沒有說他究竟多高大，但我們知道他的床約四公尺長，所以他的體型可能是一般人的兩倍，使他骨骼承受的壓力也是兩倍。同樣地，他活得下去，但無法成為勇猛的戰士。[28]

在繼續深入討論前，我想跟各位談談伏爾泰的短篇諷刺小說《微型巨人》。我無意中聽說有這本書時，既感激又惱火。我是那種即使希望大腦關機，大腦也不肯關機的人，所以經常會聽有聲書或廣播放鬆入睡；當然，不能聽會讓人太激動的節目。有聲書公司 Audible 發現很多人都會這樣，因此發布了

---

28 史上最高的人是羅伯特·瓦德洛。他的腦下垂體異常，終其一生，身體不斷分泌過多生長激素。他八歲時已經比父親高；二十二歲去世時，身高為二點七二公尺，體重一百九十九公斤。他在國際鞋業公司負責促銷工作 —— 其中的哏就是，如果這家公司能生產出瓦德洛穿的三十七號鞋，那麼任何人的鞋子他們都做得出來。瓦德洛走路時腿部需要支架，而且幾乎感覺不到自己的腿和腳 —— 結果這就是導致他死亡的原因，因為他沒有感覺到腿部支架造成的輕微擦傷已經感染；敗血症擴散後，就算要保住瓦德洛的性命，也為時已晚。

一系列「成人床邊故事」，刻意挑選不會讓人熱血沸騰的內容。我必須告訴各位，這系列床邊故事的第二輯是 W・W・勞斯・鮑爾的〈數學史簡述〉，讓我無比震驚——這群大不敬的傢伙！跟這本數學史和另一本有關百衲被集錦的書一起收錄在床邊故事系列中的，就是伏爾泰的《微型巨人》。我以前沒聽說過這本書，所以當我發現原來這個故事說的是主角微型巨人從一顆繞天狼星運行的行星，前來拜訪地球的經歷時，我開心不已。此外，伏爾泰精確描述了巨人的體型，也說明讓數學家可以確認巨人原生行星大小的計算方式。所以呢，伏爾泰先生，是你自己要招惹數學家的——我們來看看你的計算方法成果如何。

　　《微型巨人》諷刺人性的虛榮與浮誇。我們這些微不足道的生物彼此間吵鬧不休，認為自己很重要，但與微型巨人相比，我們就像螞蟻一樣。他太大，大到甚至看不見我們。他造訪我們的太陽系時，首先遇到的是身高約一千八百二十九公尺的土星人，然後才抵達地球。因為人類的聲音小得離譜，所以他只能用聽筒跟人類溝通；由於某些只有他自己知道的原因，聽筒是用他自己的指甲屑做成的。呃，基本上，書中將微型巨人描述為一個放大了兩萬四千倍的人。平方立方定律讓我們知道，他骨骼承受的壓力會因此是我們的兩萬四千倍。他一抵達地球，就會因自身重量而倒下，他的土星朋友也會這樣。但這讓我不禁思索，也許不同的星球有不同的地心引力，因此如同人類般的巨大生物其實真的存在？

　　伏爾泰寫道：

有些幾何學家 [29] —— 他們對社會大眾肯定有用處 ——
會立刻拿起筆並發現,天狼星國的居民微型巨人先生有
兩萬四千步高,相當於十二萬呎(約合三萬六千五百七
十六公尺),而我們這些地球的居民身高不足五呎(約
合一點五公尺),地球周長九千里格(譯註:league,
舊制長度單位,一里格約相當於四點八公里)。我敢
說,幾何學家會發現,創造出微型巨人的星球,周長絕
對必須要比我們渺小的地球長兩千一百六十萬倍。自然
界中沒有比這更簡單或更有規律的事情了。

那麼,我們來看看這是怎麼算的吧!我懷疑伏爾泰在這裡
偷偷地嘲弄幾何學家對所有事情都如此篤定的態度。伏爾泰宣
稱,由於微型巨人比我們高兩萬四千倍,則他的行星與我們的
行星相比,周長必定長兩萬四千倍,因此應該是九千里格乘以
兩萬四千 —— 這裡就已經有問題了,因為九千里格乘以兩萬四
千等於兩億一千六百萬。抱歉了,伏爾泰,但你算出來的是正
確數字的十分之一。還有更大的問題是這種推論是否正確。巨
人應該要來自巨大的行星嗎?答案與重力有關。還記得在講骨
骼承受的壓力時,我說過這個力是來自地心引力對我們質量的
作用嗎?如果各位造訪一個引力是地球兩倍的行星,則骨骼上
的壓力就會加倍。這件事情可以換一個方向思考:如果在微型
巨人原生的行星上,骨骼承受的壓力,與地球上人類骨骼承受

---

29 有些版本是「代數學家」,而不是「幾何學家」。

的壓力相等，那麼這顆行星的地心引力必須是地球地心引力的兩萬四千分之一。

　　真能有這種星球嗎？兩萬四千倍大的地球重力會有多大？牛頓發現萬有引力的規則後，地心引力會遵守平方反比定律這回事開始為人所知。意思就是，某個物體（比如地球）對各位施加的地心引力，取決於各位與這個物體的距離平方的倒數。如果各位與地球中心的距離加倍，那麼地心引力將除以 2 的平方，即 4。但等等，各位會說，這肯定表示聖母峰峰頂的萬有引力會比海平面的萬有引力低？是的，完全正確。聖母峰峰頂的地心引力為 9.77m/s^2，而在北冰洋海面測得的地心引力為 9.83m/s^2。所以，如果各位想減重，不用節食，只要搬到地勢更高的地方就行了。影響行星重力的另一個因素，是行星的質量。如果質量加倍，則地心引力也會加倍。我們可以用一個簡單的表達式納入以上所有的概念：

$$行星地心引力 \propto \frac{行星質量}{(行星半徑)^2}$$

　　符號 $\propto$ 的意思是「與……成正比」，表示雖然某些東西不完全相等，但它們的變化完全一致。如果等號右邊加倍，則左邊也會加倍。所以，假設用最簡單的方法，就是讓地球變成兩倍大——地球的體積，連帶地球的質量，都會隨著倍數的立方增加，因此質量將增加八倍。但同時，從地心到地表的距離，即半徑，也會變成兩倍，所以半徑的平方會隨倍數的平方增加。因此，半徑的平方增加了四倍。跟平方立方定律一

樣！這個算式的淨效應，就是在地球兩倍大的行星上，地心引力會是地球的兩倍。

如果有一個與地球相似的行星，半徑是地球的兩萬四千倍，那麼它的地心引力也會是地球的兩萬四千倍。所以這對微型巨人而言比地球更糟。若要讓他骨骼承受的壓力，與我們在地球上的相等，他的行星——如果除了大小之外其他一切都像地球——就不能是地球的兩萬四千倍大，而是地球的兩萬四千分之一。微型巨人無法生活在只有地球兩萬四千分之一大的行星上：這種行星的周長只會有一千六百七十公尺，而他身高三萬六千五百七十六公尺，這就會像一個人類試圖在葡萄的表面生活。伏爾泰的幾何學家完全錯了。我們永遠不會知道伏爾泰是否有意識到這兩個錯誤。他可能故意寫了其中一個，甚至兩個都是，只是為了凸顯即使像幾何學家這樣的聰明人也會犯錯——畢竟這是對浮誇的諷刺。或者，也有可能是他的算術本就不太高明。

我們可以更進一步，設想更複雜的情境，例如：與地球不相似的行星。如果一顆更大的行星密度較低，地心引力就會相同，因為雖然行星的質量確實由體積決定，但密度也會有影響。或許這顆巨大的天狼星行星密度較低。人類已知密度最小的行星有個詼諧的名稱，叫「泡芙」行星。這種行星的密度約為地球的百分之一，表示天狼星行星上能指望的最大地心引力，是地球的兩百四十倍——仍然沒什麼指望。當然，其他行星上的生命形式與人類相似的機會微乎其微。下次各位讀科幻小說時，如果有外星人入侵地球的情節，各位將能以專業的眼

光審視對外星人的描述，並相當清楚地知道他們想必來自多大的行星，以及在地球的短暫停留是否會導致他們的腿骨折。平方立方定律的數學原理，可以提供一些有用的基本規則。

●　　●　　●

平方立方定律不利於這個世界的歌利亞巨人，但這也讓人想到與動物有關的疑問。最小的哺乳類動物是大黃蜂蝙蝠，只有一點七公克重，約三點一八公分長。這樣的數字對比上「龐大」的（感謝拉伯雷創造的形容詞）藍鯨——根據記錄，藍鯨的體型可達三十多公尺長，超過兩百公噸重。怎麼可能會這樣呢？大型動物不是，也不可能只是放大版的小型動物，因為牠們會被自身的重量壓垮。是演化讓大型動物得以生存。想想老鼠的腿，再和大象的腿比一比——大象的腿必須等比例加粗許多，因為牠們骨骼的橫切面面積必須與增加的體積，以及因此而增加的質量相襯。伽利略就是在這種情況中首度觀察到平方立方定律（儘管伽利略沒有為之命名）。

我們知道哺乳類動物可以演化成龐然大物，但小說一直對其他巨型生物比較著迷，例如：根據美國科幻小說家唐納德・A・沃爾海姆的短篇小說，由吉勒摩・戴托羅在一九九七年拍成的電影《祕密客》中，一點八公尺長的蟑螂成群結隊地在紐約的地鐵出沒。另外，大家都記得《巨蟻入侵》吧？這部一九五四年的電影描繪巨型螞蟻在新墨西哥州沙漠中肆虐，或者，像電影的原版海報介紹的：「一群四處爬行、無堅不摧的恐怖巨物，從地下深處的墓穴中傾巢而出！」後來觀眾會

發現，牠們不自然的大小原來是原子彈試驗產生的輻射造成的。巨型昆蟲有可能存在嗎？生活在霍格華茲禁忌森林中，跟大象一樣大的魔法八眼巨蛛阿辣哥是真的嗎？

現在已知最重的成蟲是蟲如其名的巨沙螽，可以長到驚人的二十多公分長、超過七十公克重；而大角金龜的幼蟲甚至可以更有份量，重達令人咋舌的一百一十三公克（雖然體型較短，只有約十一公分）。竹節蟲可以更長，但因為體型呈棒狀，所以輕得多。史上記錄有案最長的昆蟲，是中國成都華希昆蟲博物館的一隻巨型竹節蟲，身長約六十三點五公分，簡直不可原諒。蜘蛛可以長得更大。巨人食鳥蛛是科學界已知最重的蜘蛛，重一百七十五點八公克，長十三點二公分。真不好意思，這些事情各位現在都知道了。關於巨型昆蟲是否存在，我們可能非常希望讓數學發揮作用，證明昆蟲和蛛形綱生物不能變得比上述更大──另外也請原諒我的反蟲偏見。我跟大家一樣喜歡蝴蝶或大黃蜂，但無論甲蟲對生態系統有多重要，我都想跟巨型甲蟲保持距離。和我一樣有蟲蟲恐懼症的讀者應該會很高興知道，儘管演化有助於長出更粗的腿等特徵以適應環境，但自然界還是有一些限制的。

第一個問題是昆蟲和蛛形綱生物的骨骼在體外（外骨骼）。雖然外骨骼讓牠們有堅固的結構，但也代表牠們在生長過程中必須蛻皮，通常要好幾次。新皮在硬化時，牠們既虛弱又容易受傷害。超過特定尺寸後，定期失去外骨骼是行不通的。另一個影響因素是氧氣。像所有動物一樣，昆蟲和蛛形綱生物需要氧氣才能生存，而且氧氣必須能觸及身體的每個部

位。哺乳類和鳥類等較大的動物，具有循環系統，由心臟推動攜帶氧氣的血液，經血管輸送到全身各處。氧氣經由肺部、由肺的表面吸收後進入人體；肺部之所以有許多微小的皺褶，好讓表面積最大化，就是這個原因。根據美國肺臟協會（他們當然應該知道），肺部的總表面積大約有一個網球場那麼大，如果把通過肺部的呼吸道排成一長條，會有兩千四百一十四公里長。

不過呢，昆蟲和蛛形綱生物沒有肺。牠們有某種類似血液的物質，但這種物質不輸送氧氣。相反地，牠們直接從身體表面吸收氧氣，氧氣再藉由稱為氣管的微小通道輸送到細胞。平方立方定律就在這裡發揮作用：昆蟲可以吸收的氧氣量與其身體表面積等比例，但需要的氧氣量與昆蟲擁有的細胞數量等比例，而細胞數量會隨著昆蟲體積增加而增加。各位已經知道，表面積取決於倍數的平方，但因為體積取決於倍數的立方，因此表面積很快就會被超過；我們的巨型昆蟲會窒息而死。為了讓我們自己安心，我們來算算蜘蛛最大的尺寸大概是多少。加州大學二〇〇五年的研究顯示，昆蟲其實只需要大氣中氧氣濃度的五分之一就能存活。根據平方立方定律，如果把蟲子放大 k 倍，則每平方公分的表面積就需要額外提供 k 倍的氧氣。所以理論上，成長的上限是五倍，然後蟲蟲就會窒息而死。我們的朋友阿辣哥據說有大象那麼大，約兩三公尺長。即使把巨人食鳥蛛放大十倍，也只會有一點三二公尺長，因此阿辣哥一定是魔法生物。如果把五倍大的巨人食鳥蛛當成最大值，則我們看到的會是大約六十一公分長的蜘蛛——我仍然完

全不想遇到這種生物。

　　讀者中如果有古昆蟲學家，讀到這裡時會抗議說，史前昆蟲可以長得更大（打冷顫）。例如，有一種非常大、類似蜻蜓的生物，屬於巨差翅目，其中最大的是巨脈蜻蜓，在大約三億年前的石炭紀晚期，甚至在恐龍出現之前，就在歐洲到處飛來飛去。巨脈蜻蜓的化石標本之一，翼展後為七十一公分，估計質量超過一百九十八公克。這怎麼可能呢？一個原因是史前時期大氣中的氧氣濃度，在好幾個時段都比現在高得多，增加了外骨骼可以吸收的氧氣量。另一個更重要的原因是捕食。當昆蟲在天空中稱霸時，可以毫無顧忌地長成龐然大物。但翼龍一出現，情況就變了。一隻七十公分長的蜻蜓，可是翼龍一頓美味的大餐。

　　正如體型龐大對昆蟲和蛛形綱生物沒有益處，體型變小對溫血動物而言則是困難重重；昆蟲和蛛形綱生物可能就是因此而演化得更小，以填補哺乳類動物無能為力的空缺。我們溫血動物與昆蟲不同，會從身體表面散失熱量，因此散失的熱量與我們的身體表面積成正比。當我們體型變小時，身體產生的熱量下降的速度，遠快過從身體表面喪失的熱量。對小型哺乳類動物而言，身體喪失熱量的速度比產生熱量的速度快得多，因此有時候牠們就是無法維持體溫。有好些演化機制可以因應這種情況。小型哺乳類動物的體型通常比大型哺乳類更接近球形，並且全身覆蓋毛皮（比較小鼠與大鼠──小鼠毛皮更蓬鬆，體型更圓）。較寒冷的氣候中也不曾發現小型哺乳類動物；有北極野兔（hare，體型較大），但沒有北極小兔

（rabbit，體型較小）。當然，哺乳類動物是在出生時體型最小，因此通常有毛皮或其他適應機制幫助牠們在這個階段保持溫暖；「嬰兒肥」就是這麼來的。鳥類也是如此 —— 剛出生的可愛小鴨子比父母更多毛蓬鬆。而光譜的另一頭，對於體型最大的哺乳類動物而言，過熱可能是個切身的問題，牠們巨大的身體產生的熱量，比相對較小的身體表面積能夠散發的熱量要多。非洲象的大耳朵之類的東西，就是為了適應這種情況。

●　　●　　●

看來龐然巨物似乎仍無法在地球上橫行（至少在沒有超自然幫手的情況下做不到）。但是童話和寓言的另一個主要角色小矮人呢？我們已經見過小人國國民，更重要的是 —— 多虧格列佛 —— 我們知道他們的確切大小。縮小射線、迷你藥水或神祕的放射性煙霧，都曾讓電影角色縮小到各種不同的程度。在一九四○年的電影中，獨眼巨人博士將他驚恐的受害者縮小到只有三十多公分高，而《縮形怪人》（一九五七年）注定會永不停止地愈變愈小。近期則有倒楣的發明家在《親愛的，我把孩子縮小了》中，讓孩子的身高憑空減少到只剩零點六公分，縮了約兩百倍的驚人幅度；二○一七年的電影《縮小人生》中，麥特‧戴蒙縮到只有十二點七公分高。

仙子、小妖精和其他奇幻生物都很小，但他們不見得是很小的人類，而且他們的確切尺寸通常也沒有說明，因此很難進一步推斷。我的一個女兒曾經要求我為牙仙做一件洋裝，和牙齒放在一起。這次經歷後，我可以告訴各位：（a）我不是一

個很好的女裁縫；（b）牙仙身高五公分；但（c）如果她穿得下那件洋裝，她的體型絕對不符合標準的人體比例。不過，關於文學界最受喜愛的小小人家庭，我們確實知道得不少。豆莢兒‧大座鐘、荷米粒‧大座鐘以及他們的女兒艾莉緹，都是瑪麗‧諾頓廣受歡迎的系列兒童讀物中的「借物者」。借物者基本上是縮小版的人類，估計只有我們的十六分之一大，住在人類房子裡不顯眼的地方。大座鐘一家住在蘇菲姨媽家門廊的落地鐘下方。他們靠「借用」必要的東西維生——針、安全別針、火柴盒、棉線軸、鈕扣、紙片——所有這些在你需要時卻永遠找不到的小東西，現在你知道為什麼找不到了。各位可能已經看過吉卜力工作室令人著迷的電影《借物少女艾莉緹》，改編自第一部借物者小說。

這些小小人的生活是什麼樣子？我會把重點集中在小人國的生活上，因為格列佛有告訴我們小人國及他們世界的確切尺寸（比我們小十二倍），但各位在其他世界中也可以套用同樣的概念。格列佛在旅途中遭遇船難，被沖上小人國的海岸後，最初被小人國國民釘在地上；但後來，儘管他是個巨人，小人國還是接納了他。他甚至在小人國和鄰國布勒塞斯克之間的戰爭中協助小人國——兩片領土分別代表英國和法國。兩國不惜一戰的問題，與參與戰役的人民一樣小：小人國的傳統規定吃溏心蛋的時候，要從尖的那一端吃起；但布勒塞斯克人是從圓的一端吃起，完全就是有辱斯文、絕不能忍。讀者得以見證這些爭論的荒謬之處，並想想自己是否也因為枝微末節而煩惱。

　　小人國的生活值得一提的第一件事，就是小人國國民的力量從平方立方定律中受益匪淺。各位應該還記得，我們談到放大版的人類骨骼會承受多大壓力時，發現如果放大 k 倍，則骨骼承受壓力也會變為 k 倍。小人國縮小的倍數是十二分之一，所以小人國國民骨骼承受的壓力也會等比例變化。他們會相對地強壯許多，能夠承受自己體重好幾倍的重量。故事中有時會看到這些小小人身處險境，因為他們在高處，比如在人類的桌子上，或者被放在格列佛的肩膀上。從這麼高的地方——雖然對我們而言小到可以忽略不計——跌落下來，對小人國國民來說肯定是致命的，對吧？呃，跌落這件事有點特別。跌落之所以危險，是因為倒下去時會累積動能；當觸及地面時，動能會瞬間全部釋放。但我們不會無限制地持續加速。在討論相關現象時，各位可能聽過「終端速度」這個詞。當我們跌落時，會在地心引力的作用下加速，但由於空氣的阻力，會有一小股反向往上的力量。這種空氣阻力與移動的速度、與接觸空氣的面積都成正比。隨著我們加速，空氣阻力也會增加，直到兩股力量（地心引力和空氣阻力）互相平衡，這時候我們就會停止加速，處於終端速度。

　　人類的終端速度可以相當肯定是每秒五十公尺。據美國國家航空暨太空總署計算，承受每秒十二公尺的撞擊對我們而言沒什麼問題，但任何比這快的東西都有可能造成嚴重傷害或死亡。降落傘之所以有用，是因為它增加了我們的面積，從而增加空氣阻力，意思就是能更快達到平衡，因此終端速度較低。那麼，縮小版人類的終端速度是多少？呃，出於地心引力

而往下的力與我們的質量成正比，而質量又與體積成正比；空氣阻力則與我們的表面積成正比。意思就是，如果體型縮小 k 倍，則出於地心引力而往下的力會變成 k^3 倍，而出於空氣阻力而往上的力會變成 k^2 倍——平方立方定律再度出擊！也就是說，這些力現在只會在原始終端速度的 k 倍時達到平衡。對於小人國國民而言，這個 $k=\dfrac{1}{12}$，所以他們的終端速度只有我們的十二分之一，每秒只有四點二公尺。

OK，所以我們很愉快地穿過空氣往下跌落。當我們撞到地面時會發生什麼事？一路累積的所有動能都必須釋放。我算了一下，發現放大或縮小 k 倍的人類能生存的最大速度，與 $\dfrac{1}{\sqrt{k}}$ 等比例。嗯，每秒十二公尺是人類可以承受的速度，所以放大或縮小的人可以承受每秒 $12 \times \dfrac{1}{\sqrt{k}}$ 公尺的速度。如果把 $k=\dfrac{1}{12}$ 代入，各位會發現小人國國民可以承受速度為每秒 $12\sqrt{12}$ 公尺的撞擊，或說大約每秒四十二公尺。但先等等——他們的終端速度只有每秒四點二公尺。意思就是，無論他們從多高的地方掉下來，速度都不會超過每秒四點二公尺，所以不論從多高的地方跌落，他們都能輕鬆全身而退，無需從格列佛的腿上用繩索垂降——他們只要從他的頭上跳下來，一點問題都不會有。科學家霍爾丹在一九二七年一篇討論動物跌落的論文〈什麼尺寸才合適〉中，用引人入勝的比喻提出了類似的論點。他說，你可以把一隻老鼠扔進一千碼的礦井裡，牠不會有事。但是如果扔的是一個人，人會死掉；如果扔的是一匹馬，霍爾丹說，會「鮮血四濺」。[30]

縮小射線的受害者害怕的另一個情況，是被困在果醬罐之

類的巨大容器中。但這同樣不會是問題。其實，跳到特定高度所需的能量，約與我們的質量等比例，同時肌肉產生的能量也大約與肌肉的質量等比例，意思就是倍數會互相抵銷，縮小到人可以跳的高度，或多或少與普通人可以達到的高度相同，大約一公尺；技巧精湛的跳高選手當然不受此限。因此，果醬罐中的借物者可以毫不費力地跳出來逃跑。順便說一下，這也可以說明有時會看到的一種說法有多蠢，就是如果跳蚤有一個人那麼大，牠就可以跳過摩天大樓。事實上，在這隻不幸的巨型跳蚤窒息或因自身的重量倒下之前，牠可以跳的高度與牠標準體型的同胞大致相同，約十七點八公分。

那麼，到目前為止，對小人國國民而言，一切看起來都還滿好的。但缺點不是沒有。前面已經指出，小型哺乳類動物得做很多事情來保暖，因為按照比例，牠們失去熱量的速度比我們快得多，所以感冒是嚴重的風險。其實，在格列佛訪問小人國後的幾年間，這種熱量流失現象改變了十八世紀格拉斯哥一位年輕儀器製造商的生活。他被要求檢查學校裡著名的紐科門蒸汽機的縮小型號 —— 紐科門蒸汽機是一種非常早期的蒸汽

---

30 這篇文章出現在 *Possible Worlds and Other Essays* (Chatto and Windus in 1927) 一書中，但也很容易在網上找到。關於天使，霍爾丹也有壞消息：他在一次關於飛行的討論中說明，如果將鳥之類的東西放大四倍，牠飛行所需的力量就必須增加一百二十八倍。他還說，天使「的肌肉要發展出如同老鷹或鴿子的力量，就會需要向前鼓起約一點二二公尺的胸膛，來容納揮動翅膀所需的肌肉，同時為了節省重量，牠的腿必須細到跟高蹺一樣。」

機，由湯瑪斯・紐科門設計，經常作為礦坑抽水之用。蒸汽機運作的原理是反覆加熱、冷卻汽缸——冷卻使蒸汽凝結，產生使活塞移動的部分真空。機器確實可以運轉，但效率不高，因為這種反覆的溫度變化會損失大量熱能。然而，縮小的紐科門蒸汽機根本不會動。令人費解的是，縮小版做得非常精確，與原尺寸的蒸汽機一模一樣，只是比較小。各位既然已經是平方立方定律的專家，也許可以發現問題所在。使原始蒸汽機不是很有效率的熱能損失，在縮小型號中被大幅放大，因為熱能損失取決於表面積，但熱能的產生與體積等比例——就像動物一樣。老實說，這太糟糕了，這個縮小版根本不會運轉。在嘗試打造可以運轉的型號時，這位天資聰穎的儀器製造商想出了獨立冷凝器的辦法。這是蒸汽機設計的突破性發展，也是工業革命的重要環節。這位名叫詹姆斯・瓦特的年輕人從此聲名大噪，而功率的科學單位瓦特就是以他的名字命名的。都是平方立方定律的功勞。

我不知道小人國是否有蒸汽機，但坦白說，他們還有其他更重要的事情要擔心。關於他們的新陳代謝率，有不容樂觀的消息。格列佛回報說按照小人國的數學家計算，因為他在各種尺寸上都是他們的十二倍，所以他需要的食物是他們的一千七百二十四倍。背後的原因想來是因為他的質量是小人國國民的 12^3 倍，他的能量需求也是他們的 12^3 倍；算出來其實是 1,728（某個年代的讀者可能依稀記得在學校學過這個數字，因為一立方英尺中有多少立方英寸就是這個數量）。事實上，《格列佛遊記》的某些版本確實將文中所述的 1,724 更正為 1,728。

一開始到底是誰搞錯已不可考——小人國的數學家？（呸！當然不是！）格列佛記錯了？強納森‧史威特的算術有問題？也有可能只是簡單的印刷錯誤。如果一定要選一個，在我深思熟慮後，史威特的算術非常不幸地中選。

我已經提過他對飛島國的描述：正圓形，直徑為七千八百三十七碼，面積為一萬畝。我也有說，七千八百三十七可能很精確，但並不正確。平心而論，對史威特而言，用手來算的話其實不太容易——必須將英畝轉換為平方碼，然後除以 π，取平方根得到圓的半徑，然後乘以二找到直徑。謝天謝地，我的智慧型手機上有計算機 app。我會寬宏大量地原諒史威特先生，儘管他把數學家描寫得十分滑稽可笑：他說飛島國人民對數學推理沉迷不已，沉迷到走路時都不看路；為了避免受傷，需要雇用僕人攜帶一袋子鵝卵石，適時扔石子打他們，讓他們從奇思異想中分心。竟然以為數學家會分心，太愚蠢了吧……總之，我剛剛說什麼來著？啊，對，即使是 1,728 這個數字也不太正確，因為我們現在知道，動物的體型和所消耗的能量間的關係其實更複雜一點。

溫血動物，如人類和其他哺乳類動物，體內熱能喪失的速度與身體表面積等比例。但動物也會把能量用在其他事情上：維持器官運作、血液輸送、消化等，可能讓人預期這些活動所需的能量大約與動物的質量有關。綜合起來，代表可能需要的能量，即動物的新陳代謝率，既取決於動物身體表面積，也取決於質量。假設某一體型動物的質量為 m，與其高度的立方等比例，而表面積則與高度的平方等比例。因此，如果

新陳代謝完全是為了彌補熱量損失（表面積），則取決於高度的立方根的平方，或 $m^{\frac{2}{3}}$；而如果新陳代謝完全是為了維持器官運作，則會直接取決於質量。

一九三〇年代，一位名叫馬克斯・克萊伯的瑞士科學家研究了不同體型的哺乳類動物，發現哺乳類動物的新陳代謝率與質量 m 的 $\frac{3}{4}$ 次方等比例到讓人驚豔的程度。意思就是說，如果我們知道某種特定哺乳類動物每天需要 100 卡路里的熱量才能生存，那麼質量兩倍的動物需要的不是 $2 \times 100 = 200$ 卡路里，而是 $2^{\frac{3}{4}} \times 100$，大約 168 卡路里。這項經驗法則現在被稱為克萊伯定律。目前的飲食指南說明，成年男性——像格列佛這樣的——每天需要大約 2,500 卡路里的熱量。小人國的迷你格列佛，質量僅為格列佛的 $\frac{1}{1,728}$，所以按照克萊伯定律，迷你格列佛一天需要 $\left(\frac{1}{1,728}\right)^{\frac{3}{4}} \times 2,500$ 卡路里的熱量，也就是微不足道的 9.3 卡路里。算到這裡都還不錯。

但有個大問題。正如我之前提到的，在小人國，不僅人只有我們的十二分之一大，一切都是我們十二分之一的比例：樹木、莊稼、牲畜，所有東西都像娃娃屋一樣等比例縮小。但是任何節食過的人都知道，特定食物中的卡路里量是根據質量計算的；一百克糖的卡路里，很不幸地，是五十克糖的兩倍。這代表從數字上看，小人國的農業根本不足以支應。我舉個簡單易懂的例子說明我是什麼意思：一顆蘋果有約一百卡路里的熱量。那麼，格列佛每天吃二十五顆蘋果，就能攝取足夠的卡路里。現在我們算一下迷你格列佛需要多少顆迷你蘋果：迷你蘋果的質量是普通蘋果的 $\frac{1}{1,728}$，意思就是每顆的熱量只有 $\frac{100}{1,728}$

卡路里，也就是 0.058 卡路里這樣一點點的熱量──這樣的後果可嚴重了。為了獲得每日所需的卡路里，迷你格列佛必須吃掉一百六十一顆小人國蘋果[31]，比格列佛必須吃的普通蘋果多六倍。迷你格列佛一整天都得忙著摘蘋果、吃蘋果！想像一下一天必須吃二十五頓飯的情形──我不是經濟學家，但我認為農牧產業會難以支應，而且可能沒剩多少時間從事像文化這類比較精緻的活動，或為蛋該從哪一端吃起發動戰爭。

　　小人國的最後一個挑戰是水。各位讀者設想：所有的液體都有表面張力，讓雨滴和氣泡之類的東西得以形成。不同物質具有不同的表面張力，但表面張力和密度一樣，是每種液體固有的屬性，不受多寡的影響。如果各位將任何物體浸入水中再拿出來，物體會被一層薄薄的、約半公釐厚的水膜包裹；毛巾

---

31 對於小人國或借物者這種小小人類是否存在的可能性，已經有幾篇真正的科學性論文加以探討，如果各位喜歡這類東西（誰不喜歡呢？），讀起來會很有樂趣。我不想讓計算小人國建議的卡路里攝取量變得更加複雜，但一篇二〇一九年的論文說，小人國國民實際上需要五十七卡路里，而非我粗略估計的九點三卡路里，原因是體重會隨身高變化，這也是凱特勒觀察到的。但這只會讓小人國的經濟變得更糟。請參考 T. Kuroki, "Physiological Essay on Gulliver's Travels: A Correction After Three Centuries," in *The Journal of Physiological Sciences* 69 (2019): 421–24。另外，在 "What Would the World Be Like to a Borrower?" (*Journal of Interdisciplinary Science Topics* 5, 2016)，潘諾羅斯和葛林詳細介紹了借物者生活的幾個面向，包括對他們聲音音頻的討論──可能太高、太小以至於我們聽不見。

就是用在這種時候。很重要的是，這半公釐僅取決於水的表面張力和黏著性，而不取決於物體的大小。如果一個普通成年人的身體表面積約為一點八平方公尺，則我們洗完澡後帶出來的水會有約零點九公斤重。成年人的平均體重為七十五公斤，所以再多不到一公斤不會是問題。

問題是對於小人國國民而言，他們的身體表面積——因為是面積嘛——會隨著倍數的平方變化。這麼說來，12 的平方是 144；我們能攜帶多重的水，他們能攜帶的水就只達這個重量的 $\frac{1}{144}$，大約七公克。不幸的是，成年小人國國民的體重取決於他們的體積，也就是會隨倍數的立方變化。因此，小人國國民的體重約為四十二點五公克；水一下子就占了他們體重的百分之十四，就像我們穿上一件十多公斤重的外套。與正常體型的人相比，游泳對小人國國民而言會吃力很多。我也不想當《親愛的，我把孩子縮小了》中的孩子：這部電影中的孩子縮小了兩百倍，意思就是沉入水裡會要了他們的命——他們會被有自身體重兩倍重的水牆包圍而淹死。還有，如果小人國國民被困在雨中，也會是相當大的考驗。雨滴的大小由水的表面張力決定，在小人國想必也如此，意思就是每顆雨滴的重量，約為小人國國民體重的六分之一。聽起來不多，但這會像我們被棒球擊中一樣。仙子、小妖精和精靈（指小型的精靈，不是中土世界裡體型如人一般的精靈）肯定會竭盡全力避雨。

在替這些考量總結之前，我實在不得不提一下哈比人的飲酒習慣。在托爾金《魔戒》三部曲想像的中土世界裡，像比爾博・巴金斯這樣的哈比人，身高大約一公尺多，除了毛茸茸的

腳和略尖的耳朵外，基本上和人類無異。在彼得・傑克遜以三部曲中第一部拍成的電影中，有一個場景是一位哈比人興奮地發現，布理村中的人類酒吧有大量以「品脫」計量的啤酒。呃，哈比人並不比人類小多少，所以一品脫啤酒的效果可能不會有太大的不同。但鑑於酒精的影響大致與體積成正比，所以我們必須取倍數的立方。照這樣計算之後，各位會發現，一品脫啤酒對哈比人的影響，相當於五品脫啤酒對人的影響。他們最好都只喝半品脫裝的啤酒！

●　　●　　●

　　本書第一部分已經揭開隱藏在文學作品中的數學結構，現在的第二部分則讓數學從文字和寫作引用的典故中浮現。我們看到，即使是故事中遇到的數字，它們的象徵意義也深深根植於數學中。願望是三個、小矮人是七個、大盜有四十個、夜晚共一千零一夜，都有十足的數學原因。喬治・艾略特和梅爾維爾這些作家，將數學概念本身化為美好的比喻，實際的計算也可以拿來應急──喬伊斯用計算揭露也用計算隱藏：利奧波爾德・布盧姆預算中遺漏的項目洩漏了真相，而代達勒斯和布盧姆的相對年齡、令人眼花撩亂的排列組合，看起來似乎成理，其實不然。本章則讓各位看了喬納森・史威特和伏爾泰等作家，如何以不同的方式使用計算，幽默地利用我們的本能、信任數學表達的是「真相」，使他們的奇幻故事平添不容質疑的權威感。不過，我們保留了證據，讓我們在回敬時，可以友好地調侃一下狂暴的巨型昆蟲或迷你文明的前景。

　　數學符號和比喻存在於各種文學作品中，從最親切的童話故事到《戰爭與和平》無一例外。就在那裡，等著被發現 —— 現在各位身懷找到數學的工具了。

第三部分

數學就是故事

第八章

奇思異想初登場：
迷人的數學成了小說主角

　　每隔一段時間，就會有某個數學概念讓大家有無限想像。在二十世紀，碎形和密碼學等熱門數學主題是小說情節的重要關鍵，儘管有時並不完全正確（如果有人想設一個「爛數學獎」，角逐者可多了）。在十九世紀，神祕的新概念「第四維度」風靡一時。愛德溫‧艾勃特的暢銷書《平面國》利用了二維、三維和四維的概念來諷刺維多利亞時代的價值觀，由此衍生出許多作品和續集。《平面國》的主人翁是一個活生生、會呼吸的幾何學實體，以正方形樣貌呈現，故事情節大部分都以維度的數學性質為中心。

　　本書最後一部分，要讓各位看看數學如何成為主角。我們的文學之屋已經坐落在數學結構的地基上，屋裡用數學比喻加以裝潢，現在我們準備讓數學角色、概念和人物入住。本章將讓各位看看小說如何呈現那些脫離教科書，進入社會大眾

認知中的數學，不只是偶爾拿數字打比方（或說得更清楚一點，應該稱為「修辭手法」），而是把數學當作敘事不可或缺的一環。我們會在《平面國》遊歷一遭，見見平面國中奇特的多邊形居民，並看看其他作者如何畫出通往更高維度的路徑。

　　　　　　　　　•　　　•　　　•

　　愛德溫・Ａ・艾勃特是一位教師、神職人員和作家。他年輕時就讀倫敦市學校，後來職涯中很長一段時間都擔任這所男校的校長。艾勃特卸任後又過了幾年，倫敦市學校設立了一所姐妹校，即倫敦市女子學校，也是我在一九八八年至一九九三年就讀的學校。我們之間還有另一層關係：艾勃特的數學老師之一，是羅伯特・皮特・艾德金斯，一八四八年至一八五四年擔任格雷沙姆幾何學教授教席。所以，他是我學術上的大前輩。最讓我高興的莫過於知道自己可能會像他一樣，啟發未來的數學小說作家。

　　愛德溫・艾勃特在當代是著名人物，不僅是傑出的教師和校長，也是廣受敬重的思想家和作家。他寫了五十多本與神學和教育相關書籍，特別是英文和拉丁文的教學，包括《英文文法手冊》、《牛津講道：在大學前傳道》和一八九三年生動風趣、讓人欲罷不能的《Dux Latinus：第一本拉丁文入門書》。在這樣的作品組合中，一八八四年的《平面國：向上而非向北》相當出人意料。跟各位說說這本書在講什麼吧！《平面國：向上而非向北》的事件由「正方形」敘述，他是平面國社

會中備受尊敬的國民。正方形的宇宙完全是二維的，在這個平坦的平面上，居民都是幾何圖形。

　　在《平面國》的第一部分，正方形藉由對平面國的描述，諷刺維多利亞時代社會某些最糟糕的面向：嚴格的階級結構、對女性的觀點與對待方式、掌權神職階級的宗教教條主義。在平面國中，男性都是多邊形（三角形、正方形等等），而女性則是線條。她們是二維世界中的一維生物，因為這種天生性質而完全無法與男性平起平坐。我得強調，這絕對不是艾勃特本人的觀點。他大力鼓吹改善女孩和女性受教育的機會，與許多支持這項主張的著名女性（包括喬治‧艾略特）時有往來。在平面國中閒逛時，若從一位女性的末端看到她，她就只是一個點，幾乎無法辨識。這樣可能非常危險 —— 你可能會被某個粗心的女人不小心刺穿，而她們當然都很粗心。因此，每當女性離開家時，她們必須持續不斷地發出「和平呼喊」，警告其他人她們的存在。有些地區還堅持認為女性必須不斷搖晃背部，如同鐘擺一般；或者如果離開家時，必須有男性陪伴。平面國中的房子是正五邊形，因為正方形的房子會有尖銳的直角，對不小心撞上屋角的人造成健康風險。出於安全考量，男性和女性的入口各自獨立，因為不希望有男人在進屋時，被要外出的妻子意外開腸破肚。下面是書中的插圖，畫的是一間典型的房子。

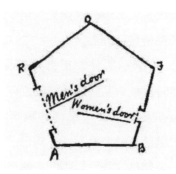

請注意圖中可怕的雙關語——RO 邊和 OF 邊連在一起，構成了 ROOF（意為屋頂）。

對平面國的男性而言，身為正圖形或對稱圖形是極為重要的地位標誌。社會底層是不幸又愚昧的等腰三角形。這些退化的傢伙因為有銳角可以造成傷害，所以個性較順從者可以用來充當士兵。然而，他們也有提升階級的機會：「打了許多勝仗的士兵，或是勤奮又有天賦的工匠，這些比較聰明的等腰三角形，他們的底邊會微微地增長，兩條等邊則稍稍地縮短。」只要每個人繼續好好表現，這種角度的增加就會以每代約多半度的速度持續。隨著銳角變大，等腰三角形愈來愈像正三角形，所有角度均為六十度，所有邊的長度相同。在正方形自己的祖先中，進度一度倒退了五代——某位可憐前人的角度，已經達到將近正三角形的五十九點五度，但他不小心「沿著對角線刺穿」了一個多邊形。他的罪孽降臨到兒子身上，他們出生時的角度只有五十八度。

正方形的父親被宣告是正三角形，真是令人欣喜。角度六十度的目標一達成，「奴隸身分的狀態就此終結，這個自由人

得以進入正圓形的階級。」從那一刻起，每個兒子都是正多邊形，比其父多一個邊（正多邊形的每個角度都相等，每邊的長度都相同。因此，等邊三角形就是「正三角形」。正四邊形更常見的名稱是正方形，然後是正五邊形、正六邊形等等）。我們的主人翁正方形之所以是正方形，是因為他的父親是正三角形。他的兒子是正五邊形，他的孫子是正六邊形，因此屬於更高的社會階級，是他的上級——平面國的戒律不是「當孝敬父母」，而是「當孝敬兒孫」；想必育兒會因此頗具挑戰性。在社會頂端的多邊形，邊數多到幾乎難以區分，因此被稱為圓形。沒有人會沒教養到真的嘗試去數這些貴族到底有幾邊。「出於禮貌，圓形大人都被認定有上萬邊。」

　　我想，各位現在一定有一些疑問。例如，鑑於每代的邊數或角度都在增加，為什麼到現在還會有人不是圓形呢？答案是，隨著社會地位提高，生育能力似乎會下降。下層階級不斷繁殖，而圓形最多只能生育一個孩子。正圓形的性質也可能會因為道德上的缺陷而被破壞，一些「好」家庭的孩子可能出生時就有許多稍稍不正的邊。這一點有時可以藉由圓形階級專屬的整形診所昂貴、痛苦的療程加以矯正。維多利亞時期的英國普遍存在一種信念，就是窮人無法改變自己愚蠢、腐敗的本性。正方形諷刺這種信念，問道：「為什麼要責備說謊、偷竊成性的等腰三角形呢？這個時候您不是應該為那兩條無藥可醫的不等邊哀悼嗎？」那麼，我們應該原諒他們的罪過嗎？當然不是。「在與等腰三角形打交道時，如果這個無賴辯稱他忍不住要扒竊，是因為他的邊不等長，您要回答說，正如同他忍不

住要成為街坊鄰居的亂源，身為法官的您，也忍不住要判他〔死刑〕——事情就可以就此一了百了。」

　　鑑於社會地位在平面國中極其重要，與人碰面時，必須要知道對方是什麼形狀。在我們的三維世界——正方形稱之為立體國——要區分正方形和三角形，一點問題也沒有，因為我們可以俯視形狀、看看它的角度、數數它的邊數。但如果你活在平面上，是不可能這麼做的；每個多邊形看起來都像一條線。艾勃特／正方形提供了一張圖片來說明這個問題，圖中比較了三角形和五邊形看起來的樣子。正方形說：「才剛入門、剛開始接觸幾何研究的立體國孩子應該會很快看出，假設我可以將眼睛調整到某個位置，讓我的視線正對著逐漸靠近的陌生人的一個角度（A），把角度一分為二，那麼，我的視線將剛好落在他兩條邊，也就是 CA 和 AB 的正中間，這樣我就可以公正地觀察這兩邊，且這兩邊看起來長度相同。」二維的眼睛無法辨別這兩個形狀是否有差異。

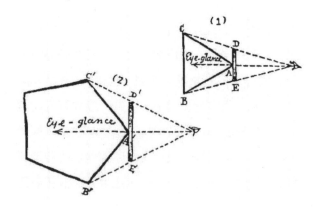

幸好，平面國的大氣有點霧濛濛的，意思就是遠處的物體看起來比近處的物體晦暗，因此可以辨別三角形和五邊形——因為與五邊形相比，三角形的邊會較快變得黯淡。透過多年悉心訓練，人們可以學會辨別這些微小的光線漸層變化，從而避免將五邊形錯認為三角形的羞辱。只有三角形和正方形看起來會像女性（真可怕），而且只有從某些角度才會看起來像女性，因為所有地位更高的多邊形，從任何角度都至少可以看到兩個邊。這種藉光線分析的方法假定大家都是正圖形、所有角度都相同。因此，若有人出生時明顯不是正圖形，就是對社會的存在性威脅。想像你看到某個一百二十度的角度接近，你會假設你打招呼的對象是個六邊形，且邀請這位紳士到你家作客，結果卻驚駭地發現你往來的是個不規則四邊形！這種畸形必須一出生就消滅。

正方形還提到，某次不幸事件後，平面國中禁止使用顏色：一個低等的等腰三角形設法替自己塗上顏色，塗到讓人會把他錯認為是十二邊形的程度，還騙取了某位貴族之女的青睞。這場騙局一直到雙方結婚後才被揭穿，女方當然求助無門，只好自殺。《平面國》第一部分的最後討論了平面國中女性的待遇，正方形的論點是反對將女性排除在教育之外。他在最後一句話中「謙卑地向最高當局呼籲，重新考慮女性教育的規定」，這是艾勃特自己在立體國中也曾多次提出的懇求。

《平面國》第二部分，從幾何的角度而言，開始進入更高的層次。某個陌生人（「球體」）拜訪正方形，帶他踏上啟蒙的性靈之旅，讓他發現有些世界中的維度不只兩個。艾勃特

想要讓立體國國民看到，我們冥頑不靈、對四維空間一無所知，就像正方形對三維空間一無所知一樣。首先，正方形夢見了直線國，一個由單一一條線條組成的一維世界。這裡的男性是線段，女性則是點。因為在單一一線的限制下，線段無法擦身而過，所以這個世界的居民終生都與同樣的鄰居為伍。他們只看得到點，所以社會階級由長度決定。直線國的國王就是最長的線，有十六點四公分長。由於在直線國中，每個人的相對位置無法改變，所以生育大事當然與距離遠近無關——顯然這件事是藉由歌曲完成的。既然一條線有兩個點，因此這個世界的自然秩序，就是每個男人有兩個妻子；當這組三人行在繁衍後代時，一個妻子會生下雙胞胎女兒，另一個妻子則生下一個兒子。國王說：「如果每個男孩出生時沒有兩個女孩搭配，還有什麼辦法可以維持性別平衡？你連這種自然的基本法則都不知道嗎？」

正方形試著向無知的國王解釋世上還有第二個維度——既有左右，也有南北。一開始他說，他可以看到，也可以描述國王所有的鄰居，以此展示何謂二維。然而，這個方法沒能說服國王。接下來正方形「走過」直線國，意思是他讓自己的身體穿過這條線。在國王的眼中，一條線突然出現又消失，讓人不安。在另一個夢中，正方形去了點之國，舉國只有一個點。點之國的國王自己就是他所主宰的整個宇宙。他甚至無法理解什麼叫世上還有其他東西存在，因此根本無法與他交談——他認為正方形的聲音一定只是自己思緒的另一個面向。

讀者是在一天傍晚首次見到球體的。當時正方形正在責備

他正六邊形的孫子，因為小正六邊形問了幾個與幾何有關的蠢問題。正方形解釋說，3^2 或 9，代表邊長為 3 英寸的正方形是多少平方英寸。因此，一個數的平方不僅有代數上的意義，也具有幾何上的意義。小正六邊形說，想必這就表示 3^3 一定也有幾何意義。「胡說八道。」正方形說。球體就在這個時候現身。「那男孩不是笨蛋。」他說，其中有意義，而且是非常自然的意義。正方形十分疑惑這位陌生人如何進入了他的房子。因為球體與平面的交會處是圓形，所以他假設他談話的對象是某個地位高貴的人物，口吻畢恭畢敬。球體開始解釋他不只是一個圓形，還是一個「許多圓形組成的圓」。他向上穿過平面國的平面，就像正方形先前穿過直線國一樣。這次，正方形看到一個圓形變得愈來愈大，然後又縮小到直至完全消失。

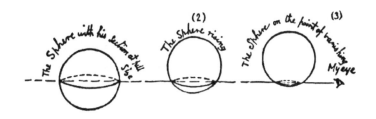

但正方形無法理解何謂「向上」、「向下」，所以球體打了個比方：「我們從一個單一的『點』開始。因為這是個點，所以它就是唯一的端點。一個點可以形成有兩個端點的『直線』。一條直線可以形成有四個端點的正方形。……1、2、4，這很明顯是等比數列。下一個數是多少？」正方形充滿自信地回答下一個數是八。球體回答道：「完全正確。一個正

方形會創造出一個你不知道名字，但我們稱之為立方體的物體。他恰好有八個端點。」球體繼續解釋：若將一個形狀的「邊」，定義為這個形狀的邊界，比形狀少一個維度，則一個點有 0 個邊，一條線有 2 個「邊」（兩個端點），一個正方形有 4 個邊。因此，按照 0、2、4……的模式，「立方體」會有 6 個「邊」；確實，立方體真的有六個正方形的面。

　　正方形還是無法理解到底發生了什麼事。最後球體將他帶出平面國，從上方觀看平面國。這下終於使正方形相信「三維的福音」。眼界開拓後，正方形請求球體帶他去四維的國度。正如球體可以看到正方形內部一樣，正方形要求進入第四個維度，看看球體的內部。第四維度當然是存在的。按照先前模式，一個立方體在第四維度中，是否可以擴展成一個具有 16 個端點、8 個邊的形狀（今天，正方形想像的，四個維度的立方體，一般稱之為超立方，有時也稱為四維超立方體〔tesseract〕，可能是衍生自拉丁文中的 tesser，意為方塊，因為這是一個由立方體組成的形狀 [32]）？而且，何不也造訪第

---

32 正如任何三維立方體的圖形不能每一面都以正方形呈現一樣，任何超立方體的圖形都必然會扭曲某些長度。要克服在二維頁面上顯示三維立方體的挑戰，方法之一是繪製所謂的立方體「平面展開圖」，一種有六個正方形的圖案，可以剪下來、在三維空間中摺起來形成立方體。以同樣的方式可以製作由八個立方體組成的三維展開圖，在四維空間中摺起來形成一個超立方體。薩爾瓦多・達利一九五四年的著名畫作《受難》中出現的正是這種超立方體。

五、第六、第七、第八維度呢？然而，球體嚴厲拒絕這種異端概念。他將正方形送回平面國，其後，正方形被關進平面國的大牢，因為他試圖宣揚有更高維度存在的信念。正如點之國、直線國和平面國的居民自大地假設自己的世界構成整個宇宙，讀者得到的啟示是不應該像球體一樣傲慢自大，應該欣然接受有第四維度的想法。

・　　・　　・

　　為什麼像愛德溫・艾勃特這樣的人，會寫闡述第四維度的書呢？我已經說過，一八○○年代晚期，第四維度是炙手可熱的話題。要理解箇中原因，我們必須先岔開去了解一下數學史。「幾何學」（geometry）一詞是「geo」，意為土地；加上「metros」，意為測量。如果想知道一塊田地的大小，或者把一塊土地平均分成四份以解決繼承問題，就會需要幾何學，特別是平面幾何學，因為儘管地球的表面是曲線，但短距離間的曲率小到可以忽略不計。像三角測量這樣的測量技術──已知三角形的兩個角和某一邊，用以推導出另一個角和兩個邊──可以很有效地運用「歐幾里德」幾何學。後來，三維空間的幾何學問世；研究天文學時，就會需要球體的幾何學。但是，從未有人討論過第四維度的概念。

　　讓突破得以發生的，是看似無關緊要的書寫符號創新──數學中有時就會發生這種情形。大家稱為代數的東西寫成字的時間，比各位想像的晚得多。各位可能會說出像「某個數字平方後，加上數字本身的四倍，等於十二。求某數是多少？」這

樣的話；現在我們會把它寫成 $x^2+4x=12$ 這樣的方程式，並且可以用二次方程式或因式分解來找解。不可思議的是，我們非常清楚史上第一個被寫下的方程式是哪個，因為根據定義，方程式的形式是「某事物＝另一個事物」，而等號是由羅伯特・雷科德發明的。雷科德是威爾斯人，效力於英格蘭都鐸王朝，等號是他發明的諸多書寫符號之一。他決定以一對平行線代表等號，因為「論平等，無他物能更甚」。順帶一提，世上第一個方程式 $14x+15=71$ 出現在雷科德一五五七年的著作《礪智石》中。各位解得出來嗎？

有很長一段時間，人們用不同的字母表示某個東西、它的平方、它的立方；我們寫成 x^2+4x 的表達式，可能會被寫成 Q＋4N（N 是數字，Q 是它的平方）。這種符號系統無法讓 x、x^2、x^3「自然地」擴展至 x^4、x^5 等等，甚至意義更廣泛的 x^n 就更難表達了。笛卡兒在他的著作《幾何學》（一六三七年）中引入了我們今天使用的指數符號，建立了幾何和代數間美好的關係。《幾何學》還奠定了我們現代使用字母的慣例：最後幾個字母，例如 x、y、z，代表變數：開頭幾個字母，例如 a、b、c，代表常數。所以如果各位曾好奇為什麼數學家這麼迷戀 x —— 都是笛卡兒的錯。

同一時期，除了歐幾里德的平面幾何外，人們也正在慢慢發現其他類型的幾何學，過程如同海明威對破產的描述：一開始步調緩慢，接著急轉直下。如同第三章討論的，各方有志一同地想要證明著名的「平行公設」（即若有一條線和一個不在這條線上的點，則通過這個點的線中會恰好有一條與一開始的

線平行），但都失敗了。最後，大家終於意識到，平行公設完全獨立於歐幾里德幾何的其他規則之外（例如，「每對點都可以用一條線連接」的公理）。十九世紀時數學家發現，其實在某些幾何學中，平行公設並不為真。這項發現替數學界打開了新概念的潘朵拉寶盒。[33] 同一時期，物理學家也開始研究電力之類的東西，並發現電磁場的存在。在電磁場中，每個在三維空間的點不僅有三個空間座標，還有額外的資訊或座標，例如電磁場的大小和方向。這代表每個點可能與四、五、六甚至更多的數字相關，相應的數學對待這些數字的方式，與對待「真實」的空間維度相同。進入更高維度，尤其隨著代數愈來愈成熟，成為下一波大潮流。今天，聽到「多維分析」這樣的說法，我們覺得稀鬆平常，它指的其實就只是與每個資料點相關的許多數字；「維」只是我們正在測量的不同數量。例如，在地球氣候的數學模型中，大氣中的每一點都有三個空間座標，以及溫度、壓力、風速、風向等資訊——這樣已經有七個維度了。

---

33 這些奇怪的新幾何學對許多人而言，似乎陌生得難以理解。就連杜斯妥也夫斯基一八八〇年的小說裡，卡拉馬助夫兄弟中最聰明的伊凡·卡拉馬助夫也得苦苦思索。伊凡比較「試圖理解神」與「試圖理解非歐幾何」這兩件事，他說，有些幾何學家和哲學家「大膽地夢想著兩條平行線——根據歐幾里德，兩條平行線在地球上永遠不會相交——可能會在無窮遠的某個地方相交。我得到的結論是，既然我連這個都不能理解，就不能指望能理解上帝。我謙卑地承認，我沒有解決這些問題的能力，我只有歐幾里德般世俗的頭腦，怎麼能解決不屬於這個世界的問題。」

　　純數學家並不在意事物是否真的「存在」——七十四維超金字塔這個概念本身就已經很有趣了。這個概念是什麼意思？甚至，什麼是金字塔？我打賭一定是一個七十三維的超立方體，所有頂點都相交於第七十四維中的另一個單一頂點。然後，我想算出總頂點數、邊數、面數、超立方體數，以及 n 維超金字塔的通用公式等等。如果各位在野外遇到走失的數學家，決定收養他們，只要供應大量紙筆，他們就會很開心。然而，儘管「有用」和「存在」不是純數學美麗的想像世界中優先順序最高的東西，但在《平面國》出版後不久，我們就看到四維時空的形成，即三個標準的空間維度，加上作為第四維的時間。這是愛因斯坦相對論的完美框架。最近，物理學家一直在假設一個更高維度的宇宙。如果我們相信弦理論學家，那麼宇宙實際上可能是十維，甚至可能是二十三維的。因此，如果各位喜歡這類東西，這些有趣的數學確實都有適當的科學用途。

　　在《平面國》中，正方形所理解的第四維度，是另一個空間維度。[34] 這也是其他作家使用的詮釋，以第四維度解釋

---

34 《平面國》不是第一個以二維生物試圖理解三維世界作為比喻的故事。德國物理學家赫爾曼・馮亥姆霍茲曾討論如果我們是生活在球體表面的二維生物，將如何理解世界。《平面國》最重要的前身是查爾斯・霍華德・辛頓所寫的文章 What Is the Fourth Dimension?，艾勃特幾乎肯定讀過這篇文章。辛頓是數學家、教師、作家，也是讓科學普及的偉大推手。這篇文章要讀者想像「某個被限制在平面上的生物」，並假設「某些圖形，如圓形或矩形，被賦予感知的能力」。聽起來很耳熟嗎？

鬼魂和其他超自然事物。王爾德在一八八七年的鬼屋諷刺故事〈老鬼當家〉中對此多有嘲弄：「顯然沒有時間可以浪費了。所以，〔鬼〕急急藉四維空間遁逃，穿過護牆板消失。屋裡頓時變得很安靜。」我們這些三維的生物，可以在平面上任意移動，跨過任何建築物的牆壁界線，並且似乎能藉由改變自身與平面相交的部分來改變形狀。球體可以闖入平面國中任何保險箱並竊取箱中保管的東西，而四維的生物可以在三維的世界中達成類似的壯舉。例如，無論多麼複雜的結，在四維空間中都可以解開──這點已經獲得證明。不知道那些可憐的超生物該怎麼綁鞋帶。

　　好幾位作者探討了這些概念。一九二八年邁爾斯‧J‧布魯爾的短篇故事〈闌尾和眼鏡〉中，布克斯壯醫生（Doctor）號稱自己是不需使用手術刀，甚至根本不開任何切口也可以動手術的外科醫生。結果，原來他是數學博士（Doctor），不是醫學意義上的醫生。別人形容他對第四維度的研究與平常的三個維度「有如形成直角般地不同」，使他開發出一種「沿著第四維度」移動患者的方法，然後（例如）在完全不開切口的情況下移除他們的闌尾。

　　福特‧馬多克斯‧福特和康拉德一九〇一年合著的小說《繼承人》，對四維生物有更令人毛骨悚然的描述。當時，敘述者亞瑟遇到一個自稱來自第四維度的女人，「一個有人居住的平面──我們的眼睛看不見，但無處不在。」他最初不屑一顧，但慢慢開始相信，或者至少半信半疑：

我聽說過關於維度主義者的描述——他們是一個眼
光敏銳、極其務實、令人難以置信的種族；沒有理
想、偏見或悔恨；對藝術沒有感情，對生命沒有敬
畏；不受任何道德傳統的約束；對痛苦、軟弱、苦難
和死亡麻木不仁。……維度主義者將成群結隊地出
現、實體化，像蝗蟲一樣吞噬，因為難以區分而更加
不可抗拒。不會有戰鬥，不會有殺戮；我們、我們整
個社會體系，會像橫樑折斷般崩毀，因為我們被利他
主義和道德的蛀蟲啃咬。

冷血無情的維度主義者確實接管一切。亞瑟將這些冷
酷、麻木、無道德觀念的人歸類為某種「數學怪物」，會表現
出某種特定的反數學心理狀態——數字和方程式與所有讓生活
值得一過的事物對立：愛、快樂、仁慈、藝術。這一流派的數
學家只不過是計算機器；對他們而言，人類的情感是一種乏味
的消遣。對此，我自然大表反對；這本書就是構成辯護論點的
一環。

· · ·

到目前為止所看的故事中，第四維度都是空間的額外維
度。但還有另一種觀點。在《追憶似水年華》中，普魯斯特寫
道某座特定的教堂「對我而言，是與鎮上其他地方完全不同的
東西；可以說是一座占據四維空間的建築——而這第四維度的
名稱是時間。」每個人都以每秒一秒的速度沿著時間軸移動。

如果有人能想出辦法改變這個速率，就等同於發明出時光機。

　　許多小說以穿越時間為主題，這種故事的開山祖師都是威爾斯的《時光機器》。他曾在諸如《慢速冒險家》等短篇故事中探索過時間和第四維度的概念，但這些概念一直到《時光機器》才得以完整發展。時光旅行者（大家都這麼稱呼小說中這個角色）以類比向朋友解釋：「你當然知道一條數學意義上的線、一條粗細為零的線，並不真的存在。學校有教過你們這個嗎？數學意義上的平面也不真的存在。這些東西只是抽象概念而已。」同樣的道理，他說，一個只有長度、寬度和厚度的立方體，不可能真的存在——一個「轉瞬即逝的立方體」，不可能真的存在。他繼續說：「顯然，任何真實的物體都必須在四個方向上有所延伸：必須有長度、寬度、厚度，和持續時間。」

　　按照這樣的詮釋，我們都是四維的生物。我在任何時刻看到的你，都可以稱為是時間的橫切面——是在特定地點、特定時間看到的你。正如時光旅行者所言：「這是某個男人八歲時的肖像，另一張是十五歲，另一張是十七歲，還有一張是二十三歲等等。這些顯然全都是切面，可以說是他作為四維生物在三維空間的呈現，是固定、無法改變的東西。」時光旅行者建造了一台機器，讓他可以在時間中自由移動，就像我們打造機器讓自己擺脫重力，在空間的垂直方向上自由移動一樣。

　　要看看另一個對時空截然不同的詮釋，各位，見過比利·皮格利姆——在馮內果的小說《第五號屠宰場》中，比利在二戰期間「脫離了時間」。他不斷地在自己生活中不同片段

之間穿梭，多次目睹自己的出生和死亡，以及這之間發生的所有事情。在這種時間的混亂中，出現了一個叫做特拉法瑪鐸星人的外星種族，他們在比利女兒的婚禮當晚綁架了他。他們可以看到四個維度，並嘗試幫助比利了解發生在他身上的事情。他們對生死抱持非常宿命論的態度，因為在特拉法瑪鐸星：

> 當人死亡時，他只是**看起來**死掉了，但死者在過去的時空中仍舊活著，也因此，在葬禮哭泣是很愚蠢的舉動。過去、現在、未來，所有片刻皆存在過，也將繼續存在，特拉法瑪鐸星人看不同片刻的方式一如我們眺望綿延的洛磯山脈。

比利借用他們的宿命論作為一種應對機制 —— 當他聽說有人過世時，他只會聳聳肩，然後說出特拉法瑪鐸星人對死人的看法：「就是這樣。」我們所愛的人仍然存在，只是在別的時間裡。

• • •

《平面國》這樣一本不起眼的小書，卻投下了長長的影子。好幾位作家都探索過它的概念。一九五七年，狄奧尼斯·伯格寫了續集《球體國》，球體國中一位測量人員發現了一個內角總和超過一百八十度的三角形。這位測量人員與正方形的孫子正六邊形 —— 現在是一名訓練有素的數學家 —— 合作，發現了其中的含義：平面國不是平面。他們其實生活在一

個巨大球體的表面上。[35] 當然，墨守成規的組織並不樂見這種論調。

《平面國》對二維生物是否真可能存在一事未多加著墨。顯然二維生物是不可能存在的……嗎？一九八四年，A‧K‧杜德尼嘗試在《平面宇宙》中回答這個問題。他構思的平面宇宙是一個二維宇宙，而不是三維世界中的一個平面。這樣的宇宙會有不同的物理定律，而作者在提出某些物理定律的涵義上做得極其出色。這本書的背景，是杜德尼和一群學生以電腦模擬出想像中的二維宇宙，創造了 2DWORLD。但是有一天，不知道為什麼，他們開始能夠看到另一個、不是他們創造的世界，並與一個叫做尼德杜的生物交流。尼德杜所住的星球名為阿德，阿德星的世界呈圓形，生物就生活在它的表面上——牠們的兩個維度是東／西和上／下。這本書表現得好像在陳述真實事件一樣，但其中有很多搞笑的引用資料，讓狐狸尾巴藏都藏不住。其中之一是「尼德杜」疑似就是把「杜德尼」倒過來寫，而且研究專案中有一名學生名叫愛麗絲‧利德兒，引用來源肯定是愛麗絲‧利德爾——《愛麗絲夢遊仙

---

35 在球體表面上的三角形，各角加起來確實會超過一百八十度。我們在日常生活中不必擔心這件事，因為事實證明，總和會超過一百八十度多少，與三角形中包含多少球體表面積成比例。但理解這一點，對於十九世紀一項更驚人的技術壯舉至關重要：長達七十年的大三角測量，目的是要繪製極為精確的全印度地圖。因為測量距離極長，所以地球曲率及曲率對三角形角度的影響，在計算時都必須納入考量。

境》就是為了愛麗絲‧利德爾而寫的（在《平面宇宙》二○○一年的再版中，杜德尼聲稱很多人認為原始陳述是真實的；但這項聲稱本身可能就是個玩笑）。

一旦各位開始思考二維文明如何運作，接踵而至的問題很快就會愈來愈多。如果各位試圖在阿德星上建造一座房子，沒有人可以繞過它，因為他們會被上／下和東／西兩個維度困住。所以所有的建築都在地下，有「旋轉樓梯」——上下升降的樓梯，讓人們通過門口。輔助牆上不能有門，因為每次門一開，房子就會垮掉。而且這種房子要如何建造？「釘子毫無用處，因為它們會把穿過的任何材料分開；也不能用鋸的。橫樑只能用錘子和鑿子之類的東西切割。」解決之道是，用超強力膠水作為建造的主要方法。同時，基本的生物學功能也難以想像。消化道如果會貫穿身體，就會將身體分成兩半，所以管狀物是行不通的。而且阿德星人的骨骼必須是外骨骼，因為內部骨骼會讓體內充滿無法通過的屏障，導致體液無法流動。讓液體通過的解決方案是「拉鍊式器官」，可以打開、關閉，讓裝有物質的氣泡通過身體。《平面宇宙》的獨創性讓我嘆為觀止——如果各位喜歡深入了解技術性細節，這本書絕對必讀。杜德尼甚至還在書中納入附錄，解釋阿德星人如何製造蒸汽機和內燃機等機器；可能達到的程度十分驚人。

《平面宇宙》開闢了新的發明領域，因為它沒有從一開始就否定二維宇宙可能存在的想法。最具創意的數學思維，也仰賴相同的態度作為基礎。各位已經看到在十九世紀，有了《平面國》和其他書籍的幫助，我們學會熱愛第四維度。今天大家很樂

意討論第一、二、三、四、五……任何維度，想要多高就可以多高。但想像一下，如果正方形的孫子問，這些數字之間，是否還有其他維度？想必正方形會回答，當然沒有；光是暗示可能有 $1\frac{1}{2}$ 維度就已經荒誕不經，十九世紀的立體國國民想必也持相同意見。但在二十世紀，一種新觀念徹底顛覆了這些先入為主之見；到二十世紀末，這個觀念已經廣獲大眾認同，出現在一九九〇年代最流行的小說中——我們就從這裡講起。

●　　●　　●

麥可‧克萊頓的《侏羅紀公園》，講的是一家不計後果的生物科技公司，設法從被困在琥珀中的史前蚊子血液中提取DNA，對恐龍進行基因工程。因為他們是故事中的壞人，所以他們決定不把這個驚人的發現用在科學上以更了解這些奇妙的生物，而是在哥斯大黎加外海的一個小島上開設恐龍主題樂園。當然，他們很肯定事情不會出差錯。若有比較神經質的讀者，現在請移開視線，因為我神聖的使命就是要通知各位，如果各位造訪小島，可能會被迅猛龍吃掉。公園的業主傲慢地相信，因為公園是他們設計的、一開始也是他們建造的，所以他們能完全掌控島上發生的一切。看似很小的事故或意外的事件，也就被當成小故障來處理，處理完就被拋到腦後。但大自然不是發條裝置；微小的變化會被放大，直到整個系統變得超乎預測地混亂。

克萊頓選擇了兩種數學方法在小說中強調這個主題。首先，有個叫伊恩‧馬康姆博士的角色，是混沌理論的專家。他

和兩名古生物學家應邀作為顧問前往小島。馬康姆描述，在系統中，即使是微小的振動也可能一路發展成巨大、不可預測的事件──這就是著名的「蝴蝶效應」包含的概念。在預測天氣時，微小的變化（比如蝴蝶拍打翅膀對氣流的細微影響）會累積形成連鎖反應，最終可能造成萬里晴空或狂風暴雨的差異。天氣系統極其複雜，透過電腦模擬預測的天氣，只有最近期的幾天是準確的。原因在於，無論輸入的初始數據（溫度、風速等）多麼精確，輸入資訊與精確的真實資訊間總會有微小的差異。當實際測量值是 4.56112 時，各位可能會輸入 4.56。因為不能輸入無限多位數，所以輸進演算法的數字永遠都是經過四捨五入，做不到絕對精確。

對某些數學模型而言，這不打緊。例如，假設各位想知道一個物體在二十四小時後，會從初始測量的位置到達哪裡。假設各位知道它以時速一百六十一公里移動，且你預測的初始位置誤差一點六公里遠，那麼這個物體將移動三千八百六十四公里，且你對物體最終位置的預測仍然會偏離一點六公里。無論過多久，你的預測都會維持正好差一點六公里。從某種意義上說，各位是可以控制這種錯誤的。但假設現在各位測量的不是它的初始位置，而是它的初始速度，且各位想知道它在二十四小時後的位置。如果各位計算的時速差了一點六公里，意思就是物體實際上的時速是一百六十二點六公里而不是一百六十一公里，那麼每過一小時，預測的誤差都會增加；因此二十四小時後，各位對物體位置的預測將不只誤差一點六公里，而是三十八點六四公里。才誤差百分之一就會這樣，而且誤差每天都

會翻倍。

　　如果錯誤與加速度有關，情況會更糟。當測量物體的加速度時，若各位的誤差是每小時一點六公里，意思是物體不是以時速一百六十一公里的等速度移動，而是慢慢地每小時加快一點六公里，那麼，就算各位的起始位置和速度完全正確，猜猜看一天之後，各位對物體位置的預測會偏離多少？答案是四百六十三點五公里，一天之內就出現了超過百分之十的誤差。在一週的時間內，這項誤差會使各位偏離兩萬兩千七百一十一公里。鑑於從北極到南極只有兩萬零二十公里，這麼大的誤差著實不妙；物體這時有可能在地表上任何一個地方。初始的細微偏差可能會逐漸失控，因此導航時都必須定期修正航向。

　　在《侏羅紀公園》中，數學家馬康姆博士在故事裡說明了這個問題；對於所發生的事情，書中也提供了視覺的線索。每節開頭都有一個奇怪的形狀，隨著故事的發展，圖形不斷改變、加大，經歷七次「迭代」。「第一次迭代」看起來像這樣：

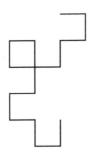

　　相當簡單的設計，由構成直角的直線組成。下面是第二次迭代：

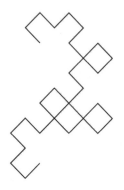

　　這樣建構出來的形狀，其實構築規則非常簡單，各位也不妨自己試試看。拿一張紙，剪出一張細長的紙條，把紙條對摺再打開，讓紙條形成一個直角。各位會看到自己製造的摺痕，已經使直直的紙條變成 L 形。

　　這是第一步。現在再做一次。重新對摺，然後再對摺，然後打開。紙條會形成一個比較複雜的圖案，但仍然由直線和直角構成。

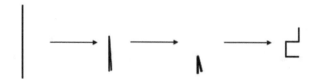

如果各位不斷重複這個過程，就會看到摺三、四、五次後的結果如下：

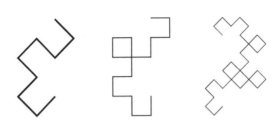

如果各位看中間的圖形，就會發現往左彎和往右彎的模式正是「第一次迭代」的模式。右邊的圖形是對摺五次後的結果，是「第二次迭代」。繼續重複這個非常簡單的對摺遊戲，會讓圖形繼續發展。要不了多久，圖形就會變得非常複雜，而且當紙條展開時，下一個彎是向左還是向右，會愈來愈難猜。到《侏羅紀公園》最後一個章節，當島上的情況達到臨界點時，最初的簡單設計已經演變成一個複雜到可怕的圖形。原則上，這個過程可以永無止盡地持續下去，最終的結果會看起來像某個精巧、彎曲的形狀，某些部分在不同的程度上與其他部分相似。下面是第三、第四和第五次「迭代」。

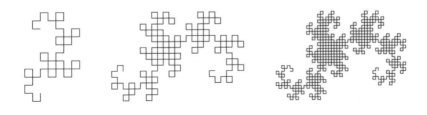

　　《侏羅紀公園》的插畫師在這裡有點偷吃步，因為有些步驟被省略了，讓我們直接跳到摺四次，得到第一次迭代。這很能理解，因為最初幾次看起來沒什麼大不了的。第二次迭代對應到摺五次，第三次迭代對到摺六次。但在設計後續幾次摺疊時，我發現第四次迭代「本應」對應到摺七次，但實際上對應到摺八次。第五次迭代來自摺十次，第六次來自摺十二次，然後第七次可能來自摺十四次，但到那個階段時，其實很難看到個別的線條在哪，因為解析度不夠好。下面是我第六次和第七次迭代的版本。

　　這種形狀是由 NASA 的物理學家約翰‧海威發現的，還被他的同事威廉‧哈特和布魯斯‧班克斯命名為「海威龍」，今天通常簡稱為龍形曲線。他們與海威都是首批探索這個圖形特性的科學家。一九六七年，這個圖形首次為大眾所知：它出現在《科學人》雜誌、馬丁‧加德納的數學遊戲專欄中，畫成類似像下圖這樣：

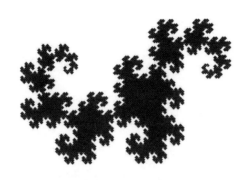

　　他寫道，「這條曲線神似一條海龍，用帶著利爪的腳向左划水，彎曲的鼻吻和盤繞的尾巴正好露出在假想的水平面上。」相當不幸的是，讀者在《侏羅紀公園》中看到的版本沒這麼像龍，因為與《科學人》中提供的圖形一比，就會看出書中的龍是頭下腳上的。哈特開玩笑說，這些龍都已經死得四腳朝天了。

　　要說明碎形，龍形曲線就是碎形的一種例子。碎形是一種由無限重複或迭代過程產生的形狀。我們永遠無法完美地產出這些形狀，因為就像 π 這個數字，在現實世界裡我們無法完成無限多的步驟。就算只是幾次迭代，要用手工完成也很困難。我不是以摺紙的方式做出龍形曲線圖案的 —— 有另一個替代方法，就是向電腦解釋這個不斷重複的簡單流程。在每一階段，每條直線都用有轉彎的線替代，輪流向左彎、向右彎。如果我一邊做一邊讓各位看圖形的變化，各位就會明白我的意思。下圖是第三步到第四步的過程，我保留第三步中的線條，標為虛線 —— 每條線都被有轉彎的線取代。我在第一步加了一個箭頭，代表從頂部開始，把第一條線替換為向左彎的線。

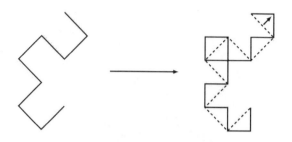

　　對麥可‧克萊頓而言，龍形曲線非常有力地說明了即使是最簡單起點，也可能演變成巨大、不可預測的複雜情況，而且恰如其分地取了一個爬蟲類的名字，更是大大加分。《侏羅紀公園》中對混亂、複雜性概念的探討，十分有趣且富有意義。這算是文學嗎？我認為是。別誤會──雖然書中的描寫有些讀起來像「他從大型主機上抄起電路圖，把座標大力敲進控制台」，但這仍然是一本該死的好書。

　　在《侏羅紀公園》這種書中使用碎形，代表碎形在當時已經進入流行文化。在一九九〇年代之際、這本書問世時，碎形真可謂風靡一時。受到著名的曼德博集合（以數學家本華‧曼德博的名字命名，「碎形」一詞是他創造的）啟發而產生的碎形藝術，出現在宿舍海報、雜誌封面和 T 恤上。文學也搭上了這股潮流。約翰‧厄普代克一九八六年的小說《羅傑的版本》講的是一位電腦科學家戴爾，反覆放大電腦生成的碎形結構、尋找上帝之手。湯姆‧斯托帕德一九九三年的上乘劇作《阿卡迪亞》，結合了碎形與其他數學概念──我們會在第十章中詳細介紹。為什麼碎形會突然大行其道？答案與碎形構成的方式有關。

　　很難想像有什麼過程會比摺紙條更簡單，或者比「每條直線都用彎曲的線替換」更基本的迭代。如果各位嘗試手動繪製龍形曲線，會非常累人，因為每次都必須消除先前的步驟才能添加所有彎曲的線。但是有一種碎形是我以前喜歡在化學課上亂畫的（對不起，維克老師），它的優點是不需要刪除之前的步驟。這個圖形一開始是一個簡單的三角形，然後每一階段，在每條直線三等分的中間那一段加一個三角形。前三個步驟會像下圖所示。

　　經過無限多次（或者至少是我對無限取的近似值，恰好是六次）後，我們得到了這個迷人的形狀，稱為科赫雪花曲線。

　　科赫曲線是最早被發現的碎形之一——早在一九〇四年，瑞典數學家科赫就在論文中描述過它，遠早於「碎形」一詞被發明（順帶一提，《羅傑的版本》也用了這個詞）出來的時間。科赫曲線是一個不尋常的碎形，因為最初的幾個手繪步

驟就可以讓人清楚看出最終的形狀會是什麼樣子。但如果是龍形曲線或其他碎形，我們只能在重複多次之後才能真正看出圖形是什麼樣子。這就是為什麼直到有電腦可以用來計算上百次甚至上千次迭代後，碎形的研究才真正開始突飛猛進，也是為什麼碎形直到二十世紀晚期，才在文化圈中大放異彩。

「碎形」一詞怎麼來的？嗯，設想邊長為 1 的正方形（各位可以隨意選擇 1 公分或任何其他單位），如果將邊長乘以 3，會得到一個面積為 9 的正方形。一般而言，若長度乘以 x，就是將面積乘以 x^2。x^2 中的 2 之所以是 2，是因為平方是二維的。三維的形狀，比如邊長為 1 的立方體，若將每邊的長度拉長 3 倍，會得到體積為 27 的立方體。一般而言，如果長度乘以 x，體積就會乘以 x^3，因此維度是三（這些計算可能會讓各位想起之前討論過的平方立方定律）。在最簡單的情況中，一條線的長度乘以 x，會得到一條長度為 x^1 的線，證實線是一維的事實。那麼，科赫曲線的維度是多少？只處理三角形的一邊會更容易，所以我們從長度為 1 的線開始，然後把這條線三等分後中間的部分，用兩條長度相等的線段替換，製造出那個額外的小三角形，然後不斷重複。如果一開始的線長度拉長三倍，曲線會發生什麼變化？下圖描繪出兩種情況中的起始線和完成的曲線。

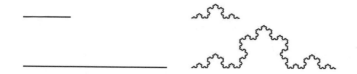

在完成的曲線中，現在有 4 組用起始線產生出來的曲線。因此，將直線長度乘以 3，會有將曲線長度乘以 4 的效果。由於 4 大於 3^1、小於 3^2，因此科赫曲線的維度介於 1 和 2 之間，是某個分數，不是整數；後來我們發現，這個維度大概是 1.26（因為 $3^{1.26} \approx 4$）。碎形（fractal）這個詞就是這麼來的：這種形狀的維度是分數（fraction）。要找到龍形曲線的維度會稍微複雜一些，但大致是 $1\frac{1}{2}$ 維。所以呢，說到底，整數維度之間還有維度，這個概念對愛德溫・艾勃特而言，想必就像三維的概念對正方形而言一樣奇怪。各位會說，這樣很好啊，但肯定沒有諸如 (−1) 維空間之類的東西，對吧？文學世界和數學世界的教訓讓我們知道，排除這種可能性是不明智的。

• • •

儘管數學家在剛邁入二十世紀時就發現了科赫雪花，但我們已經看到，要更深入探索碎形幾何學，得等到科技進步到一個程度後，才得以實現；電腦的發明，替幾何學開闢出全新的視野。本章後半，我想著重探索情形非常相似的另一個領域：密碼學。編寫密碼和破譯密碼的歷史由來已久，每個人都喜歡密碼，所以密碼出現在小說中也就不足為奇了。但一直到一八四三年，我們才看到真正以密碼學為中心發展出來的故事。這一年，愛倫坡以〈金甲蟲〉贏得一百美元的獎金——《金甲蟲》說的是一趟令人愉快的解密冒險之旅，只要解開惡名昭彰的海盜基德船長留下的機密指示，就能找到大批金銀財寶。

為什麼會這麼晚？畢竟，數千年來流通的機密訊息不計其

數。古希臘歷史學家希羅多德講了一個可追溯到公元前四百九十九年的例子：米利都城的統治者希斯提亞埃烏斯似乎想傳一則機密訊息給盟友阿里斯塔格拉斯，煽動叛變對抗波斯人。於是，他找了一個信得過的奴隸，剃光奴隸的頭髮，把訊息刺在他頭上。等頭髮重新長出來後，再把奴隸送到阿里斯塔格拉斯那裡，讓阿里斯塔格拉斯把奴隸的頭剃光、讀到訊息。

這種藏起訊息，而不是把訊息寫成密碼的方法，稱為隱寫術，源自希臘語的「藏起來的文字」。這種方法的問題是，如果只做到這樣，假設訊息被發現，且假設發現者看得懂那些文字，那就什麼都藏不住了。到近代以前，多數人都是文盲，所以以前這不是什麼大問題。美國只有一八七〇年以後的資料，但在英國，十六世紀前的識字率不到百分之二十；到一八二〇年，識字率已經躍升至接近百分之六十（但這不代表全球的情況；據估計，當時全球只有百分之十二的人會讀會寫）。一旦多數人都能閱讀時，隱寫術突然就顯得不夠看了。人們必須開始以其他方式為機密訊息加密——密碼學這時就派上用場了。在美國，這種需求在約一八〇〇年時達到臨界點。

鑑於愛倫坡出生的兩年前，發生了十九世紀最聳人聽聞的審判，且密碼學是這場審判的關鍵，那麼愛倫坡本人對密碼學一直很感興趣，或許也不足為奇了。當時，阿龍・伯爾被控叛國——他送了一則加密訊息，似乎陳述了他想在美國南方某幾州與墨西哥獨立建國的意圖。收到這則訊息的威爾金森將軍破解密碼，然後把訊息交給湯瑪斯・傑佛遜總統。但審判過程中發現，威爾金森竄改了訊息，讓自己看起來是無辜的。伯爾最

終被無罪釋放。

　　一八三九年，大家都非常熱衷於密碼學；愛倫坡當時對費城一本雜誌的讀者提出挑戰，要他們寄加密訊息給他，結果收到了數百封回信（他後來聲稱，除了其中一個明顯是惡作劇之外，所有的加密訊息都被輕鬆破解）。從此之後，一八四一年，在擔任《格雷厄姆雜誌》的編輯期間，他發表了一系列以「加密書寫方式」為題的文章。他在這些文章中指出，機密訊息已經流通數千年之久，用過各種技術。他在《金甲蟲》中用了其中兩種技術。

　　愛倫坡是說故事的高手。他的歌德式故事（〈告密的心〉、《亞瑟家之傾倒》）至今仍令讀者不寒而慄，且他可以理直氣壯地說，他以《莫爾格街凶殺案》開創出偵探小說這種文體類型。他還是成功的詩人——〈烏鴉〉讓他一夜成名——同時也是才華橫溢的雜誌編輯和文學評論家。不得不說，愛倫坡在批評時可真是毫無保留。詩人詹姆斯·拉塞爾·洛厄爾曾開玩笑說，他「有時似乎會把裝普魯士酸的小藥瓶誤認為是墨水瓶」。愛倫坡在比較馬修斯和錢寧這兩位作家時說：「如果馬修斯先生不是地球上有史以來最差勁的詩人，唯一的可能只是因為他沒有錢寧先生那麼差勁。用代數來比喻的話，馬先生有 x 這麼爛，但錢先生是 $x+1$ 的爛。」

　　這個雙關語魅惑地暗示了對數學的愛好，且愛倫坡的著作中還有進一步的證據。在一篇關於詩歌的文章中，他寫說這個主題非常適合分析：「其中十分之一可能可以稱為倫理；然而，另外十分之九屬於數學。」在一個關於熱氣球飛行的故事

中[36]，主人翁漢斯·普法爾能「輕鬆」地應用球面幾何學，計算海拔高度，因為他記得「球體任何部分的凸面對整個球體表面的比率，都等於這個部分對球體直徑的正矢值。」愛倫坡在美國軍事學院就讀時，數學經常名列前茅，也不讓人意外了；一位同學說他有「奇妙的天賦」。

　　雖然愛倫坡對數學無庸置疑的力量、數學在訓練大腦分析性思考上的重要性多有評論，但他也慎重地強調，光只會抽象的數學技巧是不夠的；真正的天才必須能夠在現實世界中做出合乎邏輯的推理。在他的故事〈失竊的信函〉中，偵探的原型人物杜邦和敘述者之間有一段有趣的討論——杜邦說明為什麼部長這位嫌疑人被警察局長低估了：局長認為傻子都是詩人，因此錯誤地推斷所有詩人（包括部長）必定都是傻子。敘述者反駁說，部長「曾旁徵博引地對微分學多有著墨。他是數學家，不是詩人。」「不。」杜邦說，他兩者皆是。「身兼詩人和數學家，他會善於推理；若只是數學家，他根本無法推理。」我大概不會這樣說——但數學家偏好類似的信念。真正的數學家不只是計算高手，還必須具備直覺、某種對美的感應。不論是愛倫坡筆下的杜邦，還是所有追隨其腳步的諸多福爾摩斯和白羅，只有把純邏輯推理強大的技巧應用在抽象數學的範圍之外時，真正的魔法才會奏效。抽象分析和現實世界直覺的交匯之處，就是密碼學。

　　來看看愛倫坡在《金甲蟲》中如何使用密碼學。這個故事

---

36 這個故事是 *The Unparalleled Adventures of one Hans Pfaall*。

說的是倒楣的威廉・勒格朗如何發現以隱寫術（這裡的手法是加熱後才會顯現字跡的隱形墨水）和密碼學隱藏起來的尋寶指示。當訊息出現時，眾人發現這是一行加密的符號數列。勒格朗猜測，這個數列用了所謂的替換式密碼——每個字母以不同的符號替換。

　　替換式密碼的歷史至少有兩千年；現已知最早應用這個概念的時間，可以追溯到羅馬的凱撒大帝。他用字母表中的後三個字母替換前三個字母，因此 a 變成了 d，b 變成了 e，一路往下。這種簡單的技術至今仍被稱為凱撒變換。但使用這些技巧的不僅僅是軍事將領。《愛經》描述了女性應該學習的六十四種藝術，包括歌唱、舞蹈、插花、「算術娛樂」、詩歌創作和其他技藝（嗯哼）；第四十四項是「理解以密碼書寫而成的內容，並以特殊方式書寫文字的藝術」。我們已知當時使用的技術之一，是某種將字母配對的替代式密碼。這個方法的好處是加密和解密的過程相同：例如，如果 a 和 q 成對，則加密時，a 被替換為 q，q 被替換為 a；用相同的過程，就可以將訊息解密。

　　但替換式密碼可以比上述複雜得多。字母可以用任何方式重新排列，也可以用任何符號替換字母。表面上看起來，要破譯這樣的密碼似乎是無法克服的挑戰。嘗試所有的可能組合是行不通的——英文的二十六個字母有 $26 \times 25 \times \cdots \times 2 \times 1 = 403{,}291{,}461{,}126{,}605{,}635{,}584{,}000{,}000$ 種排列方式。令人高興的是，以數學方式分析語言會有幫助。以數學分析輔助破譯的歷史，至少可以追溯到公元九世紀，當時伊斯蘭哲學家兼數學家肯迪寫

了《加密訊息破解手冊》，解釋如何做頻率分析。如果加密文字樣本夠長，這項強大的技巧幾乎保證一定奏效。我們在第三章討論漏字文時已經提過，如果文字加密的方式是用其他字母或符號替換某些字母，那麼各位可以有憑有據地猜測說，加密文字中最常出現的符號，會對應到英文（或訊息所使用的任何語言）中最常出現的符號。

勒格朗在《金甲蟲》中用的正是這一招。英文中最常用的字母是 e、t、a；如果沒有 e，這段文字可就極不尋常了，因為 e 是目前為止最常用的英文字母。因此，各位會很清楚加密文字中哪個字母代表 e。這個方法還有助於看出常見的字母配對和單字。「the」和「and」這兩個單字很可能經常出現。勒格朗解釋說，一旦他根據這些原則猜到 8 代表 e，他就發現字串「;48」出現了七次，則「;」很可能代表 t，4 代表 h。他猜得八九不離十，因為「;」是訊息中第二常見的符號，因此根據上述的原則，可能代表 t。然而，愛倫坡／勒格朗用了錯誤的頻率表，害自己更難破譯訊息。勒格朗聲稱，英文中出現最頻繁的字母，從高排到低是 e、a、o、i、d、h、n、r、s、t，大大低估了 t 並過度抬舉 d。

今天，電腦可以輕易地分析大量文字，找出它們的頻率分配。但在愛倫坡的時代和更早以前，這是項極具挑戰性的工作。當薩繆爾‧摩斯試圖找出哪些字元用電報傳送會最快時，為了構建最有效的代碼，他想出了一個巧妙的捷徑。當時印刷廠排版的方式，是手動在頁面上排列個別字母，所以最常用的字母要準備較多的數量放在手邊。摩斯只要計算印刷廠替

每個字母準備了多少數量，就能大致知道每個字母的相對頻率。這比手動分析一頁又一頁的文本要快得多。

有沒有哪種密碼對這類分析免疫？儒勒・凡爾納一八六四年的小說《地心冒險》中就有一個例子。在故事中，古怪但才華橫溢的李登布洛克教授和他的姪子阿賽克，破譯了一張古老的加密羊皮紙，上面提供地心之旅的指示。這裡的加密用了所謂的轉置密碼，基本上就是事先將訊息單字的字母重新編排構詞。這種做法的好處是頻率分析對重新編排構詞無效 —— 每個字母出現的次數與原始訊息中出現次數完全相同，因為字母只是重新排列，而不是替換。舉個例子：假設我想把訊息「Pure mathematics is, in its way, the poetry of logical ideas」（意為「純數學自有韻味，是邏輯思維的詩歌」）（愛因斯坦應該要說過這句話）加密。首先，我將它垂直地寫成直列；要讀的話，每列請從上讀到下，逐列從左讀到右。

P	t	i	n	y	e	l	l
u	h	c	i	t	t	o	i
r	e	s	t	h	r	g	d
e	m	i	s	e	y	i	e
m	a	s	w	p	o	c	a
a	t	i	a	o	f	a	s

然後，將橫行的字母抄下來，變成水平的訊息：「Ptinyell uhcittoi resthrgd emiseyie maswpoca atiaofas」。原始訊息現在被相當有效地藏起來了。

　　但如果各位知道其中機關，就可以重新獲取訊息：只要擷取每個「單字」的第一個字母，然後是第二個字母，一直不斷重複（或者可以把字母放進一個 6×8 的網格中，然後逐列閱讀）。想要更複雜的排列組合當然做得到，但其他人只要知道排列的規則，就可以破解密碼。如果不知道，會有點困難；頻率分析又派不上用場。但如果排列的規則是像這樣的直列法，訊息的長度是一個很明顯的線索（儘管我沒有很幫忙地在每個「單字」之間留下空格）。我們的訊息有四十八個字母長，產生了一個 6×8 的矩形（6×8=48）。實際上，只有幾種可能性可以嘗試，就是除得盡 48 的數字。如果 8 個字母的單字不行，可以嘗試 6 個字母的單字；這個也失敗的話，我們可以快速試遍所有其他可能性：2、3、4、12、16、24。嘗試 1 或 48 沒有意義，因為這兩個數字只會讓我們回到一開始的加密訊息。

　　這種直列密碼是《地心冒險》中機密訊息的基礎，此外還有其他隱藏的手法──訊息是用冰島盧恩符文寫的，必須轉換成拉丁字母；當訊息解譯出來後，看起來仍然不對勁，因為它是倒著寫的。但一旦找到正確的密碼，年輕的阿賽克和他的叔叔很快就得到原本的訊息。在電腦出現前，許多（也許是大多數）密碼故事就是這樣發展的。最艱難的挑戰是確認加密時用的是哪種密碼──密碼多不勝數。夏洛克‧福爾摩斯秉持一貫謙虛的態度，宣稱自己熟悉所有類型的加密書寫方式：他「針對這個主題寫過一本微不足道的專書，在書中分析了一百六十種不同的密碼。」各位唯一能做的就是嘗試自己知道的每

一種密碼，看看是否會有任何進展。

　　小說中讓我感到驚訝的加密方法，是歐・亨利一九〇六年的短篇故事中用的一種把戲——基本上就是預測文字，發明時間比手機早了將近一個世紀。在〈卡洛威的密碼〉中，一名記者必須讓訊息突破敵方防線、躲過審查員——審查員如果發現任何相關資訊就會銷毀訊息。他發送看似亂碼的短句，例如「brute select」。最後，一位名叫維西的年輕記者發現，密碼是「newspaper English」（字面意義為報紙英語）。要解密，只要想想在報紙的陳腔濫調中，特定單字後面總是跟著哪一個字：「brute force」（字面意義為蠻力）、「select few」（字面意義為被選擇的少數），則「brute select」就變成了「force few」——意思就是軍隊規模很小。卡洛威的編輯真是左右為難：一方面，維西幫助報紙搞到話題十足的獨家新聞；但另一方面，他的方法卻讓這份報紙顯得文采欠佳。「我會在一兩天內通知你，」他說，「看是要炒你魷魚，還是給你加薪。」

　　就像研究碎形一樣，只有在電腦發明後，密碼學才可能取得重大突破——嗯，其實順序有點顛倒過來。有人可能會爭辯說，人類之所以發明電腦，部分原因就是為了破解密碼。許多書籍、戲劇、電影都講了二戰期間解密人員破解納粹恩尼格瑪密碼機的故事，其中最著名的也許是羅伯特・哈里斯的小說《攔截密碼戰》（二〇〇一年改編成同名電影）。德國恩尼格瑪機有好幾個轉盤，每天都會按照發給操作人員的密碼手冊換到新位置。即使取得一台機器，如果不知道設定也沒有用。每

天，破解當天密碼的競賽都要再次從零開始，因為設定已經改變。

　　為了讓各位大致了解這項難如登天的挑戰，我來說明一下恩尼格瑪機的二三事。恩尼格瑪機看起來有點像小型打字機，操作人員打入一則訊息後，機器會將訊息加密，然後加密過的訊息會被送給接收人員，再用另一台恩尼格瑪機解密。首先，操作人員按指定順序，在五個可能的「旋轉盤」中插入三個，每個旋轉盤都可能有二十六種不同的位置。旋轉盤的選擇有 5×4×3＝60 種，選擇後有 26×26×26＝17,576 種放置方式。到這裡已經遠遠超出手動可以檢查的程度，但後面還有更糟的 —— 鍵盤和旋轉盤之間還會插入「接線板」，會將十對字母互換。從二十六個字母中選出十對字母的方法多達 150,738,274,937,000，大約 151 兆種，多得驚人。恩尼格瑪機設定方式的總數，就是 60 種旋轉盤選擇的方式、17,576 種旋轉盤放置的方式和 151 兆種接線板設置的乘積，也就是令人難以置信的 158,962,555,218,000,000,000。即使發明一台每秒可以檢查十億種設定的機器，也要五千多年的時間才能檢查完所有可能性。請記住，設定每天都會改。難怪納粹認為它無法可破。

　　數學家艾倫‧圖靈就是在這時候登場的。他提出絕妙的精闢見解，能夠消除接線板的效果，就是那 151 兆個額外的排列組合。他與一整支密碼分析團隊合作，設計了一台名為「炸彈」的機器，可以檢查特定一組旋轉盤的 17,576 種可能性：好幾台炸彈機同時運作，一台嘗試旋轉盤 60 種選擇的其中一種。最後，盟軍能在數小時內破解當天的密碼，而德國人對此

一無所知。據估計，這項突破使戰爭提早兩年結束。圖靈是一位才華橫溢的數學家，但在他對戰爭的驚人貢獻得以公諸於眾之前就不幸去世了。休・懷特摩爾一九八六年的劇作《破解密碼》淒美地刻畫了這個故事。圖靈因同性戀而被起訴，人生的結局十分悲慘，幾乎可以肯定是自殺身亡──他吃了摻有氰化物的蘋果。江湖傳言說（雖然很遺憾可能是杜撰的），蘋果公司的蘋果標誌就是為了向圖靈致敬。

　　電腦出現，密碼學展開全新前景。所有最近開發的加密方法都仰賴數學。許多驚悚片都會有一位天才密碼學家說出類似「天哪，他們用的是一○二四位元金鑰的量子橢圓曲線加密演算法」的台詞。但這種說詞唬人的成分大於數學。尼爾・史蒂芬森的《編碼寶典》，是一本真正以現代數學概念為中心的密碼學著作。我在本書中沒有足夠的篇幅多加解釋，但如果各位想更了解密碼學，而且學的時候還想一邊讀有趣、充滿懸疑、讓人興奮的長篇史詩，並看到如下的表達式：

$$\zeta(s) = \sum_{n=1}^{\infty} \frac{1}{n^s}$$

和

$$\pi = 4\sum_{n=0}^{\infty} \frac{(-1)^n}{2n+1}$$

出現在第一章中，那麼九百頁的《編碼寶典》絕不會讓各位失望。

　　想要有不同體驗的話，我就一定要與各位分享丹・布朗作品的一些妙處。《達文西密碼》讓我讀得欲罷不能，但我的天哪，裡面有很多關於數學的胡說八道。書中有一位「數學

家」說明了黃金比例，也就是希臘字母 ϕ（Phi）：「我們數學家總是說，PHI 比 PI 多了一個 H，所以酷多了。」才怪，我們才沒有這樣說。我在第二章討論費氏數列 1、1、2、3、5、8、13⋯⋯時，有連帶提到黃金比例：費氏數列中，相鄰各項的比率形成的數列會收斂成 ϕ，等於 $\frac{1}{2}(1+\sqrt{5})$。這是一個有趣的數字，但與這個數字相關的荒謬說法可多了，不只是丹·布朗的這個 H。不，李奧納多·達文西的維特魯威人不是以黃金比例為基礎；羅馬建築師維特魯威（「維特魯威」的來源）也沒有對黃金比例和人體提出任何理論。哦，既然都說到這裡了，那就順便講一下，「數學家費波那契在十三世紀創造了這一系列數字」並不是真的。最糟糕的是（做好心理準備）當書中的主人翁、專業的「符號學家」羅柏·蘭登說出 ϕ 等於一點六一八時，全世界數學家的玻璃心都碎了一地。這只是一個近似值；就像 ϕ 更酷的朋友一樣，ϕ 永遠無法全部寫出來，因為數字會無限延續下去 —— 但數之不盡的神祕特性就是它的魅力之一。像蘭登教授這樣列出代表性數字後戛然而止，簡直就是悲劇。事實上，ϕ 的另一個名稱「神的比例」，是由十六世紀的義大利學者盧卡·帕奇歐里命名的，因為它就像神一樣，永遠無法被完全了解。ϕ 不「等於」一點六一八 —— 好吧，我就說到這裡。但《達文西密碼》那一章的開頭應該要有針對數學家的觸發警告。

總之，這部小說以年輕貌美的女密碼學家蘇菲·納佛，和有點年紀的男性學者羅柏·蘭登為主角，敘述他們在十萬火急的情況中，直搗天主教教會的核心、揭開令人震驚的陰

謀。兩人遇到的第一種加密方法是簡單的易位構詞，接著看到的是阿特巴希（Atbash）密碼，一種源自希伯來字母的古老密碼。Atbash 這個名字本身提示了使用的方法：希伯來字母以 Aleph、Bet、Gimel、Daleth（大致為 A、B、G、D）開頭，以 Koof、Reish、Shin、Taw（K、R、Sh、T）結尾。密碼只是把字母順序顛倒過來：Aleph 與 Taw 互換，Bet 與 Shin 互換，依此類推，也就是 A↔T、B↔Sh── Atbash 阿特巴希；英文版本可能要稱之為 Azby 密碼。我不知道各位怎麼想，但假如是我領導某個古老而強大的組織，負責保存關於聖杯的真相，我可能會用更安全的機關。

　　丹・布朗的《數位密碼》是一本完全不同的書，以年輕貌美的女密碼學家 [37] 和有點年紀的男性學者為主角，敘述他們在十萬火急的情況中揭開……等等！好吧，也許有一些相似之處。這一次的密碼學家效力於美國國家安全局（這本書的寫作風格大概像「蘇珊・傅萊契那雙腿上頂著智商一百七十的腦袋── 簡直難以置信」這樣）。她和學者大衛・貝克（不論他的智商多少，他的腿應該都能頂得住）被捲入涉及國家安全局的離奇謎團，試圖阻止「無法破解」的加密方法被公之於眾。書

37　書上寫道：「密碼數學家天生就是神經緊繃的工作狂。」寫是這
　　麼寫，但真的是這樣嗎？儘管小故事不算資料，但幾年前我受邀
　　至皇家霍洛威學院（布朗的另一位密碼學家女主角蘇菲・納佛應
　　該是在這裡受訓的）演講時，遇到了幾位這個領域的數學家。這
　　群人非常可愛，在喝茶、吃餅乾的時候，周身散發出來的都是輕
　　鬆、親切的氣質，一點也不像沉迷工作的樣子。

中用了許多高深的密碼學字眼，但它們與故事完全無關，因為
蘇珊和大衛實際上解開的密碼，至少有兩千多年的歷史。這裡
只說明一個：書中把這個密碼歸功給凱撒，蘇珊說他是「歷
史上編碼的第一人」── 別作聲，放過這一點吧 ── 密碼與
《地心冒險》中用過的直列密碼相同，不過是特殊版本。我之
前說明的例子有 48 個字元，排成一個 6×8 的矩形。這裡的凱
撒變化版還有一個要求：使用的網格必須是正方形，行數與
列數相同。這會讓收到訊息的人更輕鬆，因為不需要反覆試
錯。如果各位收到一則長度為 144 個字元的訊息，只要取 144
的平方根，即 12，將訊息抄到 12×12 的網格中，然後沿直列
從上往下讀，就能獲知訊息。

　　上述操作的結果可能已經讓各位大為吃驚。多數數字沒有
精確的平方根。顯然這不是問題 ── 據蘇珊所言，每則訊息的
字母數量都正好是一個平方數。聽起來有點難以置信。我們可
憐的凱撒，眉頭緊皺、汗水從長袍上滴落，在羅馬的未來危在
旦夕時，嘗試設法 ── 朱比特在上 ── 用字母數量達到完美
平方數的字眼來表達自己。幸好，這件事有個簡單的解決方
法。各位的訊息想要多長都可以，只要在訊息最後填上夠多的
字母，讓字母數量達到下一個平方數就行。例如，要發送 12
個字母的訊息，凱撒可以在末尾添加 4 個字母，這樣總數就是
16（4 的平方），後續步驟照舊。收到訊息時，讀來可能像
vvvxeiiondcxiiio，很快數一下就會知道有 16 個字母，平方根
是 4，所以我們把訊息寫成一個 4×4 的網格：

v	v	v	x
e	i	i	o
n	d	c	x
i	i	i	o

　　然後逐列讀出，就可以知道原始訊息。最後四個字母，除非凱撒出人意料地不拘禮節，否則可以捨棄。

　　本章最後，我想以兩種使用數字的加密技術作結。我前面有說，自從電腦發明後，所有的加密演算法基本上都仰賴數學，我想我最好舉至少一個例子。這種技術叫 RSA，是第二批發明者的姓名縮寫。第一位發明者是一位名叫克利福德·柯克斯的數學家，當時效力於政府通訊總部，等同於英國的NSA。他的工作被列為機密，因此直到多年後大家才知道他的發現。RSA背後的概念十分巧妙 —— 加密方法可以完全公開，加密過的文本可以印在每份報紙的頭版，但仍然無法破解。它的原理是基於對數學的觀察：要將數字相乘非常容易，但要將數字分解為因數 —— 拆解為構成數字的小零件 —— 卻很困難。

　　我的意思是，只要有一張紙，各位就可以很快算出89×97是多少；但如果要各位找出所有能把8,633整除的數字，需要的時間可長了 —— 各位必須不斷嘗試每個數字，直到找到一個能整除的數（我就不讓各位猜了。8,633其實就是89×97的結果，這兩個數都是質數，所以因數只有1、89、97、8,633）。這種相乘對比因數分解在難度上的不對等，正

是 RSA 的基礎。[38] 某數 N 是兩個非常大的質數 p 和 q 的乘積，則即使公開 N，也不至於透露這兩個質數。然後用 N 加密訊息（基本上是將訊息轉換為一個數字，計算這個數字較大的次方，然後除以 N 並傳送餘數）。有一個巧妙的數學技巧可以倒轉這個過程，找到原始密碼，但必須知道 p 和 q 才做得到。因為現在還沒有可以將較大數字快速因數分解的方法，所以即使對手知道 N，也無法確定 p 和 q 是多少。因此只要用的數字夠大，密碼就無法破解。

另一種更古老的加密方法也使用數字，但使用方式完全不同。這種方法叫書籍密碼，福爾摩斯系列的《恐怖谷》中就有一個例子。設定很簡單：如果你想和我互相傳送祕密訊息，我們要事先商定一本雙方都擁有的書。要向你傳送訊息，例如：「cover blown」，我必須在書中某處找到「cover」和「blown」這兩個單字。如果「cover」是第 132 頁、第 12 行的第 6 個字，我就會發送 132 12 6；數字如果是 415 3 15，則代表第 415 頁、第 3 行的第 15 個字。這種加密方式可以有多種變化。例如，各位列出的可以不是頁面上的第幾行，而是第幾個字，但

---

38 好啦，RSA 是李維斯特（Rivest）、薩莫爾（Shamir）、阿德曼（Adleman）名字的縮寫，功勞和名聲都歸他們所有真的不是他們的錯，這是他們努力爭取而來的；克利福德·柯克斯也沒有因此嫉妒他們。正如他所言，「我們進這一行不是為了受到大眾認同。」要更了解 RSA，各位可以參考西蒙·辛格膾炙人口的密碼學歷史 *The Code Book*。書中關於公開金鑰密碼學的章節中，就有上文引述自克利福德·柯克斯的話。

這樣的話要數的東西就會比較多。不知道是哪本書，就破不了密碼。儘管如此，當我倆被懷疑，敵人在走投無路的時候，可能會嘗試我倆都有的所有書籍。在《恐怖谷》中，福爾摩斯面對的挑戰就是必須在不知道是哪本書的情況下，試圖破解密碼。他已經知道頁碼是 532，多少有點幫助，代表這本書至少有 532 頁；密碼還包含欄的編號——有多少書印刷時是以欄排版的？範圍因此縮小到讓福爾摩斯和華生能夠找到書，並破解密碼。在本章最後，我要向各位提出挑戰，請各位破解一道書籍密碼。但是是哪本書？必須是你我都有的。我怎麼可能知道你在這個當下一定有哪一本書？你還在百思不得其解時，本章已經到此為止。密碼如下，祝好運！

227	9	16
10	6	9
150	22	18
89	14	3
177	5	16
211	1	5

第九章

少年Pi的真實人生：
小說中的主題式數學

「我是個相信形式、相信秩序與和諧的人。……我跟你說，我最討厭我綽號的地方就是無法整除的小數點。」這是「Pi」帕帖爾說的，他是楊·馬泰爾榮獲布克獎的小說《少年Pi的奇幻漂流》中的敘述者。這本書描寫一個男孩遭遇船難，與一隻名叫理查·帕克的孟加拉虎在救生艇上漂流兩百二十七天的故事。Pi是赫赫有名的數學常數，代表圓的周長與直徑間的關係。這個迷人的數字，正如Pi帕帖爾所言，永遠沒有盡頭。它是「無理數」，無法寫成分數或有終點的小數。這種「Pi的無理性質」，也以文字遊戲的形式成為小說中的關鍵主題——我們永遠無法確定他的奇幻經歷中，有多少是真的、多少是假的。

本章將讓各位看看，基本的數學概念可以如何使用，來闡明或強化敘事主題。第八章中，各位已經看到文學如何回應大

眾數學中的熱潮或流行。現在，我們要看看作家如何與經典的
數學主題共舞：這類數字的性質、無限的概念，甚至數學思維
的本質。

在楊‧馬泰爾的小說中，Pi 帕帖爾講述了他早年在印度
朋迪榭里的生活。他告訴我們，他的名字來自一個游泳池 ——
巴黎的泳池墨利多（Piscine Molitor，Piscine 意為泳池，發音
近似「ㄆㄧ ㄒㄧㄣ」）—— 因為一位很親近的家族朋友，也是游泳
健將，常常談到年輕時造訪那個游泳池的情形。不幸的是，
「皮辛‧帕帖爾」聽起來太像「屁腥‧帕帖爾」了。在被嘲笑
多年後，他決定，必須在新學校的開學日採取激烈手段。輪到
他自我介紹時：

> 我從課桌後站起來，匆匆走到黑板前。老師都還來不
> 及開口，我就已經拿起一隻粉筆，一面寫一面說：
>
> > 我的名字是
> > 皮辛‧墨利多‧帕帖爾，
> > 大家都叫我
> > —— 我在名字的前兩個字母下加了雙底線 ——
> > 為了說明清楚，我還寫了
> > $\pi = 3.14$
>
> 然後我畫了一個大圓，以直徑把圓一分為二，喚起大
> 家對基礎幾何學的記憶。

　　這招奏效。從那天起，他就是 Pi。正如他所說：「那個希臘字母，長得像有鐵皮浪板屋頂的棚屋，科學家試圖從這個無理數中理解宇宙；我在這個難以捉摸的數字中，找到了避難所。」[39]

　　當 Pi 和理查・帕克後來在無盡的藍色汪洋上漂流時，π 看似隨機的數列，呼應了大海中奇特、難以預測的洋流。但 π 的數字不是隨機的。有一些計算方法能讓我們盡可能地深入研究這片奇異的數字海洋，想要多到數十億位數字都可以。對我而言，π 真正的奧祕，是它如何在數學中最意想不到的地方現身。我們都知道 π 與圓有關，對吧？絕對與正方形八竿子打不著。但是有某個包含平方數 1、4、9、16、25 等數的數列，與 π 搭上關係的方式最為奇特。如果嘗試計算 $\frac{1}{1} + \frac{1}{4} + \frac{1}{9} + \frac{1}{16} + \frac{1}{25} + \cdots$ 的總和，最後那些點點點代表「一直算下去」，數字似乎會愈來愈接近特定的值，約為 1.64。這件事首度被人發現是在大概

---

[39]《少年 Pi 的奇幻漂流》絕不是唯一一提到這個迷人數字的文學作品。為了讓各位再博學多聞一點，請參考安伯托・艾可《傅科擺》（我聽說這部小說被形容為「思考者的《達文西密碼》」）開頭的這個段落：「我在那時候看見了傅科擺。……不只是我，每一個人都能在那吸吐和緩的美妙中意會到，其週期取決於繩長平方根和 π 之間的關係。π 這個數字，對塵世子民而言無理性可言，卻循神之理讓所有圓的周長與直徑不得不連結在一起。球體從一端擺盪到另一端所需的時間，由最永恆的機制間神祕的共謀決定：懸吊點的獨特性、平面維度的雙重性、π 的三元本質、根神祕的二次方性質，以及圓本身無從計數的完美。」丹・布朗的作品裡可沒有「這些」。

一六五〇年，然後數學家又花了八十多年的時間想要找出這個數字的確切含義。我們在第二章中遇到的大數學家歐拉，在一七三四年設法證明 $\frac{1}{1} + \frac{1}{4} + \frac{1}{9} + \frac{1}{16} + \frac{1}{25} + \cdots = \frac{\pi^2}{6}$，太神奇了。儘管我已經看過證據，但仍覺得難以置信。π 也出現在許多其他地方，例如涉及統計學中著名的「鐘形曲線」方程式，甚至與河流的蜿蜒形態也有關。我們已經發現，如果將一條河流的長度（包括所有彎彎曲曲的地方）除以從源頭到河口的直線距離，答案會近似於 π。

許多數學家，從阿基米德、牛頓到查爾斯‧道奇森（更廣為人知的名字是路易斯‧卡洛爾），都曾想出計算 π 近似值的方法；但因為它的位數永無止盡，所以我們永遠無法得知這個數字到底是多少。這是 Pi 帕帖爾覺得沮喪的原因；他希望事物有清晰明確的結局。「道別做得如此拙劣，叫人情何以堪。」他說，「……只要可能，就該給每一件事情一個合理的樣子。比方說——我很好奇——你是否能把我這亂七八糟的故事用一百章寫完，不多也不少？」當然，人生可不是條理分明的。我們所有人的故事都有千絲萬縷的連結。沒有乾淨俐落的結局，只有便利的斷點。對 Pi 而言，與理查‧帕克一起在海上度過了幾個月之後，得知《少年 Pi 的奇幻漂流》實際上恰好一百章，可能會感到些許安慰。

這本書不只是篇幅令人愉悅。Pi 在海上的時間正好是 227 天。乍看之下，這似乎不是什麼特別重要的事情，但我認為其實相當重要。首先，如果不重要，馬泰爾為什麼要讓讀者知道確切的數字？其次，在某次採訪中，他回答為什麼選擇老虎

作為 Pi 的伙伴時說，他一開始考慮的是犀牛，「但犀牛是草食性動物，〔我〕不知道在太平洋中，要怎樣讓草食性動物活 227 天。所以最後我決定用老虎——現在看來是理所當然的選擇。」這段話強烈暗示他很早就決定了 227。當我發現原因時，非常興奮：分數 $\frac{22}{7}$ 非常接近 π。這絕非巧合。與 π 不同的是，它是一個有理數，可以寫成簡單、直接的分數。我們知道它確切是多少，可以給它 Pi 所嚮往的、具有意義的樣子。馬泰爾曾說過，他選擇 Pi 這個名字，是因為它是無理數，但「科學家使用這個無理數，以『合乎理性』的方式建構對宇宙的理解。對我來說，宗教就有點像這樣，『不合乎理性』，但有了宗教，我們就能〔對〕宇宙有完整的理解。」馬泰爾的巧妙手法，藉由 227 天的旅程讓人想到 $\frac{22}{7}$，似乎使不可能成為可能：讓 Pi 變得合乎理性。

•   •   •

π 這個數字有許多看似矛盾的性質。它是無理數，但它的定義本身卻涉及比率——圓的直徑與周長的比值。它是有限的，但它的位數卻永無止境直到無限。矛盾和無限（確切說是無限本身的矛盾）是阿根廷作家波赫士作品中反覆出現的主題。他的故事《巴別塔圖書館》就是以數學的矛盾修辭為鋪陳——東西數量有限，卻必須填滿一個不斷向四面八方延伸的空間。故事由以圖書館——就是宇宙——為家的敘述者從第一人稱描述，這位「圖書館員」一生都在圖書館六角形的房間裡遊蕩。圖書館中所有的房間都布置得一模一樣，他在其中閱讀書

籍，試圖理解宇宙的意義（我喜歡波赫士的作品，既有趣又深刻、文筆優美。如果各位還沒讀過波赫士，請立刻去找一本他的短篇故事集）。

這個故事讓人特別有共鳴，因為波赫士本人就是圖書館員——其實，他是阿根廷國家公共圖書館的館長。他在書堆中長大，他的父親有龐大的西班牙文和英文藏書。波赫士曾說過：「如果有人問我哪件事情在我生命中意義重大，我應該會說是我父親的藏書室。」對這樣愛書成癖的人而言，三十多歲時視力開始衰退，肯定是令人絕望的損失；到五十多歲時，他已經完全失明了。知道這件事情，使《巴別塔圖書館》（出版於一九四一年、波赫士四十出頭的時候）中的這句話特別淒美：「我像圖書館裡的所有人一樣，年輕時也曾浪跡四方，在旅途中尋找一本書，也許是目錄中的一本目錄。如今，我已視力衰退，幾乎連自己寫的字跡都看不清了；我準備在離我出生的六角形不遠處等待死亡。」**40**

圖書館員說，這座圖書館是個了不起的地方，收藏了所有可能的書：已經寫出來的、現在正在被寫出來的、有一天會寫出來的、永遠不會被寫出來的、已經起頭了又放棄的、被禁止的、被讚譽的、從未想像過的每一本書，都存在這座圖書館中。圖書館裡每一冊書的大小、形狀、長度都相同（正好四百

---

40 引用的文字來自詹姆斯·E·厄比翻譯的波赫士著作 *Labyrinths*, Penguin Classics edition (2000)。中文引用自王永年、林一安等翻譯的《波赫士的魔幻圖書館》（初版：台灣商務，2016）。

一十頁）。這聽起來已經很奇怪了，但也沒關係，因為比如說，《戰爭與和平》可以拆成好幾冊；而《大亨小傳》可以占一冊的一部分，其餘頁面都留空白。

眾位圖書館員一生都在圖書館裡遊蕩，尋求知識。因為圖書館中收藏了所有書籍，所以書架上某個地方難免會有一本書解釋圖書館成立的來龍去脈與結構；有一本書告訴你你的餘生中會發生的所有事情；有一本書列出地球上每張彩票的中獎號碼；甚至還有一本《從前從前有個質數……》的複本。但是，鑑於所有可能的書都在圖書館裡，因此還有數百萬本接近成書的複本。如果各位拿在手中的書有任何糟糕的拼字錯誤或數學上的偏誤，顯然各位不小心拿到的就是這種差一點點的版本。正如波赫士的敘述者所言，「只要一本書可能成書，就足以存在，只有不可能的才會被排除。例如，沒有書可以成為梯子，雖然——毫無疑問——會有一些書討論、否定、證實這種可能性，還會有一些書的結構呼應梯子的結構。」

什麼樣的建築能容納如此浩瀚書海？波赫士的故事是這樣開頭的：

> 宇宙（有人稱之為圖書館）是由許多六角形的迴廊組成。迴廊的數目不明確，也許是無限的，中央是巨大的通風井，四周圍繞著低矮的欄杆。從任何一個六角形看出去，都可以看到上、下樓層是沒有盡頭的。迴廊的格局一成不變：除了其中兩邊，六角形迴廊的四邊各排了五座長形書架，共有二十個書架。……六角

形中沒有安放書架的一側，有一狹窄的門廳，通往另一個迴廊，而所有的迴廊都相似。門廳左右有兩個小隔間，〔是為了睡覺和解決其他生理需求〕。在這個空間裡，邊緣的螺旋階梯上窮碧落、下通無底深淵。

因此，圖書館的每個房間設計都相同，且向四面八方無限延伸。這樣會有問題，因為儘管可能的書籍數量多得幾乎難以想像，但 —— 希望我能盡快說服各位 —— 仍然是有限的（波赫士的故事中有許多和數學有關的事情，多到讓數學家威廉・布洛赫寫了一整本書加以探討。但我只想著重說明這個主要的矛盾）。

圖書館員說，整座圖書館具有如同上述般永無止盡的結構，同時，每本可能的書在圖書館中都只恰好收藏一本，沒有多餘的複本，是正確的嗎？我們再研究一下這個概念。波赫士有多給一點線索，包括每個房間裡有什麼，以及每本書的形狀和大小。圖書館員說，每個六角形房間中，有 4 面牆上有書架 —— 畢竟必須留出空間出入。4 面牆各有 5 個書架，每個書架可以容納 32 本書（讀英譯本的讀者請注意：至少有一個翻譯版本是 35，不是 32；但我真的確認過西班牙文版本，西文版是 32，所以我就沿用了）。稍稍心算後，我們發現圖書館的每個房間正好有 4×5×32＝640 本書。

接下來這題比較難：圖書館裡有多少本書？我們需要從故事中找更多資訊。圖書館員說，所有書籍的格式都相同 —— 都是 410 頁，每頁 40 行，每行 80 個字元；字元共 25 個，由

22 個字母加上逗號、句號、空格組成。波赫士並沒有告訴我們究竟是哪種字母，顯然不是有 26 個字母的英文字母，也不是包含英文的所有字母外加 ñ 的西班牙文字母。古典拉丁文有 21 至 23 個字母——看你問誰——所以波赫士設想的可能是拉丁文。無論如何，410 頁、每頁 40 行、每行 80 個字元，一共是 $80 \times 40 \times 410 = 1,312,000$ 個字元。我不知道各位的情形，但我算這個絕對需要計算機。故事中，圖書館員說書脊上也有字。我們不知道有幾個字，但由於書脊上的字通常是豎著寫的，鑑於書頁有 40 行，可以合理假設書脊上有 40 個字元的空間。每個字元有 25 種選擇，有點像先前為了打油詩和十四行詩做的計算。但提醒各位，想像這本書只用了 a、b、c 三個字母，並想像每本書只有兩個字母長。第一個字母有三個選擇，a、b 或 c。增加第二個字母時，第一個字母不論是 a、b 或 c，後面可以接續的字母同樣有三個選擇，也就是有 $3 \times 3 = 9$ 種可能，如下：

aa　ba　ca　　ab　bb　cb　　ac　bc　cc

如果再增加另一個字母，則前兩個字母的 3^2 種可能，每種可能在增加第三個字母時都有三個選項。所以總數是 $3^3 = 27$，如下：

aaa　baa　caa　　aba　bba　cba　　aca　bca　cca

aab　bab　cab　　abb　bbb　cbb　　acb　bcb　ccb

aac　bac　cac　　abc　bbc　cbc　　acc　bcc　ccc

　　如果這些只用 3 個字母寫成的書，內文總共有 7 個字母，那麼就可能有 $3^7=3\times3\times3\times3\times3\times3\times3$ 本書。我以為這些數字是我隨便選的，但我意識到 3 和 7 是西方思想中最根深蒂固的兩個模式數字——沒人可以免俗吧，我想。如果一本只用 3 個字母寫成的書有 n 個字母，那就會有 3^n 本書。套用完全相同的論證，可以求得符合巴別塔圖書館格式的書——每個字母有 25 種可能性（別忘了還有空格、逗號、句號），每本書有 n 個字母——數量是 25^n。由於每本書包含 1,312,000 個字元，因此一本書的內容有 $25^{1,312,000}$ 種不同的可能性，多得令人咋舌。別忘了還有書脊。剛剛假設書脊上有 40 個字元，表示要再加 40 字元，意思就是巴別塔圖書館中有 $25^{1,312,040}$ 本書。

　　到這種程度，計算機是算不出來的，其實甚至連電腦也無用武之地，因為 $25^{1,312,040}$ 是一個大得離譜的數字；最接近的 10 的次方是 $10^{1,839,153}$，就是 1 後面跟著 1,839,153 個零。如果各位能每秒寫下可觀的五個零，寫出這麼多零會需要一百零二小時。更重要的是，這個數字明確地證明了巴別塔圖書館不可能屬於我們的宇宙。科學家估計我們的宇宙中，「只有」10^{80} 個原子，因此除非各位能想出辦法，將多得數不清的數十億本書放入每個原子中，否則這座圖書館的宇宙一定與我們自己的宇宙不同，而且要大得多。

　　無論我們假設這是怎樣的宇宙，都有一個問題。書有 $25^{1,312,040}$ 本，放在一系列相同的房間中，每個房間恰好有 640 本書。要知道圖書館中有多少個房間，只需要用 $25^{1,312,040}$ 除以 640。但是 $25^{1,312,040}$ 是一大堆 25 的乘積，且 25 是奇數。如果

將一堆奇數相乘，最後的結果仍然會是奇數。我們現在想算的是一個大到難以想像的數字，但它仍然會是奇數。奇數除以 2 的答案不會是整數，這或多或少算是奇數的定義。因此，不必實際計算就可以確定 $25^{1,312,040} \div 640$ 不是整數——但意思就是圖書館的房間數量不是整數！

布洛赫在他的書中建議，要解決這個問題，有一種可能的方法是調整故事中的數字。他說明，如果讓每個書架有四十九本書而不是三十二本書，並且將可用的字元選擇改為二十八，則房間的數量就會是整數。但我更偏好盡可能遵循故事中制訂的規則，否則有什麼意義呢？我們確實有些許模糊地帶可以利用，就是書脊上的字；我們決定讓每本書的書脊上有 40 個字元（可以包含空格）。改變字元數量其實不能解決問題，因為無論字元數量有多少，最後的結果仍然還是許多 25 相乘的乘積，仍然是一個奇數。但是，我有兩個建議，希望沒有冒犯巴別塔宇宙。第一，因為書名通常沒有句號，所以可以假設書脊能用的不是 25 個字元，而是 24 個字元，表示書脊有 24^{40} 種可能，且我們已經知道書的內容可能有 $25^{1,312,000}$ 種。因此，圖書館中的書籍總數為 $25^{1,312,000} \times 24^{40}$，至少這是一個偶數，而且實際上可以被 640 整除。請記住，像 24^{40} 這樣的表達式代表的是一連串 40 個 24 相乘的結果，可以按照自己喜歡的任何方式分解——例如，一連串 7 個 24，然後是 33 個 24，全部相乘，也就是 $24^{40} = 24^7 \times 24^{33}$。請各位稍等我計算一下：

$$25^{1,312,000} \times 24^{40} = 25 \times 25^{1,311,999} \times 24^7 \times 24^{33}$$
$$= (25 \times 24^7) \times (25^{1,311,999} \times 24^{33})$$
$$= 114,661,785,600 \times (25^{1,311,999} \times 24^{33})$$
$$= 179,159,040 \times 640 \times (25^{1,311,999} \times 24^{33})$$

啊哈！這個巨大的數字是 640 的倍數，意思就是圖書館可以容納的六角形房間數量正好是一個整數，即 $179,159,040 \times 25^{1,311,999} \times 24^{33}$。

另一個建議是基於故事本身的某樣東西。當圖書館員在解釋圖書館的規則時說：「在眾多的六角形中，我管理的最好的一本書是《梳理的雷霆》，另一本是《石膏的痙攣》，以及 Axaxaxas mlö。」順帶一提，最後一本書是個波赫士書迷才會懂的笑話，引用自波赫士的另一個故事〈特隆、烏克巴爾、奧比斯·特提烏斯〉。「Axaxaxas mlö」一詞，在特隆這個星球的語言中，意思近似「月亮玫瑰」。特隆星可能是真的，也可能不是真的，它存在的唯一證據是某些書籍的某些複本中找到的片段資訊。鑑於巴別塔圖書館藏有所有可能的書籍，所以波赫士的全部著作，還有特隆星——不論存在與否——的所有文獻，肯定也包括在內。無論如何，因為其中一本書的書脊包含重音字母 ö，那麼書脊字母的選擇可能大於 25。如果只允許多一個字母，則書脊的字母就有 26 個選擇，獲得用 26^{40} 計算書籍數量時的因數，結果再次得到可以被 640 整除的總數。無論是哪種方式，我認為我們能盡量忠於故事精神，且最後得到的六角形房間數量仍然為整數。

　　在確定圖書館中有數量龐大但仍有上限的房間之後，大哉問來了：這件事如何與圖書館應該持續向四面八方延伸的設定並存？數學是否能幫助我們找到一種可能的結構，符合文中所述的所有性質？例如，每個六角形的中心，通風井永遠都是往上或往下垂直穿過。各個六角形之間的走廊上，也有往上、往下的螺旋樓梯。我們由此知道，六角形和樓梯的配置在每一個水平樓層一定完全相同。

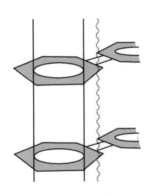

　　我們還知道，六角形中恰好有兩堵牆上沒有書架。這兩堵牆中的一堵或兩堵，通向走廊，與在同一水平樓層的另一個六角形相連（還連接到一座螺旋樓梯）。所有的六角形都是相同的，所以要麼每個六角形中只有一堵牆通向走廊，要麼兩堵牆都通向走廊。第一種情形是行不通的，因為可能會在某一層樓使成對的六角形被孤立。假設六角形 A 連接到六角形 B，則 B 已經有從 A 延伸過來的走廊，因此無法再連接到任何其他六角形。但故事也提到在館內如何移動，比如「向右走好幾公里」和「向上九十層樓」，因此一層樓不可能只有兩個六角

形，所以每個六角形最好有兩條走廊延伸出來。可能的設計之一如下圖所示，走廊通向對面的牆壁，然後每個水平樓層都是成排的六角形。

　　但也許走廊連接的是相鄰的牆，或者走廊之間只有一堵書櫃牆，而不是兩堵。如果是這樣的話，每一層樓的平面圖都有更多的可能性，我鼓勵各位盡量探索。不過，我們先暫時假設每個水平樓層都是成排相連的六角形，上層、下層的格局都相同——我想像這是由六角形串成的某種巨大長方形鏈甲。

　　聽起來很棒，但人在其中應該能夠持續不斷、上下左右移動，永無盡頭。有一種形狀雖然有限，卻沒有起點也沒有終點，我們戴上結婚戒指時就是用它來象徵永恆的愛情——圓圈。繞著圓圈，可以一直走下去，任何一點感覺起來都一樣。這是在有限空間中可以容納的一維「無限線條」。增加一個維度的話，我們可以走遍球體（比如我們自己的星球）的表面，而不會到達球體的盡頭或從邊緣掉下來。一個大到可以裝下巴別塔圖書館所有書籍的球體，肯定不是一生就可以環繞一周的東西，所以即使它其實是有限的，卻能讓人感覺是無限。

　　但我們長方形的房間網格不大可能是安置在三維球體表面上的。如果各位試著用一張矩形的紙把一顆球包起來，就會發現問題所在——有些部分不可避免地會（技術術語）擠成一

坨。繪製地圖是一門挑戰性十足的技術，原因就在這裡：你無法在不失真的情況下把球體的地球畫成平面的地圖。應對挑戰的方法之一是增加一個維度——圖書館宇宙可以存在於某個四維球體的三維表面上！從數學的角度而言，這行得通，但我更喜歡另一種可能性。各種可能成為巴別塔圖書館形狀的候選方案中，我最喜歡的——雖然暗示某人小時候虛擲青春——是可以稱為「太空侵略者」的解決方案。遙想當年，當早期電腦的還只有金魚般健忘的記憶體容量時，有很多需要快速反應的外星人遊戲：玩家在太空中移動、射擊敵方飛船。而且——應該是為了節省記憶體——如果玩家的飛船超出螢幕右邊的邊緣，它會在螢幕左邊邊緣相對應的位置重新出現，就好像是空間中的同一個位置一樣。或者，如果各位的太空船是從左飛到右，可能就會發現，從螢幕底部飛出去，會讓自己從螢幕頂端重新出現。

　　數學家在稱為拓樸學的數學領域中，一直在做這種事情。例如，規定螢幕底部邊界的點，與頂部邊界是完全相同的一組點，並讓兩條邊界彼此識別。只要以一點變形作為代價——將平面變成一個略微彎曲的表面——我們就可以在三維世界中實現同樣的效果。只要將矩形彎曲成圓弧，並將兩個邊緣黏起來，就會形成一個圓柱體。

黏合頂部和底部

　　嘗試把這種做法套用到剛剛的六角形房間網格上，效果很好：垂直的樓層會形成巨大的圓圈，我們也可以在各樓層之間上下移動，永遠不會走到盡頭，也不會發現自己整個人倒轉過來——畢竟，從你的角度來看，在世界另一端的人並不是頭下腳上的。但是水平的樓層呢？它們在圓柱體的最左側和最右側仍然有一道邊界，即「最後一個六角形」。數學家不喜歡浪費任何好點子——我們只要對水平樓層使用完全相同的技巧，也就是「飛船飛出螢幕右邊時，又會再次從螢幕左邊進入」的原則，用數學方法將圓柱體的兩端「黏起來」。由此產生的物體，在數學世界稱為「環面」，各位可以把它想像成是現實世界裡的甜甜圈（不過不是英式甜甜圈；英式甜甜圈裡塞滿了果醬，會把書弄得黏糊糊的）。

 黏合頂部和底部

　　我想在本章中討論的最後一位作者，肯定會喜歡甜甜圈形狀的宇宙裡裝滿所有可能書籍的點子。那麼，讓我們告別遊蕩的圖書館員，去拜訪仙境吧。

・　・　・

　　由數學家執筆的小說作品中，最有名的無疑是路易斯・卡洛爾的《愛麗絲夢遊仙境》及續集《愛麗絲鏡中奇遇》。書中有趣的數學和出其不意的邏輯，強化了愛麗絲想像世界的超現實、如

夢境般的感覺。對我而言，儘管他的作品中有很多極其明顯的數學典故，但能讓讀者看出他的思維方式完全從數學出發的，是他整個講故事的手法。各位可能已經知道，路易斯‧卡洛爾是查爾斯‧路特維奇‧道奇森牧師的筆名，是一位十九世紀下半葉在牛津大學基督城學院生活、工作的數學家兼牧師。查爾斯‧路特維奇（Charles Lutwidge）寫成拉丁文是 Carolus Ludovicus，很自然地進一步簡化成路易斯‧卡洛爾 Lewis Carroll。

他所有的小說、詩歌，都帶有歸謬法意味，其實在數學世界和小朋友玩的「假扮遊戲」中都很常見。例如，如果假設各位可以隨意（或藉由吃蛋糕、喝藥水）變大、變小，則在自己的眼淚匯集而成的湖中游泳就是可能的，就像愛麗絲從兔子洞掉下去之後不久，就發生了這種事情。讀者會觀察遊戲的內部邏輯，跟數學家一樣──我們同意接受數學遊樂場的基本規則，然後據此進一步探索。

在數學上，將假設逼至邏輯極限，希望假設站不住腳，是一種常見的證明技巧，原理是認定與自己所想相反的才是正確的──已經有點《鏡中奇遇》鏡中世界的意味了。先前第一章就是用這種方法證明質數的數量無限：我們想證明的假設是「質數數量是無限的」，所以先認定我們能把所有的質數列在一張有限清單中，然後嘗試推導出一個不在清單上的質數──這件事應該不可能發生。我們稱這種原則為「反證法」，數學上的歸謬法就是這樣操作的。愛麗絲遇到假海龜，以及某些傻氣十足的雙關語，都凸顯出愛麗絲在這個過程中試圖以反證法導出合乎邏輯的結論。假海龜描述牠在學生時代學了「各式各

樣的四則運算——划算、打算、勝算、裝蒜。」

「你每天上多少小時的課？」愛麗絲說。

「第一天十小時，」假海龜說，「第二天九小時，依此類推。」

「好奇怪的課表！」愛麗絲驚呼道。

「所以才叫上課（lesson）啊，」獅鷲說：「因為一天比一天少（lessen）。」

這對愛麗絲來說是一個全新的想法。她好好思索了一會兒，才接著往下說：「那第十一天一定是假日吧？」

「當然。」假海龜說。

「那第十二天怎麼辦？」愛麗絲急切地接著問。

「上課的事就講到這裡。」獅鷲以非常堅決的語氣插話。

難怪，因為照這份課表，第十一天之後每天要學習的時數會小於零。

路易斯・卡洛爾的小說中也有很多荒謬的算術。在他的詩〈獵鯊記〉（副標題為「八段內的痛苦經歷」）中，十位名字都以「B」開頭的船員踏上追捕蛇鯊的旅程，但最後以失敗告終，因為事實證明，原來蛇鯊就是怪物 boojum。船員海狸（Beaver）有一度努力想搞清楚如何將二加一得到三，船員屠夫（Butcher）主動伸出援手，用「非常俚俗的方式解釋，讓海狸一聽就懂」：

　　　　　拿三當成推理的主題

　　　　這個數字說明起來很方便

　　　　　加七，加十，然後乘上

　　　　　　　一千減八。

　　　　　如你所見，繼續除以

　　　　　　　九百九十二

　　　　　再減去十七，答案一定

　　　　　　　完全正確。

　　乍看之下，用專業術語來形容，這就叫胡說八道。但事實上，這是個巧妙的數學小把戲、一系列精確的邏輯步驟，無可避免地（也荒謬地）推導出正確答案。屠夫試圖證明那個狡猾的總和就是 3。所以他從 3 開始，然後做了一堆計算；如果各位仔細看計算過程，會發現其實最後又會被導回 3。但更棒的呢，是無論從什麼數字開始，這招都有效。如果我從我最喜歡的數字 4 開始，最後我得到的仍然會是 4。各位請看：把 7 和 10 加上去，也就是 4+17=21，然後乘以 1000−8，就是 992，然後除以 992。到這裡，我們算了 $(4+17) \times \frac{992}{992}$，其實就只是 4+17。最後一句要我們減去 17，也就回到最初的 4。無論從哪裡開始，答案一定都是完全正確無誤的。

　　路易斯・卡洛爾似乎對四十二這個特定數字有一點著迷，作品中到處都可以看到四十二。在《愛麗絲夢遊仙境》（恰好有四十二張插圖）中，紅心國王因為迅速變大的愛麗絲打斷法庭程序而大發雷霆，從筆記本上讀出「第四十二條規則：身高

超過一點六公里者，須離開法庭。」愛麗絲跟著白兔進入兔子洞後，摔進一口很深的井裡，然後開始不斷地往下掉；她思考著她是否會就此穿過地心──墜落並穿越連接地表任意兩點之間的通道所需時間是常數，這是個有趣的數學事實（身為純數學家，我忽略了摩擦力和空氣阻力等平淡無奇的東西）。猜猜愛麗絲穿越地心、掉到地球另一邊需要多長的時間？各位已經猜到了：四十二分鐘。

《鏡中奇遇》中還藏著其他可能的四十二。《愛麗絲夢遊仙境》中到處都是紙牌，《鏡中奇遇》則是以國際象棋為主題，整本書的結構就是棋局：白棋對紅棋，而愛麗絲在攤開在田野上的棋盤中跑來跑去。她在冒險旅程中遇到了幾枚棋子，路易斯‧卡洛爾說，旅程可以像真正的國際象棋一樣，愛麗絲一開始是兵，到達棋盤另一邊的底端就可以變成皇后。在某次對話中，愛麗絲告訴白棋皇后她正好七歲半，或說七歲零六個月；七乘以六當然是四十二。皇后的年齡要大得多：一百零一歲又五個月又一天。這樣有多少天？答案一小部分取決於這期間遇到幾次閏年，但最大可能總數是三萬七千零四十四。這是隨機選擇的數字嗎？也許。但是來自同一套棋子的紅棋皇后和白棋皇后，理論上應該同年，所以她們年齡加起來是七萬四千零八十八天。那又怎樣？嗯，這個數字正好是 $42 \times 42 \times 42$；我很難相信這是巧合。

為什麼路易斯‧卡洛爾如此執著於四十二，我尚未讀到令人信服的解釋。儘管他對邏輯充滿熱情，我懷疑他只是偏愛這個數字。但有一派學說認為四十二可能有某種宗教的解釋。例

如，在《獵鯊記》的序言中，我們聽到船員的規則如何讓他們陷入邏輯僵局：

守則第四十二條：「任何人不得與掌舵者交談，」下面由行李員（Bellman）本人接話完成：「且掌舵者不得與任何人交談」。因此，在船經常往後航行這種令人困惑的時刻，是不可能提出抗議的。

有些人認為四十二這個數字指的是一份重要的宗教文件，即湯馬斯・克藍麥的《四十二條信經》，訂定英國聖公會重要的教條。路易斯・卡洛爾是英國國教牧師，所以他肯定熟悉這份文件。順帶一提，信經的第四十二條說「不是所有人最終都將得救」。各位想怎麼詮釋都可以。

四十二在過去四十二年（或大約這個時間；電視劇在一九八一年問世）間，因為在道格拉斯・亞當斯的《銀河便車指南》中占有一席之地，而變得廣為人知。他可能受到路易斯・卡洛爾的啟發——畢竟，電視劇和書籍賴以為本的原始廣播系列故事，名字是第一段、第二段，一直往下，就像《獵鯊記》各部分的名稱。在《銀河便車指南》中，某個更高層次生命的外星文明，創造了一台名為「深度思考」的巨大電腦，需要七百五十萬年（愛麗絲年紀的一百萬倍？）來確定對生命、宇宙和一切的答案。漫長的歲月過去後，「深度思考」揭示最終答案是四十二。之後的情況就像某種存在主義版本的《危險邊緣》益智節目，問題變成了要回答「問題是什麼？」

　　我們來解最後一個算術之謎，結合了數字和卡洛爾最喜歡的消遣：建立一條數學事件鏈，導向合乎邏輯的兔子洞。愛麗絲抵達仙境後，開始懷疑自己的理智，因為一切都讓人極其摸不著頭腦。她決定看看她是否仍然知道乘法表等可靠的東西。「我看看：四乘五是十二，四乘六是十三，四乘七是——天哪！照這個速度，我永遠也數不到二十！」可憐的愛麗絲——但她永遠數不到二十是什麼意思？普通的詮釋是，傳統上學乘法表通常只學到十二，按照她的邏輯，如果 $4 \times 5 = 12$、$4 \times 6 = 13$，那下面就會是 $4 \times 7 = 14$、$4 \times 8 = 15$、$4 \times 9 = 16$、$4 \times 10 = 17$、$4 \times 11 = 18$、$4 \times 12 = 19$。因為停在十二，所以不會算到 $4 \times 13 = 20$。但在數學上還有一個更有趣的詮釋，就是嘗試找到一種四乘以五真的等於十二的情況。如果各位記得算時間的時候，六加八會等於二，那四乘以五等於十二其實沒有聽起來那麼荒謬。我指的是如果拿六點鐘加上八小時，結果不是十四點鐘（除非各位是軍人，必須使用二十四小時制的時間），而是兩點鐘。所以在某些情況中，說 $6 + 8 = 2$ 是合乎情理的。

　　還有另一種方法，能在加總時獲得令人驚奇的答案，就是以出人意料的進位制作為計算基礎。在一般的十進位制中，我們用十的次方（個位、十位數、百位數、千位數等）來寫數字，所以十進位制中的 1101 代表一個千、一個百再加一。但是在二進位制或「以二為基礎」的算術中，我們以二的次方（個位、二位數、四位數、八位數等）做計算。這樣的話，1101 代表八加四加一；也就是說，1101 是十三。寫出來的總和可能看起來很瘋狂，但是是正確的：$1 + 1 = 10$，或

10＋1＋1＝100。電腦軟體工程師偶爾會使用以十六為基礎的系統（十六進位制）。以 14 為例，在十六進位制中，14 代表一個 16 加上 4 個個位，也就是二十。所以在十六進位制中，寫 4×5＝14 是正確的。如果調換一下遊戲規則，各位能找出在哪一種進位制中，4×5＝12 是正確的嗎？答案是十八進位制，因為在十八進位制中，「12」代表一個 18 加 2，確實等於二十。4×6＝13 呢？這個算式需要以 21 為基礎，因為 4×6 是二十四，而以 21 為基礎的「13」，代表一個 21 再加上 3，就是我們要找的 24。如果基礎每次都加 3，這個模式就能很順利地延續下去，得到：

$$4 \times 7 = 14（以 24 為基礎）$$
$$4 \times 8 = 15（以 27 為基礎）$$
$$4 \times 9 = 16（以 30 為基礎）$$

這種模式一直持續到四乘以十二，以 39 為基礎的話，確實等於 19（一個 39 加上 9）。但乏比哦的日子啊，喝攸！喝喂！這樣下去，永遠算不到 20。四乘以十三是五十二，按照這個模式發展，下一個基礎應該是 42（又出現了）。但是在 42 進位制中，「20」代表兩個 42，也就是 84；所以我們真的永遠算不到 20。我特別喜歡這個模式的地方，不僅因為它在 42 進位制時中斷，而且當總和達到 52 時也會中斷——52 是一副撲克牌中紙牌的數量。作者以這種方式巧妙地暗示紙牌是之後的故事中會出現的角色，例如紅心皇后。

　　我舉的所有例子，其實只是讓各位略窺貫串路易斯‧卡洛爾所有著作（包括數學和非數學）的共同主題：試圖理解邏輯的力量與可能性。除了兒童讀物，他還發明了許多為兒童設計的遊戲和字謎，旨在傳授邏輯推理法則，從最基本的三段論開始（所有人都會死；蘇格拉底是人；因此蘇格拉底會死），然後是演繹推論，把十二個甚至更多句子串在一起。

　　對我而言，卡洛爾的小說，包括愛麗絲的故事，只是他畢生探索設定場景、遵循邏輯可以達到什麼境界的一環。愛麗絲的故事中對單字及含義的討論，明白地彰顯出這些潛藏的數學主題。對數學家而言，蛋頭先生的話頗能引起共鳴：「我用一個字眼時，我要它是什麼意思，它就是什麼意思──不多也不少。」在數學的世界中，我們對自己使用的字詞是什麼意思，必須一清二楚，而不是賦予字詞各種不曾言明的性質。這不是在吹毛求疵──任何含糊不清的地方都有可能讓我們陷入邏輯困境，甚至可能意味著我們的推論是錯誤的。新概念取什麼名字不重要，重要的是必須仔細地給予正確的定義。先前提過，如果對質數的定義允許 1 是質數，則各式各樣的事情都會出錯。就像蛋頭先生一樣，數學家的話必須就是話中的意思，不多也不少。

　　路易斯‧卡洛爾和其他維多利亞時代的數學家，如約翰‧維恩（因文氏圖而聞名），都對進一步提高這種精確度，並將邏輯過程本身編纂成符號深感興趣。這種「符號邏輯」讓人不僅可以觀察個別陳述的真假，還可以藉由使用「和」、「或」、「暗示」等字眼將陳述連接在一起，對陳述的真假進

行推論。如果不小心，即使是這些簡單的字眼也會讓我們無法繼續。例如，根據上下文，「或」這個字可能表示不同意思。不相信嗎？「您想要茶或是咖啡？」在這句話中，我們都知道「兩個都要」不包含在「或」中。另一種情境是，如果徵才公告說求職者必須精通西班牙語或葡萄牙語，則應該不會排除兩種語言都精通的人。在一般對話中，可以從上下文中分辨「或」代表什麼意思。如果各位試圖創建一套涵蓋所有可能性的邏輯規則，可就沒有這種餘裕了。

「符號邏輯」中之所以有「符號」，是因為我們使用符號來代表「或」與「和」等字，從而構建某種邏輯的代數，目的是能夠從一系列陳述中擷取所有可能的邏輯結論。卡洛爾舉的例子是這兩句話：「我的兒子沒有不誠實的」和「所有誠實的人都受到尊重」。呃，用不著煩惱這些句子是真還是假——重點是假設它們為真，找出可以從中推斷出什麼。卡洛爾說還有更普遍的原型，形式為「沒有 x 不是 y，每個 y 都是 z」，而上述句子只是一個實例罷了。如果兩個句子都是真的，則接下去一定會是「沒有 x 不是 z」。卡洛爾用圖表和符號來呈現這些想法。用他自己的標記符號寫出來的，會是令人望而生畏的 $xy'_0 \dagger yz'_0 \P xz'_0$（這裡的 $\dagger$ 代表「和」，$\P$ 代表「因此」）。一旦了解這個通用公式，就可以將之應用到特殊案例中，讓 x 代表「我的兒子」，y 代表「誠實的」，z 代表「受到尊重」。太神奇了！我們可以推斷出「我所有的兒子都受到尊重」。卡洛爾保證，經常練習就會更容易！

這個例子來自路易斯‧卡洛爾寫的一本書，目標是為讓社

會大眾認識符號邏輯。他在導論中讚揚符號邏輯的優點：

> 精神娛樂是我們所有人的精神健康必備的東西……一
> 旦掌握了符號邏輯的機制，就等於各位手邊隨時有一
> 套思維活動工具，對吸收新知保持高度興趣。……它
> 將讓各位擁有……發現謬誤的能力，並揚棄那些站不
> 住腳、不合邏輯的論點；在書籍、報紙、演講甚至布
> 道內容中，都會不斷遇到這種論點。從未費心去掌握
> 這門美妙藝術的人很容易就上這種論點的當。我只求
> 各位務必嘗試看看！

　　路易斯‧卡洛爾對符號邏輯學術研究的貢獻十分珍貴、重
要，也極為真摯熱情地想把這個主題的樂趣介紹給大眾，很符
合他的個性。儘管他的努力勇氣可嘉，但很遺憾地，符號邏輯
並沒有真正成為一種有趣的家庭消遣活動。

　　本章最後，我實在忍不住要用一個可能是杜撰的故事作
結；但這故事太精采，說是真的也不為過。白棋皇后說，說到
底，相信不太可能發生的事情，只是練習的問題。「我像你這
麼大的時候，每天總會練習半小時。嗯，有時候甚至在早餐
前，我就能相信六件不可能的事情。」總之，據說維多利亞
女王非常喜愛愛麗絲的故事，要求卡洛爾先生一寫出下一本
書，就立刻送一本給她。歷史上沒有記載女王收到《行列式初
級論文：在聯立線性方程式和代數幾何中的應用》後有什麼反
應。想來她並不高興。

第十章

數學家莫里亞蒂：
數學天才在文學中的角色

　　暢銷小說《龍紋身的女孩》三部曲的第二部一開頭有個場景，是主角莉絲·莎蘭德寫出費馬最後定理的簡短證明。「費馬最後定理」可能是數學史上最著名的用詞不當案例。數學家費馬毫無疑問地是個天才，但他對自己宣稱的許多主張都未曾輔以證明；這個以他為名的「定理」就是其中之一。數學界會把這種沒有證明的主張稱為猜想。費馬多數的猜想，都在幾年內由費馬自己或其他數學家解決了，但獨獨這個猜想沒有——因此才說它是「最後的」。這項定理更加誘人的地方是附加在頁緣的註釋——「我有十足絕妙的證明，但是這裡頁緣空間不夠大，寫不下」。數百位數學家試圖找到這項證明，但其後數十年，甚至數世紀間，沒有人成功。即使是部分進展也需要重大的數學新突破，遠超出費馬當時能想像的任何發展。最後，在上個世紀後半葉，安德魯·懷爾斯以巧妙、美麗、複雜

得不可思議的數學機制，解決了這個問題，在一九九三年找到了證明。

　　總之，小說要讀者相信，沒有數學背景的天才駭客莎蘭德，證明出我認為應稱之為「費馬中年吹牛」——而非「費馬最後定理」——的東西。這種筆法當然只是想快速建立莎蘭德是個天才獨行俠的形象，或許順便暗示她只擅長邏輯，不擅長人類情感；作者甚至可能在這裡寫過註記「此處插入極端聰明的證據」。[41]

　　本書的最後一章將讓各位看看，文學作品如何描繪從事數學的人——最常見的類型就是沒有感情、漠不關心、偏執，甚

---

41 多年來，費馬最後定理曾多次以這種方式呈現。在懷爾斯提出證明之前，各種角色不論找到什麼證明，都會因此名利雙收。懷爾斯提出證明後，這些角色就必須找到那個難以捉摸的「簡短」證明。二〇一〇年，英國電視節目《神祕博士》中有一集，演的是博士將費馬最後定理「真正的證明」——換句話說就是短的那個——告訴一群天才，以此證明他的智力值得信賴。相較之下，波赫士秉持一貫的博學多聞，謹慎地沒有宣稱《死在自己迷宮中的伊本・哈坎・布哈里》中的數學家安文證明了費馬最後定理；他只有發表了一篇論文，內容與「應該是費馬寫在丟番圖某一頁上的理論」相關。一九五四年，亞瑟・波吉斯的短篇故事《魔鬼和西蒙・弗拉格》又讓呈現方式再次轉折。故事中的數學家西蒙・弗拉格騙魔鬼跟他對賭：他問魔鬼一個問題，如果魔鬼答得出來，就可以得到弗拉格的靈魂；如果答不出來，就必須讓弗拉格一輩子享有財富、健康、幸福。他問的問題是：「費馬最後定理是否正確？」魔鬼答不出來，所以弗拉格得到了他的報酬。

至瘋狂的數學家。這樣的描寫對數學有害無益，加深了只有「怪咖」天才才能成為數學家的印象，但其實人人都可以享受數學的迷人魅力。當然，文學中的數學也有更溫暖人心的形象，我會帶各位從阿道斯・赫胥黎令人動容的〈少年阿基米德〉，看到艾莉絲・孟若的《太多幸福》，以小說的筆法生動地敘述俄羅斯數學家索菲婭・柯瓦列夫斯卡婭的生與死。

我們先從文學中最直接，或說最不現實的數學家類型開始講起：這種角色完全只由邏輯驅使，對情感等混亂的因素無動於衷。在以撒・艾西莫夫深受喜愛的《基地》系列小說中，一位名叫哈里・謝頓的數學家利用名為「心理史學」的新機率理論領域，預測銀河系的未來。看似穩定的銀河帝國將會傾頹，三萬年的混亂將接踵而至。但是如果我們運用數學，這漫長的黑暗時期可以縮短成只持續一個千禧年。

我認為艾西莫夫的小說能吸引廣大讀者，原因是在這個迷人的奇幻世界中，科學家，尤其是數學家，是由純粹的理性驅使 —— 如果你可以讓第九維度的漸進線在切向量場中形成分支，那這種聰明才智就可以幫助你擺脫任何困境，一切最後都會變得有意義。不幸的是，你做不到，因為第一，現實生活並不是這樣的；第二，這些話都是我剛剛瞎掰出來，所以它們毫無意義。這一系列小說沒有絕妙對話，角色刻畫也不立體，但這不是重點 —— 重點在於概念。哈里・謝頓的存在就是為了解釋這些概念，他不需要背景故事。二○二一年，砸下重金改編而成的電視劇開始播出，嘗試在背景故事上多下點功夫，但不見得次次奏效。我對這位年輕的數學天才會在緊張時列舉質數

的做法不以為然，但後來我想起自己十幾歲時的經歷：公車站都會有附近學校的男生聚集，用猥褻言詞騷擾經過的女生；每次我必須走過公車站時，都會在腦海中構築帕斯卡三角形一行行的數字以保持冷靜。

在小說中，像哈里‧謝頓這樣的數學家，與其說是一個角色，不如說更像一種情節裝置、某種完美邏輯的象徵。你會覺得如果他們做了對的事情，充其量只是因為這也正好是合乎邏輯的事情；他們的本質是毫無道德觀念的。如果這個方程有另一個解法，那麼他們眨眼間就能輕易變成故事中的反派。既然都已經說到這裡，我們就來認識一下福爾摩斯的宿敵、「犯罪界的拿破崙」詹姆斯‧莫里亞蒂教授。此人「受上天眷顧，擁有驚人的數學天賦」，而且顯然是「二項式定理」的專家，曾就此專門立論探討，「在歐洲蔚為話題」，因此榮膺「國內某所小型大學的數學教席」。二項式定理真有其定理，但我一定要說，就算是在福爾摩斯的時代，它也是純數學中相當基礎的成果，所以形容某人是二項式定理的專家，就像說某人是副詞教授一樣荒唐。莫里亞蒂終究沒有走上學術之路——他決定利用他超群的智力成為犯罪大師。

但是有件事讓我很困擾。畢竟，福爾摩斯本人也算是數學家——例如，他寫過與密碼學相關的專著。他推崇純邏輯，斥責華生感情用事。「偵探是——或說應該是——一門精確的科學……。試圖注入浪漫主義色彩產生的效果，差不多就會像將愛情故事或私奔寫成歐幾里德的第五公設一樣。」那麼，為什麼被設定為是數學家的，是邪惡的莫里亞蒂，而不是對邏

輯著迷的福爾摩斯呢？我懷疑這是因為大家對數學家的刻板印象，認為數學家就是純粹的計算機器。事實上，柯南‧道爾就是用這句話來形容初版福爾摩斯的。「但我愈寫，愈覺得必須讓他更像一個受過教育的人類。」他必須更像人類，否則我們不會對他產生情感上的連結。

相較之下，莫里亞蒂被創造出來，只為了一個目的：福爾摩斯之死。當時，柯南‧道爾疲於撰寫偵探故事，打算讓〈最後一案〉成為福爾摩斯最後一個謎題——莫里亞蒂就在這個故事裡首度現身。他不需要是「人類」；他只是黑化版福爾摩斯的完美化身，真正在智力上能與福爾摩斯旗鼓相當的角色，因此也是唯一能殺死福爾摩斯的人。由於他們在數學上勢均力敵，所以只可能發生一種結果：兩人相互抵消，一起墜入萊辛巴赫瀑布喪命——我們以為會是這樣。粉絲當然群起抗議：兩萬讀者取消訂閱刊載福爾摩斯故事的《岸濱月刊》；柯南‧道爾收到了數百封痛苦、懇求，甚至憤怒的信件（其中一封來自一位悲痛欲絕的女士，信上劈頭就罵「你這禽獸」）。漫長的八年過去——粉絲稱這段時間為「大中斷」——柯南‧道爾終於向壓力屈服，重新執筆寫了一個叫好叫座的故事（〈巴斯克維爾的獵犬〉）。他陸續又寫了三十多個福爾摩斯的故事，莫里亞蒂也有在其中幾個故事裡登場。

‧　　‧　　‧

文學中不乏受苦受難的天才（沃爾特‧特維斯《后翼棄兵》中的國際象棋神童貝絲‧哈蒙，不過是其中一個例子），

因此數學家會有相同遭遇並不奇怪。[42] 阿道斯・赫胥黎最為人所知的，是他的反烏托邦小說《美麗新世界》；不過在一九二四年，他寫了一個關於數學天才的淒美故事。《少年阿基米德》中的敘述者描述在義大利別墅逗留期間，他年幼的兒子羅賓與當地一個農家孩子吉多成了朋友。吉多是一個喜歡思考的孩子，「常常陷入冥思苦想之中」。吉多還喜歡音樂。觀察到這一點後，敘述者開始教他彈鋼琴，吉多也展現了很高的天賦。但那不是吉多真正的熱情所在。有一天，敘述者碰巧看到兩個孩子在沙灘上畫畫。他驚訝地發現，吉多自己發現了畢氏定理，正在向羅賓說明其中一種證明方式（羅賓絲毫不感興趣，要吉多把證明擦掉，畫一幅火車的圖畫）。這就是悲劇的一部分──小吉多身邊沒有人能理解他在數學中看到的美麗。敘述者開始與吉多一起探索幾何學，甚至教他代數；吉多在此中獲得的樂趣極為美好。但後來這一切都被剝奪了。別墅的主人邦迪夫人說服吉多的父親，讓她把吉多帶走、培養成鋼琴家。她沒收了幾何學書籍，禁止他研究數學；吉多能夠一償宿願、成為偉大數學家的機會，完全消失殆盡。這個故事讓我想起格雷〈哀歌〉中的名句：「嬌花盛放無人聞問，甜蜜芳菲

---

42 貝絲恰巧擅長數學──特維斯告訴讀者，她在孤兒院中是全班第一名。這一點其實是故事中的重要情節，因為這代表她會是星期二算術課後，去地下室清理黑板板擦的那個人──這可是一種特權。她就是在地下室第一次看到工友在下棋，還說服工友教她下棋。我很高興特維斯沒有像改編後的電視劇一樣，將貝絲母親的背景故事設定為有自殺傾向的數學家。

錯付寂寥」。

在《少年阿基米德》中，赫胥黎評論說通常神童具備的都是音樂或數學的才華：「巴爾札克一直到三十歲都一事無成；但莫札特年僅四歲時已經是音樂家，而帕斯卡某些最出色的成就都是在青少年時期取得的。」我不確定這個說法有多可靠──對可憐的巴爾札克似乎有點嚴苛──但對我而言，音樂、數學（和國際象棋，另一個神童輩出的領域）最基本的共通點是「模式」。每個人天生都具有欣賞模式的能力；如果察覺並模仿模式的能力極其出色，可以讓人在數學和音樂方面大有作為。要具備足以演奏莫札特奏鳴曲的技巧，不需要先理解奏鳴曲是什麼；學習解開方程式的計算方法，也不需要先了解方程式。發現模式、學習技巧，就能表現優異；這些領域較可能出現神童，或許就是這個原因。一部分神童確實成為傑出的數學家，但大多數人沒有──這也沒關係。我希望每個人都能享受數學。「除非你能把一件事做得極其出色，否則做這件事就毫無意義」之類的說法，就像說「除了奧運選手，沒人應該運動」一樣愚蠢。

赫胥黎筆下的吉多不只是學習技巧，或是背誦 π 的小數位數而已，而是真正能從發現中感到深切喜悅的數學家──這點必須給赫胥黎公正的評價。只是，赫胥黎仍然將數學形容為某種「奇異、獨特的天賦」，其實是一種暗含謬誤的觀點。人類是數學的生物，誰都可以玩味數學概念。數學不是「你要麼懂，要麼不懂」，也沒有「如果小時候沒有表現出超群天分，那這輩子就沒指望了」這回事。不幸的是，數學界的守門人不

一定都這樣認為。一九四〇年,英國數學家哈代寫了《一個數學家的辯白》,闡述他認為數學是什麼、為什麼重要。這本書有很多內容我很喜歡——作者在將數學形容為像詩歌或繪畫等創作藝術時,真是擲地有聲。[43] 但他在書的開頭就說,寫這本書本身就是承認他身為數學家已經過氣了,因為寫作是「二流心智」才會做的事情。哇(咧)。還有,如果你已經年過四十,或是女性(願這種想法永遠安息),就別嘗試搞數學,因為數學「是年輕男性的追求」,他說。

神童長大後會發生什麼事情?這是阿波斯多羅斯·多夏狄斯在他迷人且有趣的小說《遇見哥德巴赫猜想》中所探討的問題。這本小說的英文版在二〇〇〇年問世(由多夏狄斯以先前的希臘文版本為基礎重寫),描述派楚叔叔與他想要證明著名數學猜想的企圖——這項雄心注定失敗。全書透過同樣名為派

---

43 哈代也對數學做過重大貢獻:某天他收到一個完全不認識的陌生人來信,花時間讀過信後,他發現寫信的人是印度一位沒有受過正式數學教育的店員,信中充滿看起來很瘋狂的公式,例如 $1+2+3+4+\cdots=-\frac{1}{12}$。這道公式放在特定脈絡中會是合理的,哈代也意識到無論寫這封信的人是誰,也不管這個人或多或少是純然仰賴直覺導出這道數學公式的,這個人都有難得一見的天賦。哈代設法取得資金,把這位寫信給他、名叫拉馬努金的人帶到英格蘭與他一起工作。後世公認拉馬努金是二十世紀最具原創性的數學思想家,而這都要歸功於哈代能慧眼識英雄,並盡己所能地支持拉馬努金。二〇〇七年,西蒙·麥伯尼和他的劇團 Complicité 推出精彩的舞台劇 *A Disappearing Number*,搬演的就是拉馬努金的故事。

楚的姪子加以敘述，還有哈代等真正的數學家充滿娛樂效果的友情客串，將實際進行數學研究時的情緒經驗描繪得淋漓盡致。多夏狄斯讀大學時修過數學，這點從書中也看得出來[44]——這不是指書中有很多複雜的代數，而是對以數學為職業的生活有許多道地貼切的描述。與某項定理纏鬥、一次又一次地嘗試找到使一切合理的關鍵概念，可能會讓人經歷數月，甚至數年的挫折。有時候，靈感翩然降臨，研究終於有所進展。這種時刻總讓人振奮不已，覺得一切都很值得。

　　偶爾，在沮喪和疲憊時，大腦會欺騙你，讓你以為已經解決了問題，好讓你放假一天、休息一下：「派楚現在經常有一種感覺，就是他離提出證明只差一點點。甚至在某個天氣晴朗的一月傍晚，他還真的有過幾分鐘激動不已的時刻，因為他有

---

44 在多夏狄斯二〇〇九年的暢銷圖像小說《數學邏輯奇幻之旅》中，這一點更加明顯。他和計算機科學家克里斯托斯·帕帕迪米崔歐共同執筆，講述人們在二十世紀對數學真理基礎的追尋，非常值得一讀。二十世紀初，科學界的集體共識，就是要將數學整門學科放在最嚴格的邏輯基礎上，試圖創造出某種數學語言，讓人們得以藉此提出任何可能的數學陳述。然後，拿一份各界認可的初步假設，或公理的清單，根據嚴格定義的推論規則逐一檢視，就可以贊同或推翻各條陳述。但是一九三一年，數學家庫爾特·哥德爾讓整件事情泡湯，因為他證明任何這類數學系統必定都不完整——會有真實的陳述無法在系統內加以證明。這對畢生致力於嘗試將數學整門學科系統化的邏輯學家而言，是一記沉重的打擊。也許這就是為什麼《紐約時報》評論《數學邏輯奇幻之旅》時，標題是「算法與憂鬱」的原因。

短暫的錯覺，以為自己已經成功了。」每個數學家都會遇到這種情況，唯一的方法就是在看到不可避免的錯誤之前，停止工作、好好休息幾個小時——說不定夜裡會夢到證明方法，誰知道呢（這種事我只經歷過一次：我半夜醒來，在紙上寫了一些東西，然後回去睡覺。第二天早上，我看著前一夜亂寫下來的東西，本以為會是胡說八道，但卻驚訝地發現紙上是我重要證明步驟中一直缺少的正確計算）。新研究的風險一向都是可能永遠無法證明某項定理、工作多年卻可能沒有拿得出來的成績。因此，多數數學家總是同時鑽研至少兩個研究問題。像派楚叔叔一樣孤注一擲、把一生都奉獻給一個問題，尤其這個問題還是數學世界最偉大的未解謎題之一，是非常危險的策略。

派楚叔叔研究的哥德巴赫猜想，最早由克里斯蒂安‧哥德巴赫在一七四二年提出，認為每個大於 2 的偶數都可以寫成兩個質數的和，例如 40 就是 17+23。這是一個誘人的簡單陳述，感覺應該很容易證明，但至今尚無人辦到。派楚這位聰明的年輕數學家，二十四歲就決定要完成這項工作。他說，在其他任何領域，他這個年紀「都會讓他是前途無量的新手，還有多年豐富、具創造性的機會等著他。然而，在數學領域，他已經站在自身能力的巔峰了。他估計，幸運的話，自己最多還有十年的時間讓全人類矚目」，然後他的數學能力就會日薄西山。秉持這種信念，意味著派楚會給自己巨大、難以為繼的壓力，督促自己的進度要能一日千里。呃，不論是派楚叔叔說的還是哈代說的，我都不吃「年輕男性的追求」這套論調。誠

然，因為這種論調與我有關，鑑於我既不年輕也不是男的，但即使如此也不妨礙我研究數學。當然，某些最著名的數學家，確實是在四十歲前完成最重要的工作。但這是因為其中有許多人在四十歲以前就完成了人生的所有事情——人均壽命一直到十九世紀中葉才超過四十歲。浪漫歸浪漫，但就像說所有最偉大的搖滾明星都死於二十七歲的無稽之談一樣，這種說法是經不起仔細推敲的。[45]

●　　●　　●

目前為止在文學中看到的數學家，都讓人有點提不起勁——似乎只有無感情的邏輯狂或悲劇性的神童兩個選項。但要成為年輕的數學家，還有其他方法，而且在過程中，各位甚至能成為優秀的偵探。

馬克·海登《深夜小狗神祕習題》中的敘述者，是福爾摩斯的鐵粉、十五歲的克里斯多弗·布恩。他熱愛數學，認為數學是混亂世界裡的秩序、撫慰人心的綠洲。克里斯多弗難以理解人們的情感和行為、用語和衝動。他總是說實話，因為謊言是沒發生過的事情，而沒發生過的事情有無限多；一旦開始考慮說謊，就會開始想到所有這些事情，讓人無法承受。故事的開場是在夜裡，鄰居的狗死了。克里斯多弗決定要解開謎團、找到凶手。

---

45 例如吉米·罕醉克斯、寇特·柯本、珍妮絲·賈普林、吉姆·莫里森、艾美懷絲和布萊恩·瓊斯。

　　這本書的書名透露出克里斯多弗對福爾摩斯的喜愛，參考的是柯南·道爾的短篇故事〈名駒銀斑〉，以及福爾摩斯的巧妙推理——福爾摩斯和克里斯多弗一樣，能夠看到他人忽略的事情。故事中，冠軍賽馬銀斑被竊、銀斑的訓練師被殺，福爾摩斯和華生前往達特穆爾調查這起罪行，並與蘇格蘭場的警官葛雷戈里討論這個案子。死者身上發現了一根牛油蠟燭、一張女帽製造商的帳單和五枚金幣，附近田野上還有三隻羊的腳瘸了。為了理解這一系列令人困惑的證據，葛雷戈里警官請教福爾摩斯：

> 「有沒有哪一點是您希望我特別注意的？」
> 「狗在夜裡的怪事。」
> 「狗在夜裡什麼事都沒做。」
> 「事情就怪在這裡。」福爾摩斯回答。

　　後來我們發現，狗什麼事都沒做這一點，是至關重要的線索——表示罪魁禍首不是陌生人，因為如果是陌生人的話，狗早就叫出聲來了。

　　當克里斯多弗試著理解鄰居的狗發生了什麼事情時，也進一步告訴我們他的世界是什麼樣子、他如何在其中自處。他有行為障礙，而且雖然書中沒有講明，但馬克·海登後來表示，如果克里斯多弗有接受診斷的話，可能會被歸類為某種形式的自閉症。但他強調這本書的重點不是某個被診斷出特定症狀的男孩，而是「一位有奇怪行為問題的年輕數學家」。海

登刻意決定不對自閉症的細節多加研究，因為正如他所言，「典型的自閉症患者」這回事是不存在的：「他們是一個龐大、多元的群體，就和社會上任何其他群體一樣。」我還可以再補充一句：「典型的數學家」這回事也是不存在的，他們就和社會上任何其他群體一樣龐大、多元。

克里斯多弗在書中經常提到數學，尤其是質數特別讓他著迷。這本書的章節不是以 1、2、3、4 編號，而是以 2、3、5、7、11 等質數編號，因為克里斯多弗喜歡質數，而且這是他的書。他解釋古希臘時代有一種找質數的技巧：「首先，寫下世界上所有的正整數。然後刪掉所有 2 的倍數。然後刪掉所有 3 的倍數。然後刪掉所有 4、5、6、7 等等的倍數。剩下的數字就是質數。」（如果各位還記得，這個技巧的道理是質數的因數只有本身和 1，所以只要消除較小數字的所有倍數，剩下的就是質數。）克里斯多弗表達質數本質的方式非常詩意：「刪除所有模式後，剩下的就是質數。我覺得質數就像人生一樣，非常具邏輯性，但即使窮盡所有時間思考，你也永遠找不到它的規則。」我喜歡他的描述，我也喜歡海登把克里斯多弗描寫成一個有血有肉的人類，而非悲慘的神童。他完整呈現的人格，與福爾摩斯和莫里亞蒂冷峻的數學邏輯恰好相反。下一位要介紹給各位認識的數學家，與莉絲·莎蘭德和她不大可信的費馬最後定理證明，形成了令人愉悅的對比。

●　　●　　●

托馬西娜·科弗利是湯姆·斯托帕德歡樂的劇作《阿卡迪

亞》中活力十足的數學家。劇中的故事從一八〇九年開始，十三歲的托馬西娜正與家教老師塞普蒂莫斯‧霍奇（他本人在數學上也小有成就）討論費馬最後定理。他剛剛才要求托馬西娜證明這項定理──他知道她會失敗，所以只不過是想分散她的注意力，讓他可以安靜地讀一會兒詩。《阿卡迪亞》於一九九三年首演，恰好比安德魯‧懷爾斯宣布證明出費馬最後定理早了兩個月──這是相當令人愉快的巧合。既然我其實還沒有告訴各位費馬最後定理在說什麼，不妨聽聽塞普蒂莫斯怎麼說明這項定理：「x、y、z 皆為整數，取三數的 n 次方，只要 n 大於 2，則前兩數之和永遠不會等於第三個數。」這是什麼意思？嗯，大家唸書的時候都學過畢氏定理：直角三角形斜邊上的正方形等於另外兩個邊上正方形的和，對嗎？意思就是，如果一個直角三角形的邊是 x、y、z，z 是斜邊──直角對面的那一邊──則 $x^2+y^2=z^2$ 永遠成立。

這個方程式有很多整數解。例如 $3^2+4^2=5^2$，因為 $3^2=9$，$4^2=16$，且 $9+16=25=5^2$。像 3、4、5 這樣可以滿足 $x^2+y^2=z^2$ 方程式的數字集合，稱為「畢氏三元數」。我還記得當我在托馬西娜的年紀時，發現這個方程式有無限多整數解，讓我興奮不已（我那擁有無盡耐性的母親當時又一次告訴我，不，我不是第一個注意到這件事的人）。隨便拿一個奇數，取其平方再除以 2，答案前後的兩個整數與一開始選擇的奇數，就會是一組畢氏三元數。例如，如果取 5，5 的平方是 25，除以 2 是 $12\frac{1}{2}$，而最接近 $12\frac{1}{2}$ 的整數是 12 和 13。然後，看好了──$5^2+12^2=13^2$，多神奇！如果取 7，7 的平方是 49，除以 2 是

$24\frac{1}{2}$，果然 $7^2+24^2=25^2$。多麼美妙的模式（三十多年過去，這件事似乎仍然讓我激動不已）！

　　鑑於 $a^2+b^2=c^2$ 的解法可以舉出這麼多例子，那要找到幾個 $x^3+y^3=z^3$ 的解應該不會太難，對吧？其實，不對 —— 沒人能找到解（我應該稍微釐清一下塞普蒂莫斯的話：這些解也必須要是正整數，避免得到像這種無聊的結果）。如果變成像 $x^4+y^4=z^4$ 這樣更複雜的情況，或說對 $x^{任何數}+y^{任何數}=z^{任何數}$ 這個方程式而言，只要「任何數」是大於 2 的整數時，就沒人能找到解。費馬在頁緣註釋說明的觀察就是這一點，並聲稱對此有絕妙的證明。

　　斯托帕德顯然具備充分的數學素養 —— 他沒有讓他的小天才托馬西娜走上和其他角色一樣的老路、找出費馬最後定理的證明；他戲弄觀眾的手法更高明。他讓托馬西娜說：「哦！我明白了！答案很明顯嘛！」一聽到這個，觀眾席中所有的數學家都在翻白眼。塞普蒂莫斯乾巴巴地回答說：「這次你可能高估自己了。」然後提議如果她能找出費馬的證明，就給她的米布丁多加一勺果醬。但她回答說：「老師，根本沒有證明。我說很明顯的事情，就是寫在邊邊的註釋只是個玩笑，要讓你們所有人都想破頭。」

　　托馬西娜・科弗利是虛構出來的數學家，但這個角色呼應了與托馬西娜大致同時代、真有其人的一位數學家 —— 愛達・洛芙萊斯。愛達的母親安娜貝爾自己就頗具數學天分，屬害到她的丈夫、愛達的父親拜倫勳爵都暱稱她為「平行四邊形公主」。兩人的婚姻在各方面都是一場徹頭徹尾的災難。拜倫

勛爵、愛達素未謀面的生父,在她八歲時去世。愛達從小就喜愛數學,在鑽研學問的過程中結識了許多著名的數學家、科學家。她現今最為人所知的成就,是與數學家暨工程師查爾斯‧巴貝奇共同研究計算機的早期前身;至少有一種程式語言以她的名字命名以茲紀念。

巴貝奇發明了史上第一台機械計算機:「差分機」和「分析機」。當時,數學表(列出諸如對數、正弦和餘弦等內容)在航海和工程領域非常重要,但其中錯誤百出,而這些錯誤可是會要人命的。巴貝奇想了個點子,要發明計算的機器把這項工作自動化。他設計的機器不是全部都有打造出來,但有打造出來的都很有效。分析機擁有現代計算機的所有特徵——記憶體、輸入、輸出,還可以用程式控制,原理是使用打孔卡,就像當時的雅卡爾織布機一樣。愛達‧洛芙萊斯研究分析機,創造了一種演算法(以找出所謂的白努利數),被稱為是世上第一道計算機程式。她寫道:「『分析機編織代數模式,就如同雅卡爾織布機編織花卉和葉子一樣』這種說法,最是貼切不過。」她把自己研究數學的方法稱為「如詩般的科學」。

巴貝奇的天性或許沒那麼詩意;他流傳至今的詩作都頗讓人不忍卒睹。不過,巴貝奇和丁尼生男爵間的互動,有一則有趣的軼事,讓我忍不住要與各位分享。某個一九〇〇年版本的丁尼生早期作品集中,編輯約翰‧柴頓‧科林斯寫道,丁尼生的詩作〈罪的幻象〉在所有早於一八五〇年的印刷版本中,都包括以下句子:「每一分鐘都有一人死去/每一分鐘都有一人出生。」科林斯說,這些句子讓巴貝奇寫了一封詼諧的投訴信

給丁尼生：

> 我壓根兒不需特別向您指出，這種計算方式會讓全球
> 人口總數保持永久平衡的狀態，但眾所周知，全球人
> 口總數其實正在不斷增加。因此，我擅自提議，您的
> 美妙詩作在再版時，應該將我提及的計算錯誤更正如
> 下：每一刻都有一人死去，每一刻都有一又十六分之
> 一個人出生。或許再說得更清楚一點，確切的數字是
> 1.167，但這當然必須符合韻律的規則。

科林斯相信，丁尼生非常認真地看待這封信，將「分
鐘」改為時間長度較不精確的「刻」，從而解決了這個問題。
科林斯因此聲稱，從一八五一年起，這首詩每個印刷版本都是
「每一刻都有一人死去／每一刻都有一人出生」。

愛達・洛芙萊斯提到分析機編織的是代數模式，而非花草
葉子。但在《阿卡迪亞》中，托馬西娜試圖將這些想法結合起
來，研究如何用方程式描述自然現象。大家都聽過統計學中的
「鐘形曲線」（又稱為「常態分布」），所以托馬西娜問，如
果能有一條長得像鐘的曲線，為什麼不能有一條長得像彩鐘花
的曲線呢？她想出一個絕妙的點子，讓某種數學可能產生出這
種曲線。戲演到這裡，斯托帕德忍不住想拿費馬開個數學圈內
人才懂的小玩笑。「我，托馬西娜・科弗利，已經發現一種真
正神奇的方法，自然界所有的生命形態都必須上交自身數字的
機密，並只能透過數字展現自己。這裡的頁緣對我的目的而言

太過狹窄，讀者必須要去其他地方參考托馬西娜‧科弗利所寫的『新不規則形狀幾何學』。」

　　所謂「不規則形狀幾何學」的重點，是透過重複迭代而產生的形狀，我們現在稱之為碎形。如果各位想想植物的生長過程，諸如蕨類這樣的植物，是透過上一章中讓各位看過的龍形曲線和雪花曲線完全一樣的過程長出來的。既然現在我們能讓電腦替我們做苦工（感謝洛芙萊斯和巴貝奇等先驅），就能產生極具說服力又逼真的植物、樹木和其他自然現象的圖案。這些東西擁有「自我相似性」，是非常典型的碎形特性；放大近看時，看到的東西會與原始圖案一模一樣。我們以我畫的「植物」設計圖案為起點來討論——圖案如下，只有四條直線。

　　畫成這樣，皮克斯動畫不會雇用我的。但神奇的在後頭：每次迭代都會把原始設計的縮小版，加到現有線條的特定位置，就像生長中的蕨類植物或樹木。下面是第二次迭代——注意看那四個原始設計的縮小版。

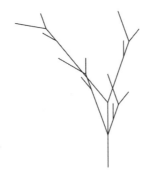

到第六次迭代，圖案看起來會非常像某種有機的東西。

　　自然界中碎形的另一個例子是海岸線。不論觀察大範圍或小範圍的海岸線，海岸線都會有向內凹進或向外突出的地方；而增加範圍只會讓我們看到更多相同的結構。河流系統也具有碎形結構：河流會分岔成較小的河流，然後再分成愈來愈小的溪流，每條小溪都與它們連接的大河有同樣獨特鮮明的 S 形曲線。相同類型的結構也可以在閃電不斷分岔的形狀

中看到，甚至在我們自己的體內也有：我們的大腦本身似乎是以碎形為基礎設計的，分叉的路徑能達到最密集的連結。碎形似乎確實是自然界的幾何，正如《阿卡迪亞》中一句台詞說的，「是自然創造自己的方式，無論大小，無論是雪花還是雪暴」。

斯托帕德說過，托馬西娜‧科弗利不是愛達‧洛芙萊斯，但愛達是許多作家的靈感來源。後來成為英國首相的班傑明‧迪斯雷利寫了一部相當誇張的小說《威尼斯》，於一八三七年出版，與書名同名的角色正是愛達的翻版，掩飾得不太高明。書中著重描繪聲名狼藉的詩人之女放蕩的生活，對她身為數學家一事則輕描淡寫。每個時代、每位作家都有自己的愛達。美國劇作家羅穆盧斯‧林尼曾寫過《拜倫公子》，講述的是一對父女分離的悲劇。他想像已經長大成人的數學家愛達‧洛芙萊斯，身患最終導致她喪命的癌症，在對父親的矛盾情緒中陷入掙扎。劇名《拜倫公子》參照的是拜倫最著名的詩作《哈羅德公子遊記》，他在其中寫道「愛達！我家中、我心上的唯一的女兒。」林尼讀了拜倫寫愛達的詩句「我看不到你，我聽不到你，但我因你而喜悅，無人能及」，深感與自己的人生有所共鳴。「我的女兒蘿拉是個演員，」他說，「她的母親和我在她還是嬰兒時就分居、離婚，所以這幾句詩完全寫進我的心坎裡。」不過到目前為止，我最喜歡的愛達‧洛芙萊斯，是席妮‧帕多瓦二〇一五年極具娛樂性的圖像小說《洛芙萊斯和巴貝奇的刺激冒險》中棒呆了的女主角。故事發生在一個平行宇宙中，兩位主角設法讓分析機運作，並利用它打擊犯

罪並總之棒透了。

● ● ●

到目前為止討論過的數學家，在文學作品中，除了少數
的配角外，都是虛構的——即使是席妮・帕多瓦的「愛達・
洛芙萊斯」，創作初衷也不是要忠實描繪其人生平。不過呢，
下面要介紹的這位文學中的數學家，不僅真有其人，也在作品
中忠實呈現。諾貝爾文學獎得主艾莉絲・孟若在《太多幸福》
一書中，以小說的筆法動人地訴說數學家索菲婭・柯瓦列夫斯
卡婭[46]生命中最後幾天的情景，可能是我在文學作品中讀過，

46　「Софья Васильевна Ковалевская」要用什麼英文字母音譯最為合
　　適，有一些模糊地帶。俄羅斯人的全名有三個部分，名字、父
　　名（以父親的名字為基礎）和姓氏。因為索菲婭的父親名叫瓦
　　西里，丈夫的姓氏是柯瓦列夫斯卡婭，所以她的全名是索菲婭・
　　瓦西里耶夫娜・柯瓦列夫斯卡婭（原英文為 Sofya Vasilyevna
　　Kovalevskaya）。父名和姓氏都還有陽性和陰性的形式。大家通常
　　會用別人的名字和父名稱呼他們，而且——為了讓稱呼這件事更
　　有趣——很多名字還有小名。任何讀過俄羅斯小說的人都知道這
　　個問題：你讀了十頁關於這個突然出現、名叫沙夏的傢伙，愈讀
　　愈困惑，後來才發現沙夏指的一直都是亞歷山大・彼得羅維奇。
　　總之，因為「索菲婭・柯瓦列夫斯卡婭」看起來是目前公認最準
　　確的譯法，所以我選擇用這個名字。但各位也會看到索菲、索非
　　亞、索菲亞，甚至寫成小名索妮雅，以及柯瓦列夫斯基、柯瓦列
　　夫斯奇、柯瓦列夫斯科婭，甚至是柯瓦列夫斯卡賈等名字。艾莉
　　絲・孟若用的是索菲亞・柯巴列夫斯基（Sophia Kovalevsky）。

對數學家最人性化的描繪。從頭到尾，柯瓦列夫斯卡婭都不是什麼被折磨的天才、怪胎、異常生物。她當然曾經苦苦掙扎尋求認同——畢竟她身處十九世紀。但這不是故事的焦點。她的個人生活曾遭遇不幸，但作者沒有只圖省事地將這些不幸描寫成她身為數學家的必然結果：她的感情關係最後沒有天長地久，並不是因為她冷血、只會邏輯思考、無法與人類互動。她不是因為找不到老公，所以才解微分方程；她也不是因為對解微分方程一事努力不懈，所以才找不到老公。在孟若的筆下，就像在現實人生中一樣，有時候這些事情就是發生了。

故事中，讀者跟著柯瓦列夫斯卡婭，在拜訪過朋友暨導師、數學家卡爾·威爾斯查司後，啟程回到斯德哥爾摩大學；這所大學讓她成為當時歐洲第一位也是唯一一位女性數學教授。孟若發揮身為作者的權利，稍稍調整了時間順序——但她的敘述與已知的事實吻合。呈現在讀者眼前的，是一個說服力十足的柯瓦列夫斯卡婭。她贏得法國數學界最負盛名的獎項之一後，受到數學圈的讚揚，但仍然是外人。「他們頒發勃丁獎給她、親吻她的手，在最優雅、燈光最富麗堂皇的房間裡，向她致上賀詞與鮮花。但當事涉聘任時，沒有人為她敞開大門；他們連想都不願多想，就像不願多想是否要雇用一頭學識豐富的猩猩一樣。」感謝老天，世界已經進步。即使柯瓦列夫斯卡婭職涯起步的時代，和我職涯起步的時代相隔了一個多世紀，同為女性數學家，我對她的遭遇還是感到心有戚戚焉。即使到現在，某些圈子還是認為女性在某些方面不如男性適合數學。

　　當然，我不是第一個在我的大學攻讀的女性，不像柯瓦列夫斯卡婭——她一八六九年在德國海德堡大學註冊時，是這所大學第一位女性。然而，當我一九九三年去牛津上大學時，我就讀的貝里歐學院才開始招收女性不過十四年（先前七百多年都是全男性制）。世上現在還有一些地方甚至不允許女孩上學。孟若提及這些挑戰，絲毫不加苛責。她的文字極為簡練優雅：她讓柯瓦列夫斯卡婭的戀人說，或許她應該回到瑞典，因為她的學生和女兒需要她，「這是一記刺拳、一種她很熟悉的暗示——她是一個不稱職的母親嗎？」這一點我完全感同身受！在我休完第一次產假、重執數學教鞭時，一位同事問，「你不工作的話，你老公負擔不起嗎？」這種假設我想必希望不再工作的問題。這位同事他也有孩子。我想如果他不再研究數學，他的妻子也負擔不起——所以他必須繼續奮鬥，可憐的傢伙。

　　柯瓦列夫斯卡婭在一個富裕的俄羅斯家庭長大。儘管希望女兒接受一定程度的教育（想來是到足以找到合適丈夫的程度），但小索菲婭對數學不合身分的熱愛，卻讓家人覺得不以為然。然而，也許她的命運已刻在牆上，再難改變——我說的是貨真價實的牆。在她的自傳《俄羅斯童年》中，她回憶起當家人搬到鄉下、在裝飾兒童房時，才裝飾到一半，壁紙就用完了，只好隨便找了其他紙把牆貼完。但「幸運的是，這些暫時把牆遮住的紙，是奧斯特羅格拉德斯基教授的微積分講義。我父親年輕時拿到了這些刻版印刷的講義。」索菲婭花了很多時間盯著這堵「神祕的牆」，試圖解讀上面奇怪的句子。多年

後，當她十五歲開始學習微積分時，她的家教老師對於她能很快就掌握這些概念大為驚奇，好像她事先就知道了一樣。「其實，在他解釋這些觀念時，牆上的一切、令人難忘的奧斯特羅格拉德斯基講義，突然歷歷在目，極限的概念就像老朋友一樣浮現在我的腦海中。」

柯瓦列夫斯卡婭在數學上的成就著實得來不易。當時，俄羅斯的女性不可能在俄國讀大學，且未婚女性須獲得父親首肯才能出國。她的父親絕不可能同意，所以就像孟若的故事所描述的，她與一個同情這種情況的年輕男子成了「名義上的夫妻」——古生物學家維拉迪米爾·柯瓦列夫斯卡婭在俄國娶了索菲婭，然後兩人一起前往德國，但各住各的、各自追求學業。幾年後，他們確實發展出一段關係（人都是肉做的），索菲婭也生下了維拉迪米爾的孩子，但兩人很快又形同陌路，最終維拉迪米爾自殺身亡。雖然悲慘，但這可能有助於索菲婭的事業，因為寡婦（或當時的寡婦）比與丈夫分居的妻子更受尊重。

艾莉絲·孟若以她寫作短篇故事的高超技巧，用幾筆優美側寫，為讀者繪出一幅豐富、引人入勝的柯瓦列夫斯卡婭肖像，漸次鋪陳她早逝的悲劇，穿插著她的回憶，回想自己如何努力在數學與人生中的其他想望間求取平衡。成為首位取得數學博士學位的女性後，隨之而來的是就此止步的誘惑。「她很晚才學會很多人小時候就懂的道理——即使沒有重大成就，人生一樣能十分滿足，充滿各種不會讓你精疲力盡的事情。」有一段時間，她把她的才華用在「不會像數學一樣讓其他人如此

困擾，也不會讓自己如此疲憊的地方」。但是數學這個老朋友一直等著她回來，就看她何時準備好。其實，維拉迪米爾去世後，她絕食了五天，但之後似乎下定決心要繼續過日子，而數學可以是一種慰藉。「她叫人拿紙和筆來，」孟若寫道，「想說或許可以繼續解題。」

柯瓦列夫斯卡婭的數學成就深刻且意義非凡。威爾斯查司曾說，她為博士論文發表的三篇論文，每一篇都值得單獨獲得一個博士學位。她榮獲勃丁獎的研究，是經典力學某個問題的重大進展，歐拉和拉格朗日都研究過這個問題。她也是一位作家，十幾歲時就認識杜斯妥也夫斯基——事實上，她對杜斯妥也夫斯基抱有近似暗戀的情愫，因此當他向她姐姐求婚時，想必有點像是晴天霹靂（這椿婚事沒成，她們的父親不同意）。她還在某次英格蘭之行中，在某個文學沙龍上見過喬治·艾略特。除了廣獲好評的自傳外（某位熱情過頭的當代書評甚至認為這本書與托爾斯泰的《童年》旗鼓相當），她還出版過一本小說《虛無主義的女孩》，以及劇本、詩歌和短篇故事；在去世前，她還有幾本著作正寫到一半。如果她更長壽，說不定成就會更高。

各位讀者，我希望你們已經相信，結合數學和文學毫無違和之處。但是柯瓦列夫斯卡婭曾向某位質疑這點的朋友說：「許多人從沒有機會了解數學是什麼，因此會將數學與算術搞混，認為這是一門枯燥無味的科學。但其實這門科學需要無窮的想像力。」她繼續說道：

「靈魂中不是詩人，就不可能成為數學家。……大
家必須駁斥詩人就該捏造虛幻之物、想像力等同於
『無中生有』的陳舊偏見。在我看來，詩人必須看得
到別人看不到的東西、必須看得比別人更深刻 —— 而
這也是數學家必須做的。」

數學在索菲婭・柯瓦列夫斯卡婭的人生中十分重要，但艾
莉絲・孟若沒有讓數學定義她這個人 —— 這是《太多幸福》
如此出色的原因之一。這個道理同樣適用於奇瑪曼達・恩格
茲・阿迪契精彩的《半輪黃日》，核心人物是位虛構數學家。
這本書透過好幾個當局者的眼睛，娓娓道出一九六七年至一九
七〇年間奈及利亞令人心碎的比亞弗拉獨立戰爭的故事。這場
戰爭是一樁難以想像的悲劇，據估計有超過一百萬人死亡。阿
迪契的小說以令人驚嘆的筆法，心懷悲憫地說出那些年的故
事，請各位務必一讀。故事多數篇幅講的都是恩蘇卡大學的數
學教授奧德尼格博，最終成為他妻子的奧拉娜，和與他們同住
的男僕烏古。

　　阿迪契寫奧德尼格博，和艾莉絲・孟若一樣，沒有流於刻
板，而是塑造出一個非常真實可信的人物：充滿魅力、富於理
想，但不是完美無缺。他對政治、對自己伊博族的身分、對教
育充滿熱情。他說：「如果我們沒有工具理解剝削，怎麼能抵
制剝削呢？」別誤會，他也熱愛數學。當奧拉娜搬到恩蘇卡要
與奧德尼格博同住時，他沒有因此取消隔天啟程前往別處參加
數學會議的行程。這場會議不僅對數學而言很重要，對他個人

而言也很重要：「如果這場會議不是以他的導師、美國黑人數學家戴維・布萊克韋爾的研究為重點，他是不會去的。他說：『他是現存數學家中最偉大、最了不起的。』」

我記得聽過一位學者──幸好現已退休──聲稱，數學課程無法多元化。他提出的「理由」是，黑人數學家是非常晚近才出現的現象，對他大學部的學生而言，解釋他們的研究時機過早。這當然完全是胡說八道──就在同一週，我還在跟我大一新生班上的學生說明奈吉利亞數學家穆罕默德・伊本・穆罕默德・富拉尼・基什瓦尼（一七四一年逝世）對神奇方陣的研究。更糟糕的是，我記得這位同事正在教授的課程與所謂的「賽局理論」有關，而這門學問最重要的人物之一正是奧德尼格博師從的導師戴維・布萊克韋爾。

「先驅者」一詞可能被用得太過氾濫，但若要說有誰是實至名歸的先驅者，絕對非布萊克韋爾莫屬。一九四一年，年僅二十二歲的布萊克韋爾榮獲博士學位，成為第七位非裔美國數學博士。然後他前往普林斯頓高等研究院，當時這所大學尚未收過黑人學生，更別說黑人教職員了。隨後，他成為加州大學柏克萊分校的統計系主任，一做就是三十年。但他第一次申請加大的職位時被拒，因為當時系主任的太太時常舉辦晚宴招待教職員，而她拒絕考慮讓有色人種進入她家的可能性。

戴維・布萊克韋爾在他的職業生涯中，發表了八十多篇學術論文，是數學界舉足輕重的人物，指導了許多博士生、出版了備受好評的教科書，還是有口皆碑的優良教師。但是，他為什麼會出現在阿迪契的小說中呢？呃，阿迪契在比亞弗拉戰爭

後的恩蘇卡長大，母親是教務單位註冊職員，父親詹姆斯・恩沃耶・阿迪契——猜猜他做什麼？——是恩蘇卡大學的統計學教授。我不會這麼順理成章地就說奧德尼格博「是」阿迪契的父親——他當然不是，但他們故事中的某些巧合十分有趣。詹姆斯・恩沃耶・阿迪契在加州大學柏克萊分校攻讀博士時，戴維・布萊克韋爾正好是系主任，一定認識阿迪契。布萊克韋爾沒有直接指導阿迪契，但我查過記錄，他確實指導過至少兩位奈及利亞博士生。我傾向認為小阿迪契曾聽她父親提起過布萊克韋爾。

我還看了詹姆斯・阿迪契的出版歷程。一九六七年到一九七四年間有一段意味深長的空白，讓我呆住——平淡無奇的銷聲匿跡，很容易被忽視，但有多少動盪和創傷掩蓋其中。在《半輪黃日》中，當奧拉娜和奧德尼格博在戰後回到他們的老家時，發現多數書籍和文件都被燒毀了。奧德尼格博「開始在燒焦的紙堆中搜尋，喃喃地說：『我的研究論文都在這裡，哎呀哎呀，這份是我的信號偵測排名測試論文……』」這段小細節讓人鼻酸。如果戰爭沒有發生，不知道老阿迪契在一九六七年至一九七四年間還可能發表什麼論文，不過這些論文的標題想必會與他現實生活中的論文〈線性模型中的排名測試〉相當一致。當奧德尼格博和家人在戰後開始重建生活時，「有書從海外寄來給奧德尼格博。便箋上寫著『給受戰爭蹂躪的同事：……同樣對戴維・布萊克韋爾心懷仰慕的數學同道中人敬上。』」

奇瑪曼達・恩格茲・阿迪契曾談到，在對「非洲人」抱有

刻板印象的大環境中，「單一故事」會有什麼問題。她說：
「一個學生跟我說，奈及利亞男人都是施暴者，就像我小說
（《紫木槿》）中的父親角色一樣，真是太遺憾了。我回答他
說，我剛讀完一本名為《美國殺人魔》的小說，美國的年輕人
都是連環殺手，真是太遺憾了。」她當然不是真的這麼認為，
因為她和我們大家一樣，聽過、看過很多關於美國的故事，
知道美國人是什麼樣子。只有一個故事、只有一種版本的美
國人、奈及利亞人，或 —— 容我在這裡加上 —— 數學家的危
險，就是單一故事會創造刻板印象，而刻板印象的問題，阿迪
契說：「不在於它們不真實，而在於它們不完整。」文學如同
人生，文學中的數學家有千千萬萬種，端看作者怎樣描寫；人
生中的處世之道有千千萬萬種，端看我們選擇做怎樣的人。

致謝

　　這是我的第一本書，何其有幸一路上有一支出色的團隊，支持我完成每個步驟。感謝我偉大的經紀人珍妮・海勒引領我在兩年內將出書的模糊念頭化為現實、成書出版。和編輯卡洛琳・布萊克以及她的助理西德尼・傑恩一起工作，每每讓人深獲啟發，讓這本書在各方面都更臻完善。鮑勃・米勒和整個 Flatiron Books 出版社的團隊都極為傑出，協助讓寫書的艱鉅歷程盡可能地順利。

　　感謝伯貝克學院的系主任肯・霍里和院長傑夫・華特斯，讓我在二〇二一年秋季休息一個學期專心寫書。也感謝數學組的同事暨好友莫拉・帕特森和史蒂夫・諾柏；疫情期間若沒有他們，就憑我當時幾乎理智蕩然無存的狀態，肯定無法度過疫情肆虐那段時間。

　　感謝格雷沙姆學院的團隊義無反顧地支持我這個格雷沙姆幾何學教授。我的講座計劃著重數學與藝術、人文學科之間的關係，與之前的系列講座大為不同，非常感謝學院支持我的願景並讓我按計劃完成講座。

　　被任命為格雷沙姆教授一事，讓西沃恩・羅伯茲找上我，希望在《紐約時報》上替我刊登人物側寫，而這篇文章為

我開啟了許多機會。所以西沃恩，下次你來倫敦的時候，我絕對要請你吃一頓豐盛的晚餐！

也要感謝伊恩・李文斯頓爵士慷慨地抽出時間讓我向他取經，了解他如何撰寫史詩級的《戰鬥幻想》系列小說。

我很幸運有很棒的朋友與我在這段旅程（以及許多其他旅程）中同行。感謝卡洛琳・特納把我引介給夏洛特・羅伯森和珍妮・海勒，兩人任職於美妙的羅伯森・墨瑞文學事務所。感謝瑞秋・蘭帕德，每年都和我一起讀遍入圍布克獎的書籍，過去幾年中也極為關愛、支持我。感謝愛麗克斯・貝爾，我們在彼此都大腹便便地懷著第一個孩子時相識，兩家人從此越來越親密。愛麗克斯，你真是我最堅強的依靠！很抱歉，我無法回應你提出的挑戰，設法將「supercalifragilisticexpialidocious」、「hippotomonstrosesquipedalian」、「floccinaucinihilipilification」、「honorificabilitudinitatibus」、「contraremonstrance」和「epistemphilia」這幾個超長的字偷渡進書裡──還是其實我可以？也要感謝我美好的讀書會「小姐讀什麼？」的成員：愛麗克斯、克萊兒、克萊兒、珂萊特、艾瑪、哈達薩、露西、瑞秋，從二〇〇六年起我們每個月都會見面，給彼此愛與支持，共度順境、逆境（偶爾也討論一下書）。謝謝你們。

我極其幸運，能夠在充滿書籍、想法的家庭中長大。父親馬丁把我和妹妹瑪麗訓練成一流的獨立研究人員，每次我們問某個字是什麼意思時，他都會要我們去查字典。瑪麗容忍我的許多怪癖，而且不介意和我這個小姊姊一起去地質博物館，配

合我當年對岩石、礦物的熱衷；或者在長途汽車旅行中與我討論四維形狀，配合我當年……呃，老實說，這種熱衷從當年一直持續至今。母親帕特於二〇〇二年因多發性硬化症去世。我年輕的時候，她永遠都是我的後盾，擁抱我、撫平我（許多）的憂慮；當然，在我無聊時，問我有趣的數學問題。她和我一起去聽當時的格雷沙姆幾何學教授克里斯多福‧澤曼的講座。我希望她當時能知道，有一天站在台上的會是她親親寶貝女兒。我每天都想你，媽媽，謝謝你。

　　感謝我聰明、美麗的女兒米莉和艾瑪，為我的生活帶來了很多樂趣（也教會我與混亂和平共處有多重要）。她們在過去幾年中有許多事情要應付，也處理得極好。沒有時間就無法寫書，而她們很體貼地給了我所需的時間。

　　最後，也是最重要的人，我的丈夫馬克。我發現很難用言語來形容他為我做了多少事。他總是無條件地支持我想做的一切，這本書也不例外。我為家事操碎了心時，他就是最棒的啦啦隊長。我陷入「我到底為什麼認為自己能做到這件事」的週期性抓狂時，都是他好言安慰。當他覺得我需要喝茶時，他會為我泡一杯好茶。我知道他永遠都是我的後盾，我也永遠會是他的後盾。他是最棒的丈夫、父親。沒有他就不會有這本書。

數學家的書櫃

　　我從數學的角度帶各位參觀這棟名為文學的房子，導覽在此即將告一段落。房子的地基裡有數學，就在詩歌韻律和散文結構中；房子的裝潢裡有數學，就在比喻和典故中。穿屋過堂的角色中也有數學，讓房子生氣勃勃。

　　本書中討論過的一些書籍，還有其他額外的推薦書籍，我都匯集整理如下給各位參考。希望各位已經從本書中獲得看待數學與文學的新觀點，以及同時享受兩者樂趣的新門道，讓各位從此得以踏上悅讀之旅。祝展卷愉快！

第一章

Tom Chivers (editor), *Adventures in Form, A compendium of Poetic forms, rules & constraints* (Penned in the Margins, 2012).

Jordan Ellenberg, *Shape: The Hidden Geometry of Absolutely Everything* (Penguin Press, 2021). 他也寫了一本膾炙人口的小說 *The Grasshopper King* (Coffee House Press, 2003)。

麥克・凱斯的 π 體詩〈近似烏鴉〉可以在他的網站 cadaeic.net 上找到（「cadaeic」這個怪字在哪一本字典都查不到。但若讓 a=1、b=2，一路排下去，各位就會看出是怎麼一回事）。

他還用 π 體寫過一整本書，也是我所知道的唯一一本 π 體書。請見 Michael Keith, Not A Wake: A dream embodying (pi)'s digits fully for 10000 decimals (Vinculum Press, 2010)。

雷蒙・格諾的《一百兆首詩》已不只一次被翻譯成英文。史丹利・查普曼的版本用的韻法是 ABAB CDCD EFEF GG，格諾的回應顯然是「崇拜得目瞪口呆」，因此應該很適合作為討論的起點。英文版本刊登在 *Oulipo Compendium*, 由 Harry Mathews & Alastair Brotchie 編輯 (Atlas Press, 2005)。

Murasaki Shikibu, *The Tale of Genji*, translated by Royall Tyler (Penguin Classics, 2002).

明顯以數學為主題的詩，請參考以下三本詩集：

Madhur Anand, *A new index for predicting catastrophes* (McClelland & Stewart, 2015).

Sarah Glaz, *Ode to Numbers* (Antrim House, 2017).

Brian McCabe, *Zero* (Polygon, 2009).

第二章

Eleanor Catton, *The Luminaries* (Little, Brown and Company, 2013).

Georges Perec, *Life A User's Manual*, translated by David Bellos (Collins Harvill, 1987).

Hilbert Schenck, *The Geometry of Narrative*, in the magazine *Analog Science Fiction/Science Fact* (Davis Publications, August 1983).

凱薩琳・蕭寫過好幾本以凡妮莎・鄧肯為主角的小說。第一本是 *The Three-Body Problem* (Allison & Busby, 2004)。

Laurence Sterne, *The Life and Opinions of Tristram Shandy, Gentleman* (1759-1767).

Amor Towles, *A Gentleman in Moscow: A Novel* (Viking, 2016).

第三章

Christian Bök, *Eunoia* (Coach House Books, 2001).

Alastair Brotchie, *Oulipo Laboratory: Texts from the Bibliothèque Oulipiènne* (Atlas Anti-Classics, 1995).

Italo Calvino, *If on a winter's night a traveler*, translated by William Weaver (Harcourt Brace Jovanovich, 1982).

Italo Calvino, *Invisible Cities,* translated by William Weaver (Harcourt Brace Jovanovich, 1978).

Mark Dunn, *Ella Minnow Pea: A Novel in Letters* (Anchor, 2002).

Harry Mathews and Alastair Brotchie, *Oulipo Compendium* (Atlas Press, 2005).

Warren F. Motte, *Oulipo: A Primer of Potential Literature* (Dalkey Archive Press, 1986).

Georges Perec, *A Void*, translated by Gilbert Adair (London: Harvill Press, 1994).

Georges Perec, *Three by Perec*, translated by Ian Monk (David R. Godine Publisher Inc, 2007). This contains *The Exeter Text: Jewels, Secrets, Sex*, Monk's translation of *Les Revenentes*, the novel which prohibits every vowel except *e*.

第四章

John Barth, *Lost in the Funhouse* (Anchor; Reissue edition 1988)

Julio Cortázar, *Hopscotch, Blow-Up, We Love Glenda So Much* (Everyman's Library, 2017) —— 這本書中有〈跳房子〉和一系列短篇故事，包括〈公園的連續性〉。

B.S. Johnson, *House Mother Normal* (reissued by New Directions, 2016).

B.S. Johnson, *The Unfortunates* (reissued by New Directions, 2009).

Gabriel Josipovici, *Mobius the Stripper* (Gollancz, 1974).

伊恩·李文斯頓和史蒂夫·傑克遜在《戰鬥幻想》系列中，寫了多本「讓你當主角」的書。本書中提到的是與史蒂夫·傑克遜合著《火焰山的魔法師》（Puffin, 1982），和《死亡陷阱地牢》（Puffin, 1984），兩本書都在二〇一七年由 Scholastic Books 再版發行。

美國讀者應該都還記得「選擇自己的冒險」系列書籍，在一九八〇年代盛極一時，其中多數都是由愛德華·帕卡德或 R·A·蒙哥馬利執筆。我很確定我以前有一本 *The Abominable Snowman* (Bantam Books, 1982)。

第五章

安妮瑪麗·希美爾的著作 *The Mystery of Numbers* (Oxford University Press, 1993) 中花了一章在講所有的小數字 —— 當然不是每個數字都有著墨（是的話，她這本書就不會有寫完的一天）。我就是從這本書中得知，貓咪有幾條命，取決於牠們的國籍。

如果各位比較想看從純數學的觀點說明數字及其特性，*The Penguin Dictionary of Curious and Interesting Numbers*, by David Wells (Penguin, 1997) 絕不會讓各位失望。

要深入了解不同語言和文化中數字的語言、數字用語的由來、數字符號，可以試試 Karl Menninger's *Number Words and Number Symbols: A Cultural History of Numbers* (Dover, 1992)。這本書的語調比較老派（是從一九五八年的德文版翻譯成英文的），但讀來讓人如入寶山、遍地黃金。

第六章

Hermann Melville, *Moby Dick* (1851).

喬治·艾略特的小說全都包含數學典故。本書討論了 *Adam Bede* (1859), *Silas Marner* (1861), *Middlemarch* (1871–72)，和 *Daniel Deronda* (1876).

Vasily Grossman, *Life and Fate* (NYRB Classics, 2008).

Leo Tolstoy, *War and Peace* (1869).

James Joyce, *Dubliners* (1914); *Ulysses* (1922). 我才不跟你說要讀 *Finnegans Wake* (1939)。

第七章

Mary Norton, *The Borrowers* (1952). 後續還有好幾本書在講借物者的故事。

François Rabelais, *Life of Gargantua and Pantagruel* (published in English 1693–1694).

Jonathan Swift, *Gulliver's Travels* (1726).

Voltaire, *Micromégas* (1752).

第八章

Books relating to *Flatland* and the fourth dimension.

Edwin A. Abbott, *Flatland, A Romance of Many Dimensions* (1884). 各位可能也會喜歡 Ian Stewart's *The Annotated Flatland* (Perseus Books, 2008)。

Dionys Burger, *Sphereland* (Apollo Editions, 1965).

A. K. Dewdney, *The Planiverse: Computer Contact with a Two-Dimensional World*, (Poseidon Press, 1984).

Fyodor Dostoevsky, *The Brothers Karamazov* (1880).

Charles H. Hinton, *An Episode of Flatland: or, How a Plane Folk Discovered the Third Dimension* (S. Sonnenschein, 1907).

Rudy Rucker, *The Fourth Dimension and How to Get There* (Penguin, 1986).

Rudy Rucker, *Spaceland: A novel of the fourth dimension* (Tor Books, 2002).

Ian Stewart, *Flatterland* (Perseus Books, 2001).

與碎形有關的書

Michael Crichton, *Jurassic Park* (Arrow Books, 1991).

John Updike, *Roger's Version* (Knopf, 1986).

Several Richard Powers 的小說都有討論碎形，包括 *The Goldbug Variations* (Harper, 1991), *Galatea 2.2* (Harper, 1995), and *Plowing the Dark* (Farrar, Straus and Giroux, 2000), 書中有一

位藝術家與電腦科學家合作，用碎形——少部分的碎形——設計一個虛擬世界。

與密碼學有關的書

Dan Brown, *The Da Vinci Code* (Doubleday, 2003) and *Digital Fortress* (St. Martin's Press, 1998).

Arthur Conan Doyle, *The Adventure of the Dancing Men* (in *The Return of Sherlock Holmes*, 1905); *The Valley of Fear* (1915). 這兩個故事在出版前都曾刊登在《岸濱月刊》上。

John F. Dooley, *Codes and Villains and Mystery* (Amazon, 2016) 這本選集包括了 O. Henry 的故事 *Calloway's Code*。

Robert Harris, *Enigma* (Hutchinson, 1995).

Edgar Allan Poe, *The Gold-Bug* (1843) and *The Purloined Letter* (1844)；這兩個故事在無數版本的愛倫坡作品集中都找得到。

Neal Stephenson, *Cryptonomicon* (Avon, 1999).

Jules Verne, *Journey to the Center of the Earth* (1867).

Hugh Whitemore, *Breaking the Code* (Samuel French, Inc., 1987).

第九章

Jorge Luis Borges, *Labyrinths* (Penguin Classics edition), (Penguin Books, 2000). 這本選集包括〈巴別塔圖書館〉和其他數篇美妙的故事，篇篇帶著數學氣息。〈巴別塔圖書館〉也收錄在 William G. Bloch, *The unimaginable mathematics of Borges' Library of Babel* (Oxford University Press, 2008)。

Lewis Carroll, *Alice's Adventures in Wonderland* (1865), and *Through the Looking Glass, and What Alice Found There* (1871). 要看與路易斯‧卡洛爾作品相關的數學討論，我推薦Martin Gardner 的 *The Annotated Alice* (Penguin Books, 2001) 和 Robin Wilson 的 *Lewis Carroll in Numberland* (Penguin Books, 2009)。

Yann Martel, *Life of Pi* (Mariner Books, 2002).

第十章

Chimamanda Ngozi Adichie, *Half of a Yellow Sun* (Knopf, 2006).

Isaac Asimov, *Foundation* (Gnome Press, 1951), 是七本《基地系列》中的第一本。

Apostolos Doxiadis, *Uncle Petros and Goldbach's conjecture* (Faber & Faber, 2001).

Mark Haddon, *The Curious Incident of the Dog in the Night-Time* (Doubleday, 2003).

Aldous Huxley, *Young Archimedes* (1924) 是 Clifton Fadiman's *Fantasia Mathematica* (Simon & Schuster, 1958) 中收錄的第一篇故事。這本選集廣泛蒐羅以數學為主題的短篇故事、詩歌、引用名言。不得不說，其中某些作品不太經得起時間考驗，但這本書仍然值得一讀。

Sofya Kovalevskaya, *A Russian Childhood* (Springer, 1978) and *Nihilist Girl* (Modern Language Association of America, 2001).

Stieg Larsson, *The Girl Who Played With Fire* (Knopf, 2009) – the second in the *Millennium* Trilogy, following *The Girl With The Dragon Tattoo*.

Alice Munro, *Too Much Happiness* (Knopf, 2009).

Sydney Padua, *The Thrilling Adventures of Lovelace and Babbage: The (Mostly) True Story of the First Computer* (Pantheon Books, 2015).

Tom Stoppard, *Arcadia: A Play in Two Acts* (Faber and Faber, 1993). 我也推薦他的劇作 *Rosencrantz and Guildenstern are Dead* (Faber and Faber, 1967)，對可能性、機率、命運的探索引人入勝。

Walter Tevis, *The Queen's Gambit* (Random House, 1983).

還有很多書以數學家為主角，但本書篇幅不足，無法一一討論。各位可以先從以下書單開始，一讀為快。

Catherine Chung, *The Tenth Muse* (Ecco, 2019). 這本書說的是一位天資聰穎的年輕數學家，挑戰數學界尚未解決的最大問題之一「黎曼猜想」。真人女性數學家的故事與書中情節交織，按照作者的說法，「以學童、已婚家教的姿態出現，遍遊各大洲，全都為了研究數學、在數學造詣上更加精進。」

Apostolos Doxiadis and Christos Papadimitriou, *Logicomix: An Epic Search for Truth* (Bloomsbury, 2009), 這本圖像小說由虛構的 Bertrand Russell 當旁白，主要描寫諸如 David Hilbert, Kurt Gödel, and Alan Turing 等數學家。

Jonathan Levi, *Septimania* (Overlook Press, 2016). 這本娛樂性十足的小說以數學家 Louiza、Isaac Newton, 和牛頓專家 Malory 等人為主角。作者說 Malory 其人「是科學界的司馬遷。在數學家的國度中，⋯⋯他漫步在康河邊，彷彿巨像電腦般崇

高、魅力十足。」身為英國數學史協會二〇二一至二〇二三年的會長，我可以向各位保證，我們所有會員都極富魅力；如果各位入會的話，說不定也會更有魅力。

Simon McBurney/Complicité, *A Disappearing Number* (Oberon, 2008) 寫的是印度數學家斯里尼瓦瑟・拉馬努金，和他與 G. H. 哈代合作研究的故事。

Yoko Ogawa, *The Housekeeper and the Professor* (Picador, 2009). 這個淒美感人的故事主角是一位記憶只能維持八十分鐘的數學教授，書中描寫他與自己的管家、管家的兒子之間發展出來的友誼。

Alex Pavesi, *Eight detectives* (Henry Holt, 2020).. 這本小說以一位數學家為中心，描寫他如何分析謀殺謎團的排列組合。我不想破壞各位閱讀的興致，所以不透露故事情節，但我自己讀得非常開心。

索引

人物

1-5 畫

B・S・強森　B. S. Johnson　121, 123, 126

C・S・路易斯　C. S. Lewis　11, 140

D・H・勞倫斯　D. H. Lawrence　156

T・S・艾略特　T. S. Eliot　140

W・W・勞斯・鮑爾　W. W. Rouse Ball　197

丁尼生　Alfred, Lord Tennyson　308-309

大衛・希爾伯特　David Hilbert　99

大衛・費里　David Ferry　40

丹・布朗　Dan Brown　259-261, 269

比薩的李奧納多　Leonardo of Pisa　49

牛頓　Isaac Newton　162, 175, 199, 270, 335

王爾德　Oscar Wilde　17, 233

加百列・喬西波維奇　Gabriel Josipovici　119

加斯頓・塔里　Gaston Tarry　77

卡夫卡　Franz Kafka　55

卡爾・威爾斯查司　Karl Weierstrass　51, 314

史蒂夫・傑克遜　Steve Jackson　112, 115, 330

尼古拉・布爾巴基　Nicolas Bourbaki　82

尼爾・史蒂芬森　Neal Stephenson　259

布魯斯・班克斯　Bruce Banks　244

本華・曼德博　Benoit Mandelbrot　246

瓦西里・格羅斯曼　Vasily Grossman　172

6-10 畫

丟番圖　Diophantus　294

伊恩・李文斯頓　Ian Livingstone　112, 115, 324, 330

伊塔羅・卡爾維諾　Italo Calvino　81, 89

伊蓮諾・卡頓　Eleanor Catton　13, 59, 65, 80

伏爾泰　Voltaire　172, 190, 196-198, 200, 215

休・懷特摩爾　Hugh Whitemore　259

列夫・亞科夫列維奇・史托隆　Lev Yakovlevich Shtrum　172

吉勒斯・德・羅伯瓦爾　Gilles de Roberval　163

吉勒摩・戴托羅　Guillermo del Toro　201

吉爾伯特・阿戴爾　Gilbert Adair　87

多恩　John Donne　32-33

安東尼奧尼　Michelangelo Antonioni　127

安海度亞娜　Enheduanna　50

安德魯・懷爾斯　Andrew Wiles　293, 306

托爾金　J. R. R. Tolkien　11, 214

托爾斯泰　Leo Tolstoy　9, 134, 156, 173-176, 317

艾西莫夫　Isaac Asimov　295

艾倫・圖靈　Alan Turing　258

艾倫・鄧德斯　Alan Dundes　148

艾茲拉・龐德　Ezra Pound　26, 40

艾莉・史密斯　Ali Smith　140

艾莉芙・夏法克　Elif Shafak　68

艾莉絲・孟若　Alice Munro　295, 313, 316, 318

伽利略　Galileo Galilei　15, 201

佛杭索瓦・勒里昂內　Francois Le Lionnais　81

佛斯特　E. M. Forster　68

克利福德・柯克斯　Clifford Cocks　263-264

克里斯蒂安・博克　Christian Bök　88

克勞德・貝爾熱　Claude Berge　96

克斯汀・爾文　Kristine Irving　45

希爾伯特・申克　Hilbert Schenck　57, 119

杜斯妥也夫斯基　Fyodor Dostoevsky　231, 317

杜象　Marcel Duchamp　81

杜德尼　A. K. Dewdney　237-238

沃爾海姆　Donald A. Wollheim　201

狄倫・湯瑪斯　Dylan Thomas　35

狄奧尼斯・伯格　Dionys Burger　236

貝爾　Eric Temple Bell　34, 96-97, 103, 307, 313, 324

里斐奧多魯斯　Tryphiodorus　83

亞里士多芬　Aristophane　10

亞莫爾・托歐斯　Amor Towles　58-59, 69, 80

亞歷山大城的斐洛　Philo of Alexandria　142

亞歷山大・索爾仁尼琴　Aleksandr Solzhenitsyn　68

依莉莎白・碧沙普　Elizabeth Bishop　43

奇瑪曼達・恩格茲・阿迪契　Chimamanda Ngozi Adichie　9,
　318, 320

奈森・達伯爾　Nathan Daboll　159

尚皮耶・埃納爾　Jean-Pierre Énard　106

尚紀言・仲馬　Jean-Guillame Dumas　45

帕克　E. T. Parker　78, 267, 269-270

帕斯卡　Blaise Pascal　9, 162-163, 296, 299

拉伯雷　François Rabelais　191-192, 201

拉格朗日　Joseph-Louis Lagrange　317

拉普拉斯　Pierre-Simon Laplace　76

拉蘇斯　Lasus of Hermione　83

松永良弼　Yoshisuke Matsunaga　34

波赫士　Jorge Luis Borges　271-275, 278, 294

肯迪　al-Kindi　253

金月　Hemacandra　50

阿布・胡萊賴　Abu Hurayrah　136

阿米爾・庫斯洛　Amir Khusrau　143

阿波斯多羅斯・多夏狄斯　Apostolos Doxiadis　300

阿迪利・阿爾魯米　al-Adli ar-Rumi　79

阿爾諾・達尼埃爾　Arnaut Daniel　44

保羅・麥爾登　Paul Muldoon　28

保羅・富爾內爾　Paul Fournel　106, 109

哈代　G. H. Hardy　12, 300-302, 336

哈里森・索茲伯里　Harrison Salisbury　69

威廉・布洛赫　William Bloch　274

威廉・哈特　William Harter　244

威廉・羅文・哈密頓　William Rowan Hamilton　25

威爾斯　H. G. Wells　51, 92, 230, 235, 314, 317

施里克安德　S. S. Shrikhande　78

柯南・道爾　Arthur Conan Doyle　9, 297, 304

派翠西亞・洛克伍德　Patricia Lockwood　55

科娜・麥克菲　Kona MacPhee　40

科赫　Helge von Koch　247-249

約瑟夫・亨利　Joseph Henry　165

約翰・厄普代克　John Updike　140, 246

約翰・巴思　John Barth　117

約翰・柴頓・科林斯　John Churton Collins　308

約翰・海威　John Heighway　244

約翰・班揚　John Bunyan　195

約翰・康威　John Conway　31, 135

約翰・普萊費爾　John Playfair　187

約翰・奧布里　John Aubrey　16

約翰・維恩　John Venn　290

胡利歐・科塔薩爾　Julio Cortázar　118, 127, 129

埃德娜・聖文森・米萊　Edna St Vincent Millay　17, 25

夏綠蒂・柏金斯・吉爾曼　Charlotte Perkins Gilman　40-41

席妮・帕多瓦　Sydney Padua　312

恩尼斯特・文森・萊特　Ernest Vincent Wright　84

格婆羅　Gopala　50

涂爾幹　Émile Durkheim　167

班傑明・迪斯雷利　Benjamin Disraeli　312

納撒尼爾・霍桑　Nathaniel Hawthorne　158

索菲婭・柯瓦列夫斯卡婭　Sofya Kovalevskaya　295, 313, 318

馬丁・加德納　Martin Gardner　244

馬克・海登　Mark Haddon　303-304

馬克・鄧恩　Mark Dunn　88

馬克・薩波塔　Marc Saporta　123

馬克斯・克萊伯　Max Kleiber　212

馬斯頓・莫爾斯　Marston Morse　14

高斯　Carl Friedrich Gauss　61

11-15 畫

基什瓦尼　Muhammad Ibn Muhammad Al-Fulani Al-Kishwani
　319

基諾・法諾　Gino Fano　101

婆什迦羅　Bhaskara　24

康拉德　Joseph Conrad　233

強納森・李德　Jonathan Reed　116

強納森・科　Jonathan Coe　121, 123

曼朱爾・巴伽瓦　Manjul Bhargava　48

梅雷迪斯・法默　Meredith Farmer　165

梅爾維爾　Herman Melville　9-10, 14, 156-159, 161, 165, 168,
　177, 187, 215

笛卡兒　René Descartes　162, 230

莫比烏斯　August Ferdinand Möbius　105-106, 117-120

麥可‧克萊頓　Michael Crichton　9, 239, 246

麥克‧凱斯　Michael Keith　22, 327

凱瑟琳‧歐勒倫蕭　Kathleen Ollerenshaw　74

勞倫斯‧斯特恩　Laurence Sterne　129

喬丹‧艾倫伯格　Jordan Ellenberg　48

喬治‧艾略特　George Eliot　156, 166, 168-169, 171, 173, 215, 221, 317, 331

喬治‧培瑞克　Georges Perec　68, 71-72, 78, 80-81, 83

喬納森‧史威特　Jonathan Swift　189, 215

惠更斯　Christiaan Huygens　164

普魯斯特　Marcel Proust　234

普騰罕　George Puttenham　30-31, 33

湯姆‧斯托帕德　Tom Stoppard　246, 305

湯馬斯‧克藍麥　Thomas Cranmer　287

湯馬斯‧霍布斯　Thomas Hobbs　16

湯瑪斯‧紐科門　Thomas Newcomen　210

湯瑪斯‧摩爾　Thomas More　90-92

紫式部　Murasaki Shikibi　28

華倫‧F‧莫特　Warren F. Motte　85

華特‧惠特曼　Walt Whitman　27

華茲華斯　William Wordsworth　17

菲利普‧湯因比　Philip Toynbee　123

萊布尼茲　Gottfried Leibniz　175

萊聖　C. A. Laisant　185-186

費利克斯‧克萊因　Felix Klein　120

費波那契　Fibonacci　49-50, 260

費馬　Pierre de Fermat　293-294, 305-307, 309

雅克‧胡博　Jacques Roubaud　84, 96

馮內果　Kurt Vonnegut　17, 53-55, 57, 235

奧斯特羅格拉德斯基　Mikhail Ostrogradsky　315-316

奧瑪珈音　Omar Khayyam　10

愛倫坡　Edgar Allan Poe　22-23, 249-252, 254, 333

愛達‧洛芙萊斯　Ada Lovelace　307-309, 312-313

愛德華‧利爾　Edward Lear　35, 38

愛德溫‧艾勃特　Edwin Abbot　219-220, 229, 249

楊‧馬泰爾　Yann Martel　267-268

詹姆斯‧布雷斯林　James Breslin　40

詹姆斯‧瓦特　James Watt　210

詹姆斯‧拉塞爾‧洛厄爾　James Russell Lowell　251

詹姆斯‧金斯　James Jeans　22

詹姆斯‧喬伊斯　James Joyce　9, 68

路易斯‧卡洛爾　Lewis Carroll　10, 270, 282-287, 290-291, 292, 334

道格拉斯‧亞當斯　Douglas Adams　287

雷蒙‧格諾　Raymond Queneau　35, 38-39, 45, 81, 86, 99, 103, 328

瑪麗‧諾頓　Mary Norton　206

福特‧馬多克斯‧福特　Ford Madox Ford　233

福樓拜　Gustave Flaubert　182

維吉尼亞‧吳爾芙   Virginia Woolf   68

維拉漢卡   Virahanka   50

蓋爾曼   Murray Gell-Mann   179

賓伽羅   Pingala   50

赫胥黎   Aldous Huxley   172, 295, 298-299

赫爾曼‧馮亥姆霍茲   Hermann von Helmholtz   232

德里克‧鮑爾   Derek Ball   168-170

歐‧亨利   O. Henry   257

歐拉   Leonhard Euler   75-79, 270, 317

歐幾里德   Euclid   16-17, 25, 160-161, 169, 177, 180, 187, 229-231, 296

16-20 畫

儒勒‧凡爾納   Jules Verne   255

盧卡‧帕奇歐里   Luca Pacioli   260

霍金   Stephen Hawking   173

霍勒斯‧沃波爾   Horace Walpole   143

霍爾丹   J. B. S. Haldane   208-209

鮑斯   R. C. Bose   78

戴維‧布萊克韋爾   David Blackwell   319-320

邁爾斯‧J‧布魯爾   Miles J. Breuer   233

薩繆爾‧摩斯   Samuel Morse   254

羅伯特‧布朗寧   Robert Browning   47

羅伯特‧皮特‧艾德金斯   Robert Pitt Edkins   220

羅伯特‧哈里斯   Robert Harris   257

羅伯特・雷科德　Robert Recorde　230

羅德・達爾　Roald Dahl　191

羅穆盧斯・林尼　Romulus Linney　312

蘇菲・姬曼　Sophie Germain　45

文學作品

1-5 畫

《一九八四》　*1984*　71

《一千零一夜》　*One Thousand and One Arabian Nights*　90

《一百兆首詩》　*Cent mille milliards de poèmes*　35, 39, 328

《一個數學家的辯白》　*A Mathematician's Apology*　300

〈九頭鳥〉　The Bird with Nine Heads　146

〈二度降臨〉　The Second Coming　67

《八個天堂》　*Hasht-Bihisht*　143

〈十二兄弟〉　The Twelve Brothers　138

《上流法則》　*Rules of Civility*　69

《大亨小傳》　*The Great Gatsby*　273

《小婦人》　*Little Women*　97

《不幸者》　*The Unfortunates*　123-126

《丹尼爾・德隆達》　*Daniel Deronda*　166-168

〈什麼尺寸才合適〉　On Being the Right Size　208

〈公園的連續性〉　The Continuity of Parks　118, 127, 330

《天路歷程》　*Pilgrim's Progress*　195

《太多幸福》　*Too Much Happiness*　295, 313, 318

《少年 Pi 的奇幻漂流》　*Life of Pi*　267, 269-270

〈少年阿基米德〉 Young Archimedes 295, 298-299

《尤利西斯》 *Ulysses* 68, 177, 179-180, 182

〈巴別塔圖書館〉 The Library of Babel 333

〈巴斯克維爾的獵犬〉 The Hound of Baskervilles 297

〈文學基礎〉 Foundations of Literature 99-100

《火焰山的魔法師》 *The Warlock of Firetop Mountain* 112, 114, 330

《半輪黃日》 *Half of a Yellow Sun* 318, 320

〈卡洛威的密碼〉 Calloway's Code 257

《四十二條信經》 *The Forty-Two Articles* 287

《四首四重奏》 *Four Quartets* 140

〈失落世代〉 Lost Generation 116

〈失落的領袖〉 The Lost Leader 47

《失蹤》 *La Disparition* 83-88

〈失竊的信函〉 The Purloined Letter 252

《巨人傳》 *Life of Gargantua and Pantagruel* 191

《巨蟻入侵》 *Them!* 201

《平面宇宙》 *The Planiverse* 237-238

《平面國》 *Flatland* 219-221, 225, 232, 236-238

《生活使用指南》 *Life: A User's Manual* 68, 72, 78-80

《生活與命運》 *Life and Fate* 172

《白鯨記》 *Moby Dick* 9, 15, 153, 155, 157-158, 161, 165, 177

6-10 畫

《伊凡‧傑尼索維奇的一天》 *One Day in the Life of Ivan Denisovich* 68

〈名駒銀斑〉 The Adventure of Silver Blaze 304

《后翼棄兵》 *Queen's Gambit* 297

《地心冒險》 *Journey to the Center of the Earth* 255-256, 262

《如果在冬夜，一個旅人》 *If on a Winter's Night a Traveler* 89-90

〈旭日東昇〉 The Sun Rising 32

〈米奈勞亞德〉 Menelaiad 119

《米德鎮的春天》 *Middlemarch* 168, 171

〈老鬼當家〉 The Canterville Ghost 233

《作品一號》 *Composition No. 1* 123, 126

〈別輕柔地步入那良夜〉 Do not go gentle into that good night 35

〈告密的心〉 The Tell-Tale Heart 251

《坎特伯雷故事》 *The Canterbury Tales* 10

〈序曲〉 Prelude 17

〈亞瑟府的沒落〉 The Fall of the House of Usher 251

《亞當‧柏德》 *Adam Bede* 169, 172

《侏羅紀公園》 *Jurassic Park* 9, 239, 241, 243-246

《兔子四部曲》 *Rabbit Angstrom* 140

《受難》 *Crucifixion (Corpus Hypercubus)* 228

《芬尼根守靈夜》 *Finnigans Wake* 177, 179, 182-183, 186

〈近似烏鴉〉 Near a Raven 22-23, 327

〈金甲蟲〉　The Gold-Bug　249, 251-252, 254

《阿卡迪亞》　Arcadia　305-306, 309, 312

《阿爾伯特・安傑羅》　Albert Angelo　122

《俄羅斯童年》　A Russian Childhood　315

〈哀歌〉　Elegy　298

《哈姆雷特》　Hamlet　57-58, 117

《哈羅德公子遊記》　Childe Harold's Pilgrimage　312

《威尼斯》　Venetia　312

《拜倫公子》　Childe Byron　312

〈春光乍現〉　Blow-Up　127

《洛芙萊斯和巴貝奇的刺激冒險》　The Thrilling Adventures of
　Lovelace and Babbage　312

《看不見的城市》　Invisible Cities　90-92, 95

《美女與野獸》　Beauty and the Beast　144

〈美國文化中的數字三〉　The Number Three in American Culture
　148

《美國殺人魔》　American Psycho　321

《美麗新世界》　Brave New World　298

《英文詩歌藝術》　The Arte of English Poesie　30

《重現》　Les Revenentes　86-87

《倒數 10 分又 38 秒》　10 Minutes 38 Seconds in This Strange
　World　68

《借物少女艾莉緹》　Arrietty　206

《埃克塞特文本：珠寶、祕密、性》　The Exeter Text: Jewels,
　Secrets, Sex　87

《恐怖谷》 *The Valley of Fear* 264-265

《時光機器》 *The Time Machine* 235

《格列佛遊記》 *Gulliver's Travels* 15, 189, 210

〈框架故事〉 Frame-Tale 117

《泰匹》 *Typee* 157

《浪漫的精神》 *The Spirit of Romance* 26

《浮士德》 *Faust* 147

《浮華世界》 *Vanity Fair* 153

《烏托邦》 *Utopia* 90, 92

〈烏鴉〉 The Raven 22-23, 251

〈特隆、烏克巴爾、奧比斯‧特提烏斯〉 Tlön, Uqbar, Orbis Tertius 278

《破解密碼》 *Breaking the Code* 259

《神曲》 *Divine Comedy* 150

《祕密客》 *Mimic* 201

《納尼亞傳奇》 *Narnia* 140

《荒誕書》 *Book of Nonsense* 35

《追憶似水年華》 *À la recherche du temps perdu* 234

《馬克白》 *Macbeth* 145

《馬爾堡鎮外》 *Outside the Town of Malbork* 90

11-15 畫

《基地》 *Foundation* 295

〈敘事的幾何〉 The Geometry of Narrative 53, 57, 80

《深夜小狗神祕習題》 *The Curious Incident of the Dog in the Night-Time* 303

《球體國》 *Sphereland* 236

《第五號屠宰場》 *Slaughterhouse-Five* 235

《脫衣舞男寞比烏斯》 *Mobius the Stripper* 120-121

《莫斯科紳士》 *A Gentleman in Moscow* 69

〈莫爾格街凶殺案〉 The Murders in the Rue Morgue 251

《都柏林人》 *Dubliners* 177

《鳥》 *The Birds* 10

《傅科擺》 *Foucault's Pendulum* 269

〈最後一案〉 The Final Problem 297

《發光體》 *The Luminaries* 13, 18, 59-60, 62, 64-66, 68, 71

《童年》 *Childhood* 317

《紫木槿》 *Purple Hibiscus* 321

〈給冷漠的女人〉 To the Indifferent Women 40

《虛無主義的女孩》 *Nihilist Girl* 317

〈街友宴上的來客艾倫〉 The Guest Ellen at the Supper for Street People 40

《項狄傳》 *Tristram Shandy* 15-16, 55, 128

《黑鏡》 *Black Mirror* 110

《傲慢與偏見》 *Pride and Prejudice* 54

《塊肉餘生記》 *David Copperfield* 54

《奧德賽》 *Odyssey* 83, 180

《微型巨人》 *Micromégas.* 196-197

《愛經》 *Kama Sutra* 253

《愛麗絲夢遊仙境》 *Alice in Wonderland* 282, 285-286

《愛麗絲鏡中奇遇》 *Through the Looking-Glass* 282

《源氏物語》 *The Tale of Genji* 28, 30

〈罪的幻象〉 The Vision of Sin 308

〈試管嬰兒〉 IVF 40

《跳房子》 *Hopscotch* 127-129

《逾越節之歌》 *Echad Mi Yodea* 22

《遇見哥德巴赫猜想》 *Uncle Petros and Goldbach Conjecture* 300

《遊樂園迷蹤》 *Lost in the Funhouse* 117, 119

《達文西密碼》 *The Da Vinci Code* 259-260, 269

《慢速冒險家》 *The Chronic Argonauts* 235

《瑪地》 *Mardi* 157

《與古德曼太太喝茶》 *Tea with Mrs. Goodman* 123

《蓋茲比》 *Gadsby* 84

《銀河便車指南》 *The Hitchhiker's Guide to the Galaxy* 135, 287

《數位密碼》 *Digital Fortress* 261

〈數學史簡述〉 A Short Account of the History of Mathematics 197

《數學邏輯奇幻之旅》 *Logicomix* 301

《歐木》 *Omoo* 157

《潘達斯奈基》 *Bandersnatch* 110

《誰殺了登斯莫爾公爵？》 *Qui a tué le Duc de Densmore* 96

《魯拜集》 *Rubaiyat* 10

16-20 畫

《噢，燈心草長得綠油油》　*Green Grow the Rushes, O*　22

《戰爭與和平》　*War and Peace*　13, 153, 173-174, 176, 216, 273

《戰鬥幻想》　*Fighting Fantasy*　112-113, 324, 330

《親愛的，我把孩子縮小了》　*Honey, I Shrunk the Kids*　205, 214

《錫蘭三王子歷險記》　*The Three Princes of Serendip*　143

《龍紋身的女孩》　*Millennium Series*　293

《戴洛維夫人》　*Mrs. Dalloway*　68

《縮小人生》　*Downsizing*　205

《縮形怪人》　*The Incredible Shrinking Man*　205

〈闌尾和眼鏡〉　The Appendix and the Spectacles　233

〈獵鯊記〉　The Hunting of the Snark　284, 287

《織工馬南傳》　*Silas Marner*　166

《羅傑的版本》　*Roger's Version*　246-247

《攔截密碼戰》　*Enigma*　257

《繼承人》　*The Inheritors*　233

《蘇達辭書》　*Suda*　83

《護理院院長日常》　*House Mother Normal*　122

21 畫以上

《變形記》　*Metamorphosis*　55

其他作品

《加密訊息破解手冊》 *Manuscript on Deciphering Cryptographic Message* 254

《自殺論》 *Suicide: A Study in Sociology* 167

《行列式初級論文：在聯立線性方程式和代數幾何中的應用》 *An Elementary Treatise on Determinants, with Their Application to Simultaneous Linear Equations and Algebraical Geometry* 292

《形狀》 *Shape* 48

《計算之書》 *Liber Abaci* 49

《時間簡史》 *A Brief History of Time* 173

《幾何原本》 *The Elements of Geometry* 16

《幾何學》 *Géométrie* 230

《達伯爾算術》 *Arithmetic* 159

〈線性模型中的排名測試〉 Rank Tests in Linear Models 320

《編碼寶典》 *Cryptonomicon* 259

《學者報》 *Acta Eruditorum* 15

《擺鐘論》 *Horologium Oscillatorium* 164

《舊約》 *Old Testament* 161

《礪智石》 *The Whetstone of Witte* 230

數學名詞

二次方程式 quadratic formula 230

二項式定理 Binomial Theorem 296

三角測量 triangulation 229, 237

反證法　proof by contradiction　283

四面體　tetrahedron　151

布豐投針　Buffon's needle　171

平方反比定律　inverse square law　199

平方立方定律　square-cube Law　194-195, 197, 199, 201, 203,
　207-208, 210, 248

平行公設　parallel postulate　99, 187, 230-231

平行四邊形　parallelogram　15, 177, 307

正矢　versed sine　252

白努利數　Bernoulli numbers　308

因數分解　factorize　25, 263-264

曲率　curvature　229, 237

克萊因瓶　Klein bottle　120

完全數　perfect number　142

貝爾數　Bell number　34

帕斯卡三角形　Pascal's triangle　296

拉丁方陣　Latin Square　72-79

拓樸　topology　281

法諾平面　The Fano Plane　101-102

非歐幾里得幾何；非歐幾何　Non-Euclidean geometries　17, 99,
　178-179, 231

科赫曲線；科赫雪花　Koch snowflake curve　247-249

哥德巴赫猜想　Goldbach's conjecture　300, 302

曼德博集合　Mandelbrot set　246

球面幾何學　spherical geometry　252

畢氏三元數　Pythagorean triples　306

畢氏定理　Pythagorean theorem　17, 298, 306

莫比烏斯環　Möbius strip　105-106, 117-120

頂點　vertex　106-107, 232

最速降線　brachistochrone　164

等比數列　geometric progression　63, 227

等差數列　arithmetic progression　60, 181

等時性　tautochrone　164

費氏數列　Fibonacci sequence　49-50, 260

費馬最後定理　Fermat's Last Theorem　293-294, 305-307

超立方　hypercube　57-58, 228, 232

鈍角　obtuse　152

階乘　factorial　126

集合論　set theory　101

圓錐曲線　conic section　157, 171

微分學　differential calculus　252

碎形　fractal　179, 219, 245-249, 257, 310-312, 332-333

群論　group theory　12

圖論　graph theory　75, 96, 98, 109

漸進線　asymptote　295

窮舉法　proof by exhaustion　77

銳角　acute　152, 222

環面　torus　282

顆粒度　granularity　71

擺線　cycloid　9, 14-15, 155, 161-165

歸謬法　reductio ad absurdum　283

文學名詞

π 體　pilish　22-23, 327-328

十九行詩　villanelle　21, 34-35

十四行詩　sonnet　12, 25, 34-35, 38-39, 59, 81-83, 103, 121, 130, 275

三韻體　terza rima　150

六節詩　sestina　21, 40, 43-45

四行詩　quatrain　12, 25, 32-35, 38-39, 44, 59, 81-83, 103, 121, 130, 275

全字母句　pangram　88

抑揚格　iamb　21, 27-28, 46-47

亞歷山大詩體　alexandrine　34

和歌　waka　29

音步　foot　21, 27, 46-47

俳句　haiku　28-29

烏力波　Oulipo　18, 39, 45, 80-84, 89, 96, 99, 102-104, 106, 130

真因數　proper factor　142

迴文詩　reverse poem　116-117

區間圖　interval graph　97-98, 106

揚抑格　trochee　28, 47

無理數　irrational　267, 269, 271

漏字文　lipograms　83-84, 86-89, 130, 254

韻法　rhyme scheme　18, 21, 27-28, 31-35, 38, 40, 46, 150, 328

韻律　meter　13, 21, 27, 46-51, 309, 327

其他名詞

六分儀　sextant　159

分析機　Analytical Engine　308-309, 312

文氏圖　Venn diagram　101, 290

史蒂格勒的命名定律　Stigler's Law of eponymy　34

巨差翅目　Meganisoptera　204

巨脈蜻蜓　Meganeura monyi　204

次原子粒子　subatomic particle　179

弦理論　string theory　232

芝諾悖論　Zeno's paradox　175

差分機　Difference Engine　308

恩尼格瑪　Enigma　257-258

口訣　mnemonics　22

教義問答　catechism　177, 179-180, 183, 187

終端速度　terminal velocity　207-208

晷影器　gnomon　177

替換式密碼　substitution cipher　253

測地圓頂　geodesic dome　151

蛛形綱　arachnid　202-204

象限儀　quadrant　159, 166, 189

源氏香　Genji-ko　30-31, 33

電感　inductance　165

圖論　graph theory　75, 96, 98, 109

頻率分布　frequency distribution　86

轉置密碼　transposition cipher　255

騎士巡邏　A knight's tour　78-79

從前從前有個質數……文學中隱藏的數學之美
（《白鯨記》、《尤里西斯》和《少年 Pi 的奇幻漂流》隱藏著數學彩蛋！）

作 者	莎拉‧哈特（Sarah Hart）
譯 者	范明瑛
選 書 人	王正緯
責任編輯	王正緯
校 對	童霈文
版面構成	張靜怡
封面設計	開新檔案設計委託所
行 銷 部	張瑞芳、段人涵
版 權 部	李季鴻、梁嘉真
總 編 輯	謝宜英
出 版 者	貓頭鷹出版

發 行 人　涂玉雲
發　行　英屬蓋曼群島商家庭傳媒股份有限公司城邦分公司
　　　　104 台北市中山區民生東路二段 141 號 11 樓
　　　　劃撥帳號：19863813；戶名：書虫股份有限公司
城邦讀書花園：www.cite.com.tw　購書服務信箱：service@readingclub.com.tw
購書服務專線：02-2500-7718~9（週一至週五 09:30-12:30；13:30-18:00）
24 小時傳真專線：02-2500-1990~1
香港發行所　城邦（香港）出版集團／電話：852-2508-6231／hkcite@biznetvigator.com
馬新發行所　城邦（馬新）出版集團／電話：603-9056-3833／傳真：603-9057-6622
印 製 廠　中原造像股份有限公司
初　版　2024 年 1 月
定　價　新台幣 540 元／港幣 180 元（紙本書）
　　　　新台幣 378 元（電子書）
ＩＳＢＮ　978-986-262-672-6（紙本平裝）／978-986-262-670-2（電子書 EPUB）

有著作權‧侵害必究
缺頁或破損請寄回更換

讀者意見信箱　owl@cph.com.tw
投稿信箱　owl.book@gmail.com
貓頭鷹臉書　facebook.com/owlpublishing

【大量採購，請洽專線】(02) 2500-1919

城邦讀書花園
www.cite.com.tw

國家圖書館出版品預行編目資料

從前從前有個質數……文學中隱藏的數學之美（《白
鯨記》、《尤里西斯》和《少年 Pi 的奇幻漂流》
隱藏著數學彩蛋！）／莎拉‧哈特（Sarah Hart）
著；范明瑛譯 . -- 初版 . -- 臺北市：貓頭鷹出版：
英屬蓋曼群島商家庭傳媒股份有限公司城邦分公
司發行, 2024.01
　　面；　公分.
譯自：
Once upon a prime: the wondrous connections between
mathematics and literature
ISBN 978-986-262-672-6（平裝）

1. CST：文學　2. CST：數學　3. CST：文學評論

810.79　　　　　　　　　　　　　112018474

本書採用品質穩定的紙張與無毒環保油墨印刷，以利讀者閱讀與典藏。